Story of Roaming the World

格 子 著 / 摄影
宁 静 插画

走走停停的世界

格 格 巫 的 慢 旅 行

上海交通大学出版社
SHANGHAI JIAO TONG UNIVERSITY PRESS

内容提要

　　本书主要记录了作者在三年多的时间内周游 20 多个国家的见闻,如美国、法国、德国、土耳其、奥地利、英国、希腊、南非等,作者以自己独特的视角来讲述自己看到的世界,书中配有作者旅游时拍摄的照片。适合对旅游感兴趣的读者阅读。

图书在版编目(CIP)数据

走走停停的世界:格格巫的慢旅行 /格子著. — 上海 : 上海交通大学出版社,2015
ISBN 978-7-313-12397-8

Ⅰ. 走…　Ⅱ. 格…　Ⅲ. ①诗集—中国—当代②游记—作品集—中国—当代
Ⅳ. Ⅰ217.2

中国版本图书馆 CIP 数据核字(2015)第 051583 号

走走停停的世界
　　——格格巫的慢旅行

著　　者:格　子			
出版发行:上海交通大学出版社	地　　址:上海市番禺路 951 号		
邮政编码:200030	电　　话:021-64071208		
出 版 人:韩建民			
印　　制:上海宝山译文印刷厂	经　　销:全国新华书店		
开　　本:787mm×960mm　1/16	印　　张:19		
字　　数:291 千字			
版　　次:2015 年 3 月第 1 版	印　　次:2015 年 12 月第 2 次印刷		
书　　号:ISBN 978-7-313-12397-8/Ⅰ			
定　　价:42.00 元			

俄罗斯的风情

1、叶卡捷琳娜行宫

2、红场

3、街头咖啡

4、居然有毛主席套娃

澳洲的阳光

1、新西兰的游艇

2、墨尔本的咖啡馆

3、新西兰的女王行宫

蓝色土耳其　　1、以弗所古城　2、蓝色清真寺　内部
　　　　　　　　　3、宗教色彩的旋转舞　4、埃及市场

出埃及记

1、亚历山大的地中海边

2、狮身人面像

3、拉姆西斯神庙

4、神秘的埃及女人

南非的海洋与草原

1、南非的大西洋波涛如怒

2、一棵不知名的树

3、南非大草原

行走美国

1、美国自由女神

2、纽约

都市与阳光

1、华纳电影城

2、美国某小镇

3、旧金山的大巴

剑桥 天边的一抹云彩

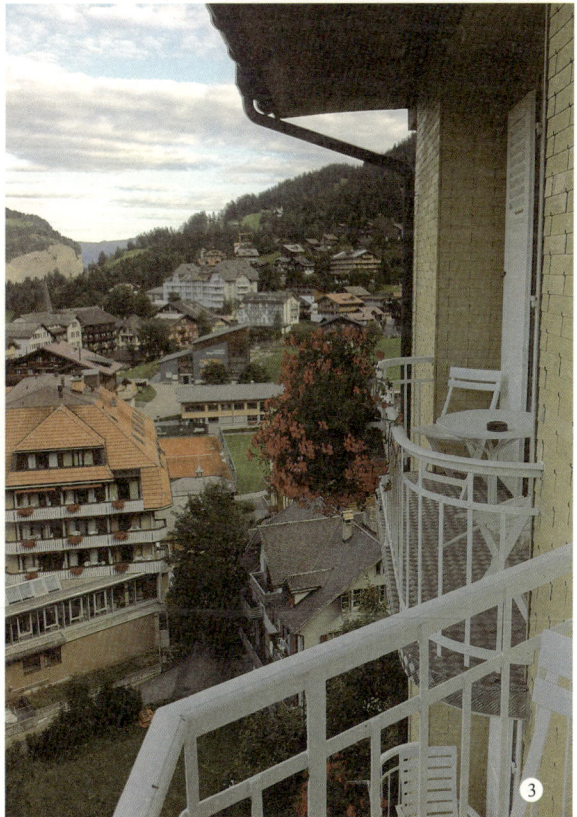

童话般的欧洲

1、佛罗伦萨的街头艺人

2、奥地利的绿色山脉与雪山

3、瑞士的小客栈

泰国的印记

1、曼谷的小工艺品
2、泰国大王宫

台湾的落日与书本

1、垦丁落日　　2、台湾的垦丁客栈　　3、诚品书店

东欧　疑是仙境

1、哈尔施塔特的湖水

2、不知名的小巷

3、柏林墙

邂逅东欧

1、布拉格的黄昏

2、因"音乐之声"而相识

3、湖边的天鹅

序 一

　　周游世界是很多人的梦想，而且越来越容易实现了。

　　周游世界是你的梦想么？

　　做着周游世界的梦，追着朋友们分享的游记美图，恨着自己请不出假来的工作，和朋友讨论这人为什么要旅行的哲学问题……

　　在我小小的朋友圈里，就天天有人这么刺激我：有高中同学已经是国际大行在中国的区域总裁，吃遍全球米其林餐厅，爱马仕包满衣柜；有年纪轻轻就成为国际律所合伙人的女金领，每年游走于苏黎世、纽约、蒙特卡洛、巴拿马等全球各种富豪天堂；有放着公司高管不干，预算了30万穷游全球还带个足球去20多个国家挑衅（或者厚道点儿说挑战吧）当地足球队的微博名人；有隔几年就被派驻到一个充满异域风情的神奇国度（怀疑我这辈子去得成去不成）：他的常驻地覆盖了半个地球的公务员；有彻底无视饭碗这东西的前上班族，每天读书，写诗，练书法，各处会朋友聊天，然后间歇性消失十几天到二十几天……原来她正在周游列国，当她的微博微信突然大量分享旅途见闻时，你一定会特别替她高兴，因为她终于又有免费WIFI用了！

　　刚刚提起的这最后一位，就是这本游记的作者了。

读书就是在读别人的人生，我们喜欢读别人的人生，因为这样做可以让我们的生命之旅变得丰厚充实、五彩斑斓，了解在不同的平行轨迹上，有那么多有趣的个体在以你赞赏、羡慕、憎恶、同情或完全不能理解的方式与你同行。这些书或让你共鸣你的风雨来路，或可能联结你和作者成为不见面的朋友。

这个时代，财富在爆炸。求幸福、求发展的竞争每天都变得更激烈，人人在焦虑，幸福去哪儿了？压力山大成为流行语，回归自然、寻找和体验人生的真正内涵成了遥不可及的奢侈。

在这样的纷繁世态里，你生命旅途上结识的芸芸过客中可会也有一位像她？豁达又较真，天马行空又饱读诗书……凭着自己的才华和文笔，她在那时就很牛如今最牛的电子商务公司做首席记者，从容淡定地采访全球商业最有影响力的大腕儿们；负责过该大牛网站支付平台的网站内容运营；也加盟过初创网站做得风生水起。这些我们凡夫俗子想抓还怕抓不住的机会，她只因为"不忘初心"就让它们浮云般掠过了，自那以后开始了她闲云野鹤般的神仙日子：用博客、微博、微信写职场回忆录，边走边思考边记录去周游列国撰写游记，空余时间除了去和自己的各位同学、文艺"死党"在各地聚会之外，研究中国古典文学，又以传统书法抄写和研读《诗经》、《孟子》等古文经典……

她就是这样的人，她过着我们羡慕却无法模仿的生活，但每次吸取她所分享的生活点滴，就能觉得尽染红尘的躁动之心得到一些安宁，让我们在奔忙的俗世生活里慢下脚步，去欣赏她，进而欣赏周围形态各异的芸芸众生，欣赏苍天赐给我们却还没来得及欣赏的一路风景。

今天，她把自己周游列国的足迹和心路点滴集结成书分享给我们，那就让我们找一个有阳光的安静角落，备一盏清茶，开始细细品味吧。

马晓明

2014年11月8日

于北京

序 二
在路上，遇见最美的自己

一

那个秋天的黄昏，我和格格坐在中大荣光堂，静静地聊在路上的经历，突然间想起海子的一句诗："从明天起，做一个幸福的人，喂马、劈柴，周游世界……"周游世界，对很多人来说，是个美丽的梦想，而格格是个幸福的人，因为她早已出发，并且一直在路上。窗外夕阳余辉，我沉浸在格格周游的世界里，那次她送给我从撒哈拉沙漠带回的沙，一把细沙，用精致的玻璃瓶装着，一半是数不清的沙粒，一半空空如也。

那个玻璃瓶从此成了我的宝贝，被我放在书房，离书最近的地方。从某种意义上讲，我们都有一种三毛式的流浪情结，不是为了单纯的行走而出发，而是因为远方有另外一种生活在召唤。行走，已然是生活的一部分，这部分有着别人无法体味的酸甜苦辣。

3年，20多个国家。当《走走停停的世界》书稿放到我面前，我仿佛随着文字到了那些大多数我没去过的地方。在格格的博客上，我是一个追随者，我随着她的文字，看到了一个全然不一样的世界。我跟随她在俄罗斯的火车上，在北纬65°看到了北极光；跟随她抬头仰望悉尼、奥克兰的云朵；甚至跟随她体验旅途中的奇遇和惊心动魄……那些文字，常常让我羡慕，因为不是所有人，都能开始一段想走就走的旅程。更为难得的是，透过那些文字，让我看到了一个有着更深厚底蕴的格格。

二

十几年前，机缘巧合，我与格格坐到了同一间办公室。或许是因为我们对文字相同的敏感和热爱，我们成了无话不谈的朋友。这十几年，不管生活在哪座城市，每隔一段时间，我们总会坐在一起聊一聊。从生活琐事到诗词书画，海阔天空的闲聊中，我们已经完全忘记，这十几年里的大多数时间，我们分别生活在远隔千里的不同城市。

有时候，距离也可以成为一架桥梁。对于在路上的人，距离承载着更多的梦想和希望。

在一番经历之后，格格选择去游历世界，当她重新出发之后，再次满怀信心地给我讲述各种旅途经历的时候，我知道，我认识的那个诗样的女子，重新又回来了。

在路上，会让你遇见更加美丽的自己。这三年多的旅程，她穿越了神秘的伊斯坦布尔，穿越了撒哈拉，穿越了科罗拉多大峡谷，穿越了童话般的哈尔施塔特，穿越了欧洲大陆，穿越了非洲草原……

最终，穿越了曾经有些迷茫的自己。

那一路，我看着她赤足走在棉花堡上，一路欣赏，一路找寻，寻找莎士比亚笔下《威尼斯商人》的故事发生地，寻找《罗马假日》之佛罗伦萨，寻找台北消失已久的乡愁。这些带着愿望和希冀出发，不断放空、不断填充的找寻过程，或许才是旅行的意义所在。她让我们全身心地融入并接纳这个世界，也让我们遇见更多未知的自己。那些我们以为无法爬过的坡，无法翻越的城，无法走过的路，无法趟过的河，在旅程中，都一一经历过了。

三

诗意的格格，即使在路上，也一样处处诗意，在圣彼得堡火车站，导游琳娜吟出的竟然是《送杜少府之任蜀州》："海内存知己，天涯若比邻。"在墨尔本的小咖啡店，她写下了："这个城市是他们的，我只是一个快乐而又无聊的过客。"在土耳其的穿山高速公路上，她竟然手捧着《诗经》······

诗就是她行走的世界，或者说，她的世界，就是诗意的世界。

这走走停停的世界，格格终于遇见了那个在灵魂深处最美丽的自己。作为好友，我由衷地替她高兴，并为她送上最美好的祝福！

云　儿

2014年11月15日

于中大锡昌堂

目 录

走走停停的世界
Contents

俄罗斯

从莫斯科到圣彼得堡

火车开了

列车在奔驰

奔驰在北纬65°的土地上

是否

从那遥远的北极

传来了

深深的

北极光?

真实的俄罗斯,并不如我们书中所说:充满了理想主义,充满了红色浪漫。五月的莫斯科和圣彼得堡还有着北国萧瑟的街头常常会飘来的刺骨寒风,街道上的行人稀少,偶尔可以看到他们笔直的身影,不苟言笑,他们的眼神总是冷峻的,如同北国深深的寒意。

那庄严肃穆的红场,那一个个让人惊叹的建筑,那清澈无比的涅瓦河,那让人炫目的宫殿,那变幻莫测的历史,那一片片充满乡土气息的郊外,那碧蓝碧蓝的天空,一幕一幕的画面,在眼前闪过。

2011.5.10

远方是什么?

临行前给爸妈各打了一通电话,妈妈在电话里嘱咐的是平安,爸爸听了居然比我还激动:"好好去,好好玩,俄罗斯很好。那里有很多艺术品,如果来得及,你一定要去那些博物馆看看。"我听了连连点头,去俄罗斯,一部分原因是我爸,从小给我唱《莫斯科郊外的晚上》,他们那一代的人都有浓厚的苏联情结。苏联,红场,简直是一个遥不可及的梦想。在某些怀旧的影片中,有画面定格:长鸣而过的黑白火车,冒着浓浓的黑烟,然后慢慢启程,一路向北,奔向遥远遥远的北方。

随身带着一些书籍:冯骥才的《倾听俄罗斯》,代表了我们父辈对于俄罗斯的理解。俄罗斯在他们心中是充满了红色理想的地方,所以他们到了红场,就可以停步,在红场上,他们可以找到他们曾经的梦想。然而,从他们一下飞机开始,他们便对俄罗斯有一些别样的感受,因为入关时俄罗斯女郎苛刻的眼神,并不如他们想象的热情。然而这一切也不是最重要,冯骥才的俄罗斯里只有红场,然后就是广阔的乡村。另有一位俄罗斯主人公阿列克,又可爱又有点不守时间,也许这就是俄罗斯人的典型特点?后来,当我回到中国后,我却觉得冯骥才笔下的俄罗斯并不完整,他只提了红色苏联和一些当地的艺术家。在他的世界里,莫斯科是要远高于圣彼得堡的,或者圣彼得堡应该就是列宁格勒的前称。在去俄罗斯之前,我也这么认为,我以为俄罗斯就应该是莫斯科和列宁格勒。然而去了以后,我觉得,这两者之间应该是彼此独立而又彼此延续。没有圣彼得堡,也就没有俄罗斯。

我认为冯骥才写得最好的,是简单而又概括地介绍了俄罗斯历史上的艺

2011 年

5月**10 日**

11 日

12 日

13 日

14 日

15 日

16 日

17 日

18 日

2011年
⁵月**10日**

11日

12日

13日

14日

15日

16日

17日

18日

术家和文学家。也许是俄罗斯大部分时间是大雪纷飞的冬日,培养了俄罗斯人慵懒而又敏感的品质,所以出现了许多世界级的大文豪、大艺术家。比如:普希金、列夫·托尔斯泰、屠格涅夫、柴可夫斯基等。只有在茫茫白雪的长夜,只有这样对着俨俨的火炉,只有在俄罗斯这样的土地上,才能有如此的大师出现吧。

俄罗斯有那么多的文学大师,诗歌写得最好的当属普希金。普希金写了那么多美丽的诗篇,然而他的生活却充满不幸。他娶了俄国最美丽的女子纳塔利亚·冈察洛娃,然而他的妻子却常常让他陷入困境。俄罗斯沙皇和贵族丹特士都喜欢这个美丽的少妇,而纳塔利亚也喜欢流连于上流贵族社交圈。最后普希金忍受不了这样的状况而与丹特士决斗。决斗的结果是普希金付出了生命。我们在唏嘘不已的同时,也会记得普希金留下的著名诗篇:

假如生活欺骗了你

不要悲伤

不要心急

忧郁的日子里须要镇静

相信吧

快乐的日子将会来临

远方是什么?是天寒地冻的红场?是冰天雪地的宫殿?是飘着歌声的村庄?

飞机终于起飞了,我带着父辈的梦想起航。而这梦想里,也有自己的。在很年轻很年轻的时候,在校园里雪花纷飞的时候,有一个梦想:总有一天,我会去莫斯科。只要能踏上红场的土地,我的梦想就能成真。

也许那里有厚厚的雪花,也许那里风和日丽,这都不重要。只要我踏上了红场,就会有似曾相识的感觉。

2011.5.12

初到俄罗斯　白昼

在飞机上醒来,窗外已如白昼。那些云层很有意思,大片大片,如同金戈铁马一字排开。也许这里的云彩也表现了俄罗斯特色,大智若愚,冷峻不羁,钢铁般的意志只用简单的单线条就好。不必各种形状,就能直接告诉你,俄罗斯就是这么直来直去,没有一丝弯弯绕绕。

　　从飞机上俯瞰俄罗斯,无限壮美。平原广阔无际,郁郁葱葱;河流蜿蜒曲折;湖泊晶莹碧绿,偶尔冰蓝。疆土无限,任意东西。那是成片成片茂密的森林。偶尔才见棋盘状的田地。江山如此多娇。据说俄罗斯人很懒,既然土豆够吃了,为什么要把森林砍了去种庄稼呢?

　　到了莫斯科机场,已经是晚上近 10 点。原来以为出关很快,哪里知道俄罗斯的风格是克格勃主义,以为全世界人民都是他们的敌人,所以负责出关检查的俄罗斯大妈异常冷峻,扫过众人的每一个眼神都非常寒冷。那时候我才觉得俄罗斯大妈似乎并不如我们歌声中唱的那么亲切,不过为了世界人民的安全,我们就既来之则安之。

　　终于尘埃落定,在晚上 11 点半走出了莫斯科机场。

　　走出了机场的那一刹那,我惊呆了,室外夜明如昼,白晃晃的,就如同国内下午三四点,艳阳高照。我们面面相觑,这是晚上吗? 当我终于把沉沉的双肩背包和一个拉杆箱扔进了旅游大巴的底座,一看时间,已经晚上 12 点出头。困得不行,想睡又睡不着,外面白晃晃的,还是白天呢!

　　莫斯科机场去市区的必经之路,周围有一些大超市、大卖场和著名的宜家(IKEA)。这是一个购物广场,导游指着窗外的三个巨型的红色铁十字架告诉我们:那就是二战时期苏德交火之地,至此,德军再也没能往市区打进一步。

　　看着车窗外的景色,远远地看到了宜家的一个广告牌,一张小小的凳子,国内最多卖 29、39 元的样子,这边标价 399 卢布! 吓了一跳,就算除以 3.75,还是比国内贵 2～3 倍! 再有一个小广告,宜家的普通小床,标价 3999 卢布,国内最多不超过 800 元,可见俄罗斯与国内的物价差距有多大!

　　正感觉着俄罗斯的彪悍物价,郝导和我们说起了俄罗斯的经济和人民消费状况:在俄罗斯,因为地大物博,大家觉得日子应该过得很悠闲。莫斯科的市民每人会在城市郊外分得一块 60 亩的土地,通常他们就在乡下弄个小别墅,有钱人固然可以豪华,普通小百姓稍微盖个小屋顶弄些小装备也算是乡村别墅了。每到周五下午,城里的车子就慢慢地开始出城,大家都去郊外的别墅度假了。度假也不为了别的,就是呼吸呼吸新鲜空气钓个鱼,到了周日晚上大家

2011 年
5月10 日

11 日

12 日

13 日

14 日

15 日

16 日

17 日

18 日

再慢慢回城。有人调侃,在俄罗斯,星期一早上大家刚刚回城,需要回味周末,通常不干活。到了星期二早上,还在回味,周二下午开始有点干活的意思了。周三、周四是正常工作日,到了周五又开始想着度假的事情了,周五下午就可以开始出城了。所以莫斯科城里平时堵车现象很严重,到了周五下午尤其厉害,但是周六、周日城内交通很好,因为几乎60%的车子都出城了,到了周日晚上、周一上午又开始大堵。我们开始不信,可看着我们的大巴慢慢地堵在了路上,才相信导游的话确实不假。

从车窗外看出去,俄罗斯人看上去面色都非常安详。他们通常很端庄,有人带着小狗端坐在路边的长椅上,有的就捧着本书在路上的坐椅边看,有些安详地走路。导游告诉我们,俄罗斯人现在人口呈负增长,许多工作都缺人,政府对于本国人又非常优待,所以俄罗斯人有种天生的优越感。现在政府正在出台各种政策鼓励生育,据说有些生了好几胎的妈妈居然被政府官员接见,并得到了极大的荣誉和奖励。

但是就算这样,目前的俄罗斯年轻人似乎还是不急着结婚,不急着生孩子。

也许这和俄罗斯人的高额消费有关?导游告诉我们,目前的莫斯科已经是世界上亿万富翁最多的城市,但是城市居民的平均月收入不到10000卢布。在莫斯科,100卢布只能当零钱花,所以,10000卢布在莫斯科也许只是杯水车薪。我想了想,从一张床3999卢布可见一斑,那么他们平时怎么生活呢?郝导说:许多俄国人拿了钱通常就去超市买面包、黄油、肉类等生活必需品,然后再支付一些必要的生活开支就所剩无几了。后来圣彼得堡的导游琳娜告诉我们,有些俄罗斯的穷人、普通百姓,也许一件大衣可以传三代——这在我们看来,也许是一件不可思议的事情。

在苏联解体后,俄罗斯曾经面临着严峻的通货膨胀,旧货币曾一夜之间贬值或一文不值,新货币的币值是原来通货的10倍。普通百姓就这么煎熬着,一直到了俄罗斯发现了大片的石油、天然气,生活才似乎稍稍好转了些。

所以莫斯科也是两极分化非常厉害的城市,有亿万富翁,也有街头贫民。

看了一下价格:矿泉水,80卢布;各种果汁,60-120卢布;零食类,80-200卢布。一开始我也不知道自己要买什么,正好迎面碰到了郝导,他还了我300卢布,是他白天在机场换卢布时没有零钱欠我的。我开玩笑说:把这300卢布花掉吧!于是买了一瓶60卢布的果汁,买了70卢布一两的淡海鱼,结果磅上一称,居然要 220 卢布。什么都没买呢,280 卢布就没有啦! 这些国内最多也就 20 - 30 元。

2011.5.13

　　早上四点到五点,第一缕阳光就洒进了窗台。

　　所以很奇怪,莫斯科的黑夜只有四五个小时,那么短的黑夜,他们怎么度过睡眠时间的呢?

俄罗斯的历史

　　俄罗斯历史始于东斯拉夫人,也就是后来的俄罗斯人、乌克兰人和白俄罗斯人的祖先。基辅罗斯是东斯拉夫人建立的第一个国家。

　　公元 988 年开始,东正教从拜占庭帝国传入基辅罗斯,由此拉开了拜占庭和斯拉夫文化的融合,并最终形成了未来长达 700 年的俄罗斯文化。13 世纪初,基辅罗斯被蒙古人占领后,最终分裂成多个国家,这些国家都自称为俄罗斯文化和地位的正统继承人。

　　13 世纪以后,莫斯科逐渐成为原先基辅罗斯文化的中心。16 世纪中叶伊凡四世时代,莫斯科大公国改称沙皇俄国。到 18 世纪初彼得一世时代,已变为庞大的俄罗斯帝国,横跨从波罗的海到太平洋的广袤地域。1861 年,俄罗斯废除农奴制度。随后农民不断增加,对土地的需求也不断增长,急剧加大了革命的压力。从废除农奴制度到 1914 年第一次世界大战爆发,俄国推出了斯托雷平改革、1906 年宪法和国家杜马,极大地改变了其经济和政治状况,只是沙皇依然没有意愿放弃独裁统治。

　　军事战败和食物短缺引发了 1917 年俄国革命,此后共产主义布尔什维克登上政治舞台,建立了苏维埃社会主义国家联盟。从 1922 年至 1991 年,苏联逐渐成长为一个超级大国。但随着经济和政治体制的缺点所引发的矛盾越来越尖锐,1991 年苏联解体。

　　俄罗斯经历了两大王朝:留里克王朝(912—1613)和罗曼诺夫王朝(1613—1917)。俄罗斯帝国的疆土开拓者为彼得大帝,结果在叶卡捷琳娜女皇手上发扬光大,以打败土耳其为标志,疆土达到了前所未有的广度。

　　在俄罗斯历史上曾经有过三个重要政治人物,分别为留里克、彼得大帝和

叶卡捷琳娜二世。他们在俄国历史上曾经扮演了极其重要的角色:

留里克:据俄罗斯编年史记载,一个名叫留里克的瓦兰吉人在860年左右被选举为大诺夫哥罗德的统治者。后来,他的继任者将触角伸到了南方并征服了原先由可萨人统治的基辅。留里克是诺曼人,当时的东斯拉夫人其实很

傻,他们觉得自己没有能力管理国土,于是就到邻国请来了这位大公,后来成为了俄罗斯历史上第一位统治者。

彼得大帝:彼得一世(即彼得大帝)统治时期(1682—1725)是俄国历史上的剧变时代。彼得一世统治期间成立了铸币局和炼铁厂、炮兵、航海和医疗学

校、海洋学院、科学院。开始建立起常规军并积极建设海军舰队。彼得一世下令迁都彼得堡,把俄罗斯带进了一个新纪元。彼得一世统治期间,俄罗斯的领土大大扩充,西伯利亚和远东的广袤土地、伊若拉地区、爱沙尼亚、拉脱维亚及

立陶宛的部分地区(波罗的海沿岸)、乌克兰东半部、白俄罗斯和克里米亚半岛都纳入了俄罗斯的版图。

叶卡捷琳娜二世:在俄国历史上,叶卡捷琳娜女皇与彼得大帝齐名,这位俄国女皇,原为德意志一公爵之女,1745年嫁给俄皇彼得三世费奥多罗维奇。

1762年6月28日,叶卡捷琳娜二世在宫廷政变中废黜彼得三世,并登上皇位。她对外两次同土耳其作战,三次参加瓜分波兰,把克里木汗国并入俄国,打通黑海出海口,她建立了人类历史上空前绝后的俄罗斯帝国。

在俄罗斯历史上,也许有两段历史我们可以关注:

蒙古汗国时期:1223年蒙古军队在拔都汗的带领下征服了基辅罗斯,罗斯各大公与长期的仇敌钦察人组成联盟,在卡尔卡河岸与汗国征服军队交锋,又在1239年重新入侵罗斯,在1240年占领基辅,代表着蒙古240年统治的开始。

我们经常沾沾自喜,觉得蒙古人曾经一举拿下罗斯国,似乎我们中华民族脸上也有光。其实不然,那是蒙古帝国的历史,和我们没有关系。就算元朝,也是我们汉民族被蒙古帝国侵略的时代,只不过忽必烈的怀柔政策做得比较漂亮

而已。

罗刹时期:也是彼得大帝时期和叶卡捷琳娜时期,正值我清朝康乾盛世。当时我们称俄罗斯为罗刹国——确实如此,以我们这样具有5000年历史的盛世国家,当然要把当时尚未开化的国家称为蛮夷之地和不毛之国。在我们的

国家,皇帝就算微服私访,怎么可以走出自己的国家?皇帝的嫔妃是不能轻易

见人的,怎么可以篡位自当女皇,并且有情人可以帮助篡位? 就算再早几千年
的武则天,也没有擅自罢黜自己夫君的劣迹,不过俄罗斯出现此彪悍的女皇,
确实也有趣,所以金庸先生才有韦小宝出使俄国的故事,并且帮助了俄国公主
当上了女皇,是不是就是根据这段典故的异想天开? 不管怎么说,罗刹就是罗
刹。不过那时候的罗刹国就有觊觎中国国土之险恶用心,《中俄尼布楚条约》
记录的背景就是这段时期。

2011.5.14

初会红场

　　红场是俄罗斯首都莫斯科市中心的著名广场,位于莫斯科市中心,西南与
克里姆林宫相毗连。原是前苏联重要节日举行群众集会和阅兵的地方。西侧
是克里姆林宫,北面为国立历史博物馆,东侧为古姆商场,南部为瓦西里布拉
仁教堂。临莫斯科河。列宁陵墓位于靠宫墙一面的中部。

　　原本我们要瞻仰列宁墓,不巧那天俄罗斯政府有活动,所以顺延推迟了。
郝导告诉我们,这个特点和我们之前的计划经济时代有许多异曲同工之妙,那
些岁月似乎已经被我们淡淡遗忘。但随着在红场的活动,这些活动又慢慢地
让人觉得熟悉起来。

　　红场的"红",在俄文中是"美丽"或者"欢乐庆祝"的意思,在1917年以后的
十月革命之后,又染上了浓厚的政治色彩。

　　然而,我心里的红场,与政治没有关系。

　　也许只有广场,只有鸽子,只有那些灿烂的歌曲。

　　红场面积并不大,从左侧进,迎面而来的是朱可夫将军的纪念像。朱可夫
将军在苏联时代大名鼎鼎,是唯一获得过三枚列宁勋章的将领。我们在朱可
夫将军前面看到一群俄国小朋友在接受爱国主义教育。往里走就是空旷的广
场。往右一直走,有一条小路可通往列宁墓,另一条小路可通往亚历山大花
园,穿过这个绿阴片片的亚历山大花园,就是克林姆林宫的入口。另外,亚历
山大花园的右后侧,就是打入了莫斯科心脏的麦当劳,我偷偷地溜进去看了一
下,一杯咖啡76卢布,确实有些贵呢。

2011年
5月10日

11日

12日

13日

14日

15日

16日

17日

18日

2011 年
⁵月 10 日

11 日

12 日

13 日

14 日

15 日

16 日

17 日

18 日

艺术的古姆商场

我去过很多很多的商场,总感觉全世界的商场都是差不多的,都是琳琅满目的商品,人来人往。然而古姆商场却有点不同,一进去,就让人感觉非常安静。用"安静"两个字来形容商场,似乎有一点点滑稽,但是也许真是俄罗斯风格,商场里的音乐很好听,不是流行音乐,很容易让浮躁的心沉静下来。

随着音乐慢慢地逛。古姆商场和北京的王府井新天地广场很相似,也是玻璃露天性质的,上下若干层,长长的,乍望去看不到头。然而北京的王府井新天地广场具有浓厚的商业氛围,而古姆商场,我想用"艺术"两个字形容更妥帖。

那些迎面而来的喷泉,一下子让人心旷神怡;然后一楼右侧是长长的美食廊,我很是惊叹于俄罗斯的橱窗艺术,能把美食做得像艺术品一般,让人忍不住地流连;俄罗斯的美食柜台服务员多为俄罗斯大妈,她们还是庄严肃穆,我很想拍她们,几次被他们的保安有礼貌地回绝,但是还有了一两张漏网之鱼,是我冒着枪林弹雨抢下的。

冒着枪林弹雨拍下的俄罗斯大妈

喜欢她们的冰激凌店,每每路过,总是忍不住回头。我在漂亮的美食回廊里买了一个,要了两个球,才 25 卢布,比水便宜多了。我敢说这是我今生吃过的最好吃的冰激凌,甜而不腻,很清新,比哈根达斯什么的都美味。逛了一会儿,后来再想回头找那种冰激凌,却在商场中迷路,再也找不到了!只好随意在另外一个店家又停下买了其他品牌的,结果却没有了第一个冰激凌的味道,而且价格突然间就上去了。

俄罗斯公墓

俄罗斯的墓地文化是非常有特色的,这是了解俄罗斯国家政治和文化的一把钥匙。他们的墓地文化庄严肃穆,每一个时代的伟人都可以在各自的墓地中找到最后的安身之所。比如列宁等苏共时期的领导人,除了赫鲁晓夫都安葬在红场,而托尔斯泰、普希金等俄罗斯历史上著名的文豪在此都有各自的墓地归属。他们大多葬在新圣母公墓。

俄罗斯文学家契诃夫的公墓也在这里。他的墓碑也幽默智慧,镌刻着他的名言:要是你的手指头扎了一根刺,那你应当高兴地说,挺好,多亏这根刺儿没扎在眼睛里;要是你挨了一顿棍子,那你就该乐得蹦起来说,看我多有运气,人家总算没有拿带刺的棒子打我;如果你心爱的人背叛了你,你应该感到万分庆幸,庆幸她背叛的是你,而不是你的祖国。

这里还有许多许多伟人的公墓,连我们中共早期领导人王明的墓也在这里。

不管如何,让我用中国的一首诗来结束这次的新圣女公墓之旅:

> 亲戚或余悲,
> 他人亦已歌。
> 死去何所道,
> 托体同山阿。

2011.5.15

快乐的阿尔巴特大街

阿尔巴特大街是莫斯科著名的街道,以琳琅满目的艺术品、街头艺人和鳞次栉比的咖啡屋闻名。最脍炙人口的莫过于普希金曾经的旧居,他与新婚妻子刚结婚的时候,曾经在阿尔巴特大街租住过一段时间。我在阿尔巴特大街看到那所蓝色的房子,很惊叹,俄国人保持旧居都那么有水平,随意一处房子,都有几百年的历史,每一块砖、每一块石头似乎都有典故。

普希金的故事在俄国家喻户晓,人们对于他的花蝴蝶般的妻子总是充满了各种议论。我曾在一本书里见到了这位夫人的肖像,结果大吃一惊:她长得太像我们的林妹妹了!除了比我们的林妹妹胖一圈儿,那眼神,可谓眉尖若蹙。

继续穿越阿尔巴特大街。阿尔巴特大街阳光灿烂,那天下午20多度,穿一件T恤正好。街头的流浪艺人有的画画,有的在自弹自唱。

还有一家家的街头书摊,应该集中了俄国各个历史时期的书籍。可惜我不懂俄文,在俄语书面前,简直是文盲。暗暗思忖呢,如果把我一个人抛在俄国街头一两天,身无分文,我估计真是活不下去。语言不通,俄国人连英语都排斥。

俄罗斯的林妹妹

突然看到前面有一家麦当劳,于是就进去逛了一圈。俄国的麦当劳似乎也被本土化

了。麦当劳的英文标识已经用俄文替代,我不知道那些字母是什么意思,只是在"M"的标识上还认出了全球不变的LOGO。进去一看,麦当劳里并不如国内的亮堂,光线并不好,人山人海的,里面的饮料和食品也远远高于国内的价格。

莫斯科到圣彼得堡的火车上　北极光

去俄罗斯之前的一大诱惑,是俄罗斯的火车。我在一个系列片中曾经看到过俄罗斯的火车,从贝加尔湖上穿过,有层层的白桦林,然后就是大片大片的湖光。那个景色曾经让我深深震撼,而那条古老的火车线路已经有百年之久。所以坐一坐俄罗斯贝加尔湖畔的火车,曾经是我很大很大的梦想。

俄罗斯的火车站也很有意思,他们的站台起名很有规则,以开往目的地命名——比如开往圣彼得堡方向的火车站为圣彼得堡格勒火车站,再比如从圣彼得堡开回莫斯科的火车站就叫做莫斯科格勒火车站。莫斯科有九个火车站,分别开往不同的地点,用的就是不同地点的名称。

俄罗斯的火车站十分古色古香。莫斯科的圣彼得堡格勒火车站的建筑就可以追溯到100多年前。他们的火车站远望去就像个小城堡,庄严而肃穆,任时间怎么冲刷,也如同当年一般地硬朗。这些建筑总让我有点迷失在现代与

近代之间——也许,这才是这个国家让人有点迷失的原因吧。

莫斯科圣彼得堡火车站

　　然而火车站里面的装修却感觉上了年岁,远远地传来岁月的痕迹。火车站面积并不大,也就几百个平方的大厅,基本上没有座位,如果要候车,大家便站着等候。两边是一些零食小超市,干净而整洁。也有一些漂亮的咖啡店,里面的咖啡和面包都在 200 卢布左右,如果要点些点心就更昂贵。如果不想站着候车,可以去喝一杯。普通老百姓一般不会去,这样很容易地就把不同阶层的人区分开了。

　　站台里的洗手间还是很有意思的,在地下二楼,通常男女各一边。还是有庄严的大妈看门,如果你有火车票,可以凭票免费进入。如果没有,估计也要25 卢布。进了洗手间也非常有意思,面积很大,但是硬件却远不如国内的那么光鲜。进了那里总觉得时空倒流,总能让我想起我们的 80 年代。

　　终于等到晚上,站台开放。我随着大队人马进了站台。俄罗斯的站台又是一次时光倒流,到了那里,可以看到绿色的火车,是我们小时候经常坐的那种,现在却消失在了我们的记忆里。从远远的车尾走到了远远的车头,一路上过了一个车厢又一个车厢。我带了两个沉沉的行李,一个拖着一个背着,一路走着差点走不动了,走到一半背着的行李就从肩上滑下来,结果手上拉着的拉杆箱也顺势倒地。正狼狈呢,对面跑来一个漂亮的十多岁的俄罗斯金发女孩

2011 年
5月10 日

11 日

12 日

13 日

14 日

15 日

16 日

17 日

18 日

2011年
5月10日
11日
12日
13日
14日
15日
16日
17日
18日

儿，她对我笑笑，帮我从地上扶起了拉杆箱，并且帮我把双肩背包重新放回到肩上。那是我在俄罗斯见到的最温暖的笑容。虽然只是一笑，但是让我对俄罗斯的印象变好了许多倍。

终于到达1号车厢。十分钟后，安顿完毕，环顾四周，感觉也是非常陈旧，至少用了十几二十年了。卧铺车厢，只有卧铺，外面的走道却没有坐凳，而且很狭窄，如果站立在窗口，另有人行须得侧身才能经过。不过我并不排斥这列古老的火车，反而觉得很怀旧。

晚上8点40分，火车终于开了。慢慢地，火车开出了城市，火车开上了平原，火车开进了森林。

我站在走道里，看着沿路的风景。一点一点，看着白夜慢慢降临，看着河流慢慢穿过森林，看着路人安静地坐在长椅上看书，看着放学的朋友三三两两骑车，还有牵着狗的情侣，远远的炊烟……

在莫斯科去圣彼得堡的晚上，在很深很深的夜，在北纬65°的火车上，我看到了北极光，和更远更远的景色。那一刻，我是震动的，站在窗边，我写下了这首诗：

莫斯科到圣彼得堡的火车上

火车开了
列车在奔驰
奔驰在北纬65°的土地上

那里
江山如画
郁郁葱葱的森林
恬淡安静的河流

那里
一片寂静的深绿
一片空旷的蔚蓝

火车开了

总有一些让你泪流满面的画面

那森林中潜藏着红色的村庄

自行车随意躺在路边

那三两个约好出游的伙伴

那些豆蔻年华的女孩

还有安静的狗儿趴在他们身边

千里之旅

这里还是一片白夜

也许夜已很深

火车依然飞驰

一望无际

一望无际

成片成片的森林

偶尔飞驰的村庄

天边

晚霞灿烂

白夜璀璨

是否

从那遥远的北极

传来了

深深的

北极光?

2011.5.16

初见圣彼得堡

　　早上四点多钟,圣彼得堡还是一片漆黑。走出火车的那一刹那,寒意袭人,我一下子清醒了不少。圣彼得堡的导游琳娜已经在站台,迎着寒风等待我们了。

圣彼得堡的莫斯科格勒火车站的风格如同莫斯科的圣彼得堡格勒火车站一样,都有陈年的痕迹,外边看上去却是几百年的宏伟,毫无沧桑之气。等候的时候,琳娜和我们说起了圣彼得堡的典故,其实当地人都称圣彼得堡为"彼得堡",只不过"圣"是书面称呼,是对于彼得大帝的尊重和纪念。列宁格勒是苏联时代的名称,颇具政治色彩,所以,在俄罗斯,大家还是更喜欢还原历史和尊重历史,所以原来我们认为的列宁格勒,其实就是圣彼得堡。

还是冷,冷得刺骨。然而圣彼得堡的第一缕曙光在黑暗中已悄悄来临。出门的那一刹那,我有些昏厥——怎么圣彼得堡的清晨会如此壮观?一片红色的霞光慢慢划破了黑色的天空,衬得圣彼得堡的城堡如同画面那样的肃穆和庄严。

2011.5.16

圣彼得堡的天空如此寒冷,然而空气异常清新透彻。

涅瓦河两岸,随处可见俄罗斯古典主义建筑:古堡、宫殿、吊桥、古典雕像、巴洛克建筑。时光一下便倒流了,感觉在俄国的中世纪穿行。

圣彼得堡的历史悠远而绵长,要从公元 8 世纪说起,原来在公元 8 世纪的时候这里是留里克大公的领地,后来过了几个世纪被瑞典占据。到了彼得大帝时期,彼得大帝知道,俄国要发展,必须有一个通往欧洲大陆的港口,于是才有了著名的北方战争。1703 年,圣彼得堡版图终于归到了俄罗斯,为了纪念彼得大帝,所以命名为圣彼得堡。到了 1917 年十月革命胜利后,圣彼得堡才改名为列宁格勒。然后再到 1991 年苏联解体,列宁格勒又改回了圣彼得堡。

其实那些历史已经告诉了我们,列宁格勒之于圣彼得堡,只是沧海之一粟。有些时候我们必须要尊重历史,圣彼得堡的一砖一瓦都告诉你,这里曾经是兵家必争之地,而这里的岁月和文化,无时无刻不在提醒你,圣彼得堡就是圣彼得堡。

而导游琳娜也告诉我们,俄罗斯其实是个非常慵懒的民族。他们并不喜欢政治,谁爱改朝换代谁去做,老百姓只要过好自己的日子就行。他们宁愿多些时间看小说、看马戏、看芭蕾,或者去郊外度个假,在漫长的冬季靠着围炉打盹儿。

早上去了要塞、十二月党人广场和伊萨克广场。其实缅怀圣彼得堡的历史,让我最震撼的是要塞,于 1703 年 5 月 16 日由彼得大帝在兔子岛上奠基,它与彼得堡同龄。彼得保罗要塞作为俄国同瑞典进行北方战争的前哨阵地,一方面是固若金汤的防御工事,另一方面,也曾经关押了几百年来重要的政治犯。

要塞中还有 6 座棱堡及其他军事设施。3 座面对涅瓦河,3 座面对克龙维尔克海峡。棱堡中有 300 门大炮。从 18 世纪起,每日中午 12 时,纳富什金棱堡的大炮就射出一发空爆弹,向全城居民报时。这一习俗流传至今。

1717 年它失去了军事意义,成了国家监狱,它宽厚的墙壁里筑有许多暗炮台,以及阴沉、寒冷的单人囚室。从长长的在押犯人名单中,可以找到许多名人的名字:拉吉舍夫、车尔尼雪夫斯基、高尔基等等。

要塞的对岸就是著名的冬宫,俄罗斯人常常调侃,那些在冬宫里的重要人物活得也挺幽默的,每天与监狱对望。今天在冬宫里待着,明天也许就去要塞监狱了。

2011.5.17

夏宫对面的芬兰湾

一大早奔赴夏宫,圣彼得堡的天气寒冷透骨,我只穿了一件风衣和薄毛衣,挡不住寒风凛冽。

圣彼得堡的天气在五月属于初春,树梢刚刚吐露新芽,一般来说,昼夜温差很大,琳娜的服装是一件薄薄的滑雪衫加厚 T 恤。路上我们的车子堵在涅瓦河边,前面是一条长长的车队,大概堵了半小时。琳娜和大家说:"那肯定是市政府某高官出行了,俄罗斯人民对这样的情况表示很愤慨。"我发现俄罗斯人很爱调侃他们的政府和国家机器,比如警察,琳娜当面和我们说了:"警察在俄语中的意思就是一次一百块,警察每次来不是做什么好事,就是让老百姓罚款。所以大家看到他们,有时候就送他们钱。开始送个 200 卢布,后来他们说,钱不够了,我们就加点儿。最后一不小心就加到 500 了。"琳娜的汉语说得非常好,她的"儿"音是标准的北方话,我说得都没她标准,不愧在中国学了六年中文,让人叹服。

然后继续上车,再醒来,就是碧绿的草地,大片大片地跃入眼帘。已经接近夏宫腹地了,这是外围的草地。俄罗斯的森林和草地到处可见,在森林和草地中隐隐可见精致的红色小木屋,这是一个童话的世界,也许欧洲的文化渊源

2011 年
5 月 10 日

11 日

12 日

13 日

14 日

15 日

16 日

17 日

18 日

2011年
5月10日

11日

12日

13日

14日

15日

16日

17日

18日

都是相似的,这里的景色,总能让人想起一个又一个《格林童话》中的场景。

夏宫终于到了。周围一圈是茂密葱郁的白桦树,如同一排排默默守卫多年的将士。而后出现的就是一个个金碧辉煌的宫殿,在阳光下耀眼得让人睁不开眼。

在夏宫,有一条沙堤直接通向芬兰湾。对面是一望无际的大海。导游告诉我,对岸是北欧四国,也许是芬兰、丹麦等国家。提到丹麦,突然之间有一种很熟悉的感觉:安徒生,我们从小是读他的童话长大的。安徒生的童话和《格林童话》不同,《格林童话》完全是儿童化的,讴歌美好的事物。而安徒生的童话是成人化的,总有一些淡淡的伤感和无奈,比如《卖火柴的小女孩》、《海的女儿》。

突然之间,我想到了《海的女儿》。这里正是芬兰湾,也许就是这片北方湛蓝的海域,才能让作者成就这篇童话吧。

叶卡捷琳娜行宫

此次去俄罗斯,最漂亮的地方应该是叶卡捷琳娜行宫。一路过去,满眼都是碧绿的森林,那些叫不出来名字的树叶哗啦啦地一路唱着歌,看着窗外,你可以感觉到阳光透过树梢,那样的空旷,那样的纯净。

叶卡捷琳娜行宫的后花园

叶卡捷琳娜行宫位于彼得堡南30公里处,于1717年彼得一世时期初建,至1796年叶卡捷琳娜二世晚期形成规模,曾连同1788年建成的皇村中学、1796年建成的亚历山大宫及其宫廷园林统称为"皇村",后因俄罗斯伟大诗人普希金曾在皇村中学度过了他的少年时代,在 1937 年普希金逝世 100 周年之际,由当时的苏联政府更名为:普希金城。

冬宫

在圣彼得堡的第一天下午游冬宫,可怜相机没电了,一张照片也没拍成,然而我因此也得了空,好好地跟着琳娜游了一次冬宫。冬宫的壮观也是让我叹为观止的。令我欣喜的是,琳娜的艺术造诣非常深,说起冬宫的历史文化如数家珍,而她于绘画艺术也颇有心得,在冬宫,跟着她一路观看达·芬奇、毕加索、梵高等人的绘画,每一幅画琳娜都给我们做了详细讲解。可惜没有拍下来,错过了。不过人生总需要有一些遗憾才能更让人留恋,否则十全十美了,哪里又是人生呢?

俄罗斯彪悍的物价　天涯若比邻

看着俄罗斯彪悍的物价,我们在彼得堡的时候曾经问过琳娜,普通的俄罗斯老百姓怎么生活? 琳娜说:俄罗斯的社会两极分化太大。俄罗斯有世界上最多的亿万富翁,也有世界上最穷的老百姓。通常老百姓的平均收入在每月1 万~2 万卢布,她和她先生算不错,有四五万的收入,但是只够在家宅着,除去所有的开销就所剩无几。琳娜说到后来愤慨地说:普通老百姓的日子就更难了,买东西的地方就是贵得吓死人。俄罗斯最近十几年通货膨胀厉害,许多人一夜之间,原来的货币贬到一无所有。但是没有办法,只能顺其自然。所以俄罗斯人不存钱,有钱就花。

说得大家哈哈大笑,可意会而不可言传。

在圣彼得堡火车站,琳娜为我们送行。尽兴处,她念了一首中国的唐诗:

送杜少府之任蜀州

城阙辅三秦,风烟望五津。

与君离别意,同是宦游人。

海内存知己,天涯若比邻。

无为在歧路,儿女共沾巾。

面对这位比中国人还了解中国的俄罗斯导游,不能不让人感动。

圣彼得堡,匆匆而过。

再回到莫斯科,又是匆匆一夜。然而,那个晚上在火车上,我却没有再出去看窗外的景色,第一次在火车上见到的北极光太美,我怕见不到,反而徒增遗憾。所以就在列车里休息。我们的车厢里来了一位俄罗斯金发姑娘,然而沉默不语,一上车就爬到上铺,到了下车才下来。

那天晚上,虽然休息得很早,却在半夜一两点钟被敲门声惊醒,我们以为是小偷,后来才发现,是一个喝醉酒的旅客走错了房间,敲门声震天响,以致惊动了左右车厢的人。我们吓得不敢开门,后来乘务员把醉汉带走了,这才作罢。

2011.5.18

莫斯科大学

我们在清晨七点多钟就到达了莫斯科大学,是一座坐落在山坡上的古堡式大学。流连于莫斯科大学,旁边是郁郁葱葱的森林,总觉得那是童话里的古堡。导游琳娜和我们说,俄罗斯的建筑一般是围着森林而造的,通常因为森林的形状而造就建筑的形状,所以我们看到的古堡总是形态各异,颇有趣味。这和中国的建筑方式有些相反,我们要是造什么建筑,总是先把森林伐了再说。

那里的空气似乎是甜甜的,空气太清新了,是不是含氧量过高的缘故?

莫斯科大学前站立着若干中国的老人,这曾经是他们年轻时的梦想。他们在那里,久久不愿离去。

莫斯科大学

地下铁

2011年
5月10日

第二站去的地方是期待已久的地下铁。去俄罗斯之前，影子曾经提醒我，一定要去俄罗斯的地铁看看。当时团里没有这个项目，后来我们和郝导提要求，要去坐地铁，导游答应了，于是立即去地铁站。

11日

当我看到了俄罗斯的地下铁时，震惊得说不出话来。俄罗斯的地下铁在地下几公里的地方，坐着自动楼梯下去也要好几分钟，往下看看不到头，往上看也看不到头，只觉得深不可测。据说这是俄罗斯的防御工事之一，如有战事，全城老百姓可以躲到地铁下面，而地铁下面也有各种装备可供紧急时期地下生活战备所需。从俄罗斯的地铁里，我看到了俄罗斯钢铁般的精神和意志，冷战时期的阴影在这里还隐约可见。

12日

13日

俄罗斯的地下铁

14日

15日

16日

而俄罗斯地铁里的装饰建筑，也让人惊叹万分。有的直线条，风格简约，可以见到苏联时期50年代的革命风格；有的是俄国古典主义风格，从雕花装饰中，可以看出俄罗斯藏在骨子里的艺术。我总觉得俄罗斯地铁可以代表俄罗斯精神，让人叹为观止。

17日

我们在地铁里来来回回坐着好几站。车厢已经比较破旧，里边的乘客有的拿着书本，有的随意而坐。而最多见的俄罗斯大妈在地铁里面也是非常精致，妆容完好，衣服穿得一丝不苟，如同盛装的少女。也许，这就是她们对于生活的态度，虽然青春已经不再，虽然身材已经走样，但是爱美之心，仍然不减当年。

18日

红场边的麦当劳

因为冷,我跑到了红场边上的麦当劳喝了两次咖啡。第一是为了避寒,第二是因为咖啡的价格似乎比水便宜。

麦当劳的前面有个亚历山大花园,很美,有大片大片的鸽子。来自世界各地的游人络绎不绝。许多年轻的俄罗斯人也在此游荡,当然,他们待的时间不长,小坐片刻,又慢慢离去。俄罗斯的年轻人都有一个习惯,走到哪里,手上都带着一本书,也许因为俄罗斯处处排队,他们养成了等待的习惯吧? 我总觉得

俄罗斯人的生活方式很健康,他们每天沐浴着阳光,呼吸着森林的空气,不上网,接触的都是现实的世界。而我们已经太久太久沉迷于网络了,岂不知道,这也是一种精神鸦片?

我在亚历山大花园里见了他们的士兵交接仪式,果然很华丽,具有中世纪的风格。很威严,俄罗斯的国力,不容小觑。

归程　飞鸟集

在莫斯科机场,拿出了泰戈尔的诗集,打发时间。到俄罗斯带泰戈尔的诗,感觉有些不搭。因为泰戈尔是印度诗人,不如带普希金的诗集。但《飞鸟集》我很喜欢,短小精湛。

第一首是这样的:

> 夏天的飞鸟,飞到我的窗前唱歌,又飞去了。
> 秋天的黄叶,它们没有什么可唱,只叹息一声,飞落在那里。

是啊,夏天的飞鸟,来了又走了。秋天的黄叶,叹息一声就飞落了。他的诗歌里有禅意,有大道,就那么短短的几句,却意境无限。

我今晨坐在窗前,世界如一个路人似的,停留了一会,向我点点头又走过去了。

一直看到上了飞机,再看到夜航。夜是如此深沉,脚下是俄罗斯空旷的天空和大地。

澳洲的阳光

那些冰蓝

人在天涯

大巴在奔驰

月亮在天上

2011 年
^{11月}**13 日**

14 日

15 日

16 日

17 日

18 日

19 日

20 日

21 日

22 日

2011.11.13

悉尼的海岸

邦迪海岸很美,天很蓝,水很绿,有一种透明的感觉。

海鲜市场可以看到来来往往的各色人群。澳洲土著的感觉很休闲,都是穿着拖鞋、牛仔裤。来来往往,非常随意。他们一直在微笑着,好像阳光下的冰激凌。

下午又去了悉尼大剧院,果然壮观,不愧为悉尼的标志性建筑。露天表演乐队唱了半天的歌,很悠闲,人来人往。

有趣的是,大剧院里来来往往的人群穿着都很正式。男士必西装,女士必长裙晚妆。我在人群中蓦然看到一个红色的背影,身材笔直得像 20 多岁的姑娘。然而满头银发,其实是个老人。她的背影极富感染力,如同电影中的画面那般飘逸。最后消失在人群中,如惊鸿一瞥。

悉尼的云朵

悉尼的温度骤然升至 35℃,要进入悉尼的夏天了。澳大利亚在南半球,再过一个月就是圣诞了。悉尼的圣诞老人是夏天的圣诞老人,很有意思。

在蓝山见到了当地的土著。他们悠闲地坐在广场上晒太阳,中间的地上放着一个小盘,里边有各种各样的硬币。游客随意,可给可不给。若你在盘中放入硬币,他们也会礼貌一笑。

悉尼的文化也简单。这里的历史不到 200 年,是英国航海时期发现的殖民地。悉尼这个城市也是以它的第一任总督的名字命名的。

那里的天很蓝,云层很低,似乎伸手就可以摸到。

2011.11.16

凯恩斯热气球　天空的第一抹朝霞

同学从欧洲回来的时候,曾经给我看了她在瑞士的某个山峰滑翔的风景,美不胜收。一路上降落,可以看到白雪皑皑的山脉,也可以看到碧绿碧绿的草原,还可以在半山坡看到成群的牛羊。那些山水碧绿透明,远处雪山又雪白晶莹,看得我好生羡慕。

据说热气球和滑翔伞有异曲同工之妙。所以到了澳洲,热气球当然成为首选项目。

天刚蒙蒙亮,我们就赶到了凯恩斯的郊外。远远地看到三个巨大的热气球:一个是橘色,两个是黄色。当地的导游告诉我们,我们乘坐的热气球是橘色的,是早上最早的一班热气球。

每一个热气球下面有一个篮子,可以乘坐 15－20 人,每个人就这么从篮子外面爬进去。从篮子下面往上看,热气球下面有一团巨大的火焰,也许这就是热气球的燃料吧? 每个人在气球下都能感到一阵阵热气腾腾的暖意,让人晕乎乎地,感到自己会飘起来。随着温度慢慢升高,热气球终于慢慢地起飞,慢慢地升空,越过了大片大片的草原,升到了半空。这时候,我们能够看到整个

凯恩斯平原。我们飞翔在凯恩斯的高空,远处就是连绵起伏的山脉,云蒸霞蔚,群峦起伏,这时候,天空的颜色是绛紫色的,太阳就藏在云层后端。在热气

球里的感觉很奇妙,整个身体都非常非常温暖,就像在寒冷的冬天,烤着一个暖暖的火炉。你又觉得自己的身体慢慢飘起,眼睛一睁就在半空中,平原在你的脚下,山脉在你的对面——几乎怀疑这就是《绿野仙踪》的童话,怎么就出现

在真实的生活里?

太阳终于出来了,凯恩斯的第一缕霞光透过了云层,整个天空变得火红一片。

然后,热气球随意在天空中飘,穿过了低低的灌木丛,我们还看到了随处可见的考拉和树袋熊。非常小,转瞬就不见了,然而它们是凯恩斯草原上的精灵,它们就在树林里、草丛间、平原上的每一个角落。

如果,热气球永远不会降落,是不是就是童话了?

布里斯班　人在天涯

夜已深,大巴疾驰在公路上。澳洲的疆土如此辽阔。每两天一个城市,每两天一次飞机。到了布里斯班机场,居然驱车一个多小时才到达黄金海岸酒店。

人在旅途,夜车行驶在布里斯班的海岸线上。天色已是很晚,天边有一轮很深很深的月亮。

2011.11.17

澳洲的中产阶级

　　晚上拜访一户澳洲中产阶级家庭,男主人名叫 Berry,是一位远洋船长。女主人是一位护士。我们到了 Berry 夫妇的家,是一幢几百平方米的大房子,上下两层,外带一个小小的游泳池和两个小车库。我们先参观了两层小楼:总体风格简单而温馨,并不奢华,但是每一个细节都非常到位。客厅的一块羊毛垫子和墙上的赫本画像,立刻显出主人的生活品位。一旁的圣诞树一下子把大家从温暖的热带气候带回了遥远的冬天——还有一个月就是圣诞了,这里还是夏天,但是在遥远的北半球,现在已经是冬天了。圣诞可不就要来了吗?

　　Berry 家的书房也极其温馨,书很少,但是可以上网,那一张大沙发软软的,坐在上面就可以随意捧一本书看,就算外边是寒冷的冬天,飘着雪花,房间里的壁炉和书本,也会让人觉得无限温暖呢。拐角处是一个非常漂亮的两层楼梯,上去了就是主人的卧室,一共有三个。还是很温馨,很漂亮。Berry 在二楼很友好地接待了大家。

　　导游告诉大家,Berry 的家庭代表了 80% 的澳洲中产阶级水平。这样的房子在澳洲大概在 60 - 80 万澳币之间的价格,而且是永久性产权。

澳洲的富豪和澳洲的流浪汉

　　参观完 Berry 家,我们又去了黄金海岸的海边坐私家游艇——他们代表着当地 10% 的人的生活模式。游艇在澳大利亚被称为三大梦想之一,和好房、好车并驾齐驱为有钱人的标志。但是游艇的费用过于昂贵,一辆游艇可能要 450 万澳元,但是需要花更多的钱去租用游艇的场地和支付保养游艇的费用,所以很多有钱人买了游艇的第二天,他们的梦想就改为了卖游艇——是否有些冷幽默?

　　我们还是坐上了黄金海岸的漂亮游艇,开始慢慢地夜游。游艇缓缓地开过富人区,导游告诉我们:成龙先生的豪宅就在这里的空中花园的顶层,可惜他不在这里常住,所以他们家经常是关着灯的;另外有一位当地 67 岁的老人原来是个平民,开了一辈子的车,退休以后运气好,买了两次彩票居然都中了头奖,一共得了 1200 万澳币,于是也在富人区买了一幢豪宅——后来又娶了一位

59岁的老太太,从此过着幸福的童话生活——然而,澳大利亚的当地人看来都不羡慕这样的富豪生活,每个人都有权力决定自己的生活方式,澳大利亚当地人非常随意,他们可以开最普通的车子,住最简单的房子,可以去打一份最普通的工,或者是清洁工,或者是码头工人,大学教授的工资并不一定比保姆的工资高,社会地位也不见得有多高。工作不分贵贱,人人平等。然而,这还不是最高的生活境界。导游在豪华游轮上指着海面上的一艘艘小船告诉我们:最穷的10%的人在这里。他们居无定所,连房子也没有,甚至连国籍都没有,连最简单的生活都不能维持。因为没有身份,连政府最低的救济金也不一定拿得到。不过他们却有一种另类的生活方式:以船为家,今天在黄金海岸漂泊,过几个月,在澳大利亚待腻了,他们会坐着小船飘到远处的新西兰去——新西兰离黄金海岸只有四个小时的船程,对于这样的流浪者来说,地域永远不是问题。

也许在物质上他们是最穷的人,但是在精神上,说不定他们是最富有的人。

2011.11.18

华纳电影城

澳洲的华纳电影城并不大,短短的十几分钟准能逛完。

飞车表演在一个露天的广场,上演了一出现场好莱坞飞车大片。我曾经去过银川的西部影城,原始风貌十足,然而,国内的影城只是简单的静态欣赏,这里更多的是一些互动节目。

另外一个精彩的表演是4D电影。我一直很纳闷,4D电影和3D电影有什么区别。4D电影较之3D电影,除了视觉上的立体化,更多了感官同步:比如当演员从高空摔下的时候,你的座位会模拟摔下的感觉,当碰到大雨的时候,头上会有水花飘下——套句现下最时髦的话:人类已经不能阻止科技的进步了!看了4D电影,有一种感觉,科技的进步太快,电影的科幻程度已经超出了人类的想象力,不知道以后还会不会有5D、6D电影?

这两大项目是华纳电影城最经典之体验。此外,激流勇进也是一个不错的体验。它的构思也挺巧妙,是一个在高山上的大瀑布,穿过瀑布,你可以看到19世纪的各种古老的村庄和河流,然后过山洞,从山顶疾驰而下。

其余的时间就在电影城里慢慢地玩,慢慢地走。有许许多多来自各国的孩子,他们的笑容最灿烂。

2011.11.19

墨尔本

　　出了机场,才发现墨尔本阴雨绵绵,一下子清冷了不少。离开布里斯班的时候还是夏天,穿着衬衫,到了墨尔本转瞬就是深秋,一下子觉得冷得不行。墨尔本是澳大利亚在大洋洲上离南极洲最近的城市,只有3000公里,所以我们在这里可以感受到一些南极洲的温度。

　　我们在墨尔本的城里乱逛,去了教堂,去了库客船长的小屋,又去了皇家植物园。总是进入不了状态,也许是一下骤变的天气,也许是走马观花的无聊,也许仅仅是旅途过于疲劳。只是在车上随意看看,感受着墨尔本这座城市。墨尔本有许多古建筑,到处是参天的绿树,空气清新而又稀薄,与俄罗斯的感觉如此相近,是一种寒冷而又清透的欧洲风情。

　　雨还在下,而我一下子喜欢上了墨尔本。

　　墨尔本大桥具有浓郁的欧洲特色。后面的建筑古色古香,偶尔会看到驾着马车的姑娘经过,宛如19世纪的欧洲画面。这儿最有特色的是双头公共汽车,据说有100多年的历史了——这些公共汽车只能在有线电车的轨道上开,不过因为两边都是车头,所以不用倒车,司机开完一条线路,只要到另一头重新驾驶即可。

墨尔本的马车　　　　　　墨尔本的双轨电车

2011年 11月13日 14日 15日 16日 17日 **18日** **19日** 20日 21日 22日

　　还在大桥边闲逛,突然之间一阵大雨倾盆而下,一路小跑到桥边的咖啡店,冲进咖啡店躲雨。咖啡店似乎很摩登,有很多很多聚在一起聊天的年轻人。这里离国立美术馆很近,也许咖啡馆有一些艺术家。随意要了一杯咖啡,只要4.5澳元,找了一个靠窗口的位置,慢慢地看着窗外的风景,慢慢地看着店里的客人。突然之间,我觉得自己很快乐,我是一名匆匆的游客,游离在他们的生活之外。

　　无聊之间,在咖啡馆写了两首小诗。精简到几句:

突然之间

墨尔本就下雨了

这个城市是他们的

我只是一个

快乐而又无聊的

过客

2011.11.20

奥克兰的云朵

　　转眼就到了奥克兰,一出机场,就闻到了青草的味道。大片大片的绿地,天是蓝的,云彩很低,伸手就可以摘到。

　　在伊甸园的山顶,看着对岸蓝色的大海,听着山风呼呼的声音,所有的一切,都是冰蓝的。

天是冰蓝的

湖水也是冰蓝的

风是冰蓝的

云朵也是冰蓝的

　　这里的人们很休闲,工资是周薪制。因为国家福利制度好,所以基本上采取"周光制"。每个星期用几百新币基本就可以对付生活开销。海边就是他们常去的休闲场所。对面的一座小岛就叫雪色天空,大名鼎鼎的顾城,生前的最

冰蓝的天空和沙滩

后一段时光就生活在这里。这样一个浪漫的诗人,是和新西兰这样的国度相配的。顾城的诗歌,像孩子般天真。但是他的人生,却实在不能让人苟同。

晒太阳,看看海面上的白帆。对面是一片蓝色,冰蓝色的大海。我只有在西藏的时候才使用过"冰蓝"这个词语,因为它太美,不像人间的蓝,那种蓝色是晶莹透明的,你能感觉到在深蓝深蓝下面蕴藏着雪域上的冰块。

草坪的对面是一排咖啡店。随便进了一家,要了一杯咖啡。澳大利亚和新西兰的咖啡都很便宜,价格基本上相差无几,无论在机场,在街头,还是在露天咖啡馆,都是 3.5 新币到 4.5 新币的价格,无论你坐着喝还是带着走,都是这个价格,非常公道,童叟无欺。今天我点了一杯 4 新币的卡布基诺,坐在露天街头,对面就是蓝色的大海和绿色的草坪,真是人间天堂。

2011.11.21

"马他马他"的咖啡时光

中午在一个很奇怪的地方歇脚,叫做"马他马他",当地毛利语是"第二眼睛"的意思。随处一拐,发现了一条咖啡街。街上都是悠闲的当地人,当时正是午餐时间,他们三三两两地坐在街头,就着咖啡吃着汉堡包晒着太阳。到了澳洲以后,我养成了一个习惯,每天会到街角喝一两杯咖啡,顺便和当地人练练口语,感受一下当地人的生活和文化。今天的咖啡还是很标准:4.5 新币。我身上没有新币,不过他们可以刷 VISA 卡,直接用当时的汇率兑换成人民币。

　　马他马他是一个歇脚的小乡村,只有一条小小的咖啡街。15 分钟的时间很宝贵,露天下,我看着对面的两个女孩在聊天,隔壁的一对老两口在吃汉堡午餐,另外一桌有四个年轻人在讨论一个话题。很轻松很随意,我和对面的女孩子简单聊了几句,让她帮我拍照片。她们很友好,笑得很灿烂。

温泉记

　　晚餐后,我就跑到前台问大堂经理,有没有什么地方可以推荐我去逛逛?大堂经理是个胖胖的 40 多岁的当地人,非常绅士,他向我推荐如果晚上活动,可以去当地的温泉。于是我再询问饭店有没有车送我过去,因为我不认识路。

那位大堂经理点点头笑着说:当然可以,他正好下班,可以带我过去。另外他要去接一位女士,问我愿不愿意等他五分钟,我说当然可以。

　　于是五分钟后,我就坐上这位大堂经理的奥迪出发了。一路上我就开始和这位胖胖的先生聊天,他名叫 Tony。Tony 带着我在美丽的罗托鲁瓦城里慢慢地逛,几条主要的街道他都带着我转了一下。我一边看一边惊叹:实在是太美了!

　　不知不觉,车子到了一个街角,停下等着接 Tony 的同事,然后继续聊天。

　　Tony 说他等的那位同事是一位女士,是另一位经理。大概五分钟的时间,一位很优雅的女士从街角出来了,果然很漂亮。见面以后我们就笑着说:果然是一位美丽的女士啊!那位女士笑着对我说:非常欢迎你,中国的客人!下车

之前,两位还提醒我,这里的出租车比较少,等泡完温泉,可以找到温泉的总台,让他们为我叫车,这样我就可以安全顺利地回到酒店!

　　很顺利地到了当地有名的一家温泉。接待我的是一位很友好的女士,她建议我去靠湖的天然温泉区,有四种温度:36°、38°、40°和 42°。

　　一切安顿好,进入温泉。只有寥寥三四个人,感觉很安静。

　　有些震惊,因为太美了。这是一个天然的温泉,以天为盖,以地为庐。远处

是如烟的罗托鲁瓦湖。近处是山石,绿树环绕四周,温泉在山石间缓缓冒着热气,白色的雾气缓缓地从池子下面透上来。

　　已是黄昏后,夕阳渐落。

　　远处的水是深红的,近处的水是深蓝的。

抬了眼,可以看到渐渐变暗的天空。

晚安,罗托鲁瓦

晚上回去,请了前台女士帮我订车。五分钟以后,出租车来了。是一位胖胖的女司机,她说的英语有很重的当地口音,我有些听不懂了。我们彼此愣了半天,我就把饭店的图片给她看,她恍然大悟——哦,是那里!

罗托鲁瓦是个很小的小镇,小镇很干净,只有几条小小的街道,却漂亮得宛如童话。每一栋房子都像花园里的小城堡,就在绿树丛中,安静地在夜色中沉睡。

司机放着快乐的歌,罗托鲁瓦,夜在沉睡。

行程很短,13新币。又碰到难题了,身上一分钱新币也没有,这两天的消费都是刷卡,但是出租车内肯定不会配有银联VISA装置。突然之间,我想到了澳元和新币是可以通用的,于是不好意思地问司机:可以用澳元吗?司机很愉快地接受了,一块石头终于落地。在新西兰,美元、澳币和新币都可以通用,没有汇率,都是1∶1∶1的价格。

运气真好,这么个燃眉之急,就在仅存的澳币中轻轻化解了。

一路碰到的,都是好人。晚安,罗托鲁瓦!

2011.11.22

新西兰的物价水平

到附近的超市逛了一圈。当地的超市最能反映一个城市真正的生活水平,看了他们的价格,觉得新西兰人民生活太幸福了:牛奶才26新币一罐,一大袋咖啡5～10新币,蔬菜每公斤从1.99～9.99新币不等。他们的最低年薪3.6万新币,恩格尔消费指数才8%左右。以最低工资来说,每月3000新币的工资,买这些日常消费品是可以不用考虑价格的,而中国同样3000元的工资,一罐奶粉就需要150-200元左右——物价奇贵无比。所以,这才是两国人民的生活差距。

行程便这么匆匆结束了。这一天的行程完全是流水账,有点不完美。然而,人生总是要有点遗憾,才是真正的完美吧!

2011年
11月13日

14日

15日

16日

17日

18日

19日

20日

21日

22日

新西兰的美好生活

从南半球到北半球

凌晨两点多钟还在新西兰的奥克兰,早上九点居然就到了澳大利亚的悉尼。我从南半球靠近南极洲 3000 公里的地方出发,现在又回到了南半球赤道附近。

什么样的感觉? 地球真小,然而,我们的视野却越来越开阔。

飞机继续航行。从飞行图上看到,现在的飞机还在南半球,正在印度尼西亚的上空穿行,慢慢接近赤道。我看着飞行地图,感觉地球如此之小。左边是

印度洋,右上方就是太平洋。飞机在地图上又缓缓向北移动了一点儿,离赤道是那么近。也许眼睛再一闭,再醒来,就是北半球。再醒来,就是中国上空。

白色土耳其

两种文明的时空与交错

卡帕多其亚的山洞里

曾经住着避难的老耶稣

沿着石洞留下的路

穆斯林的后裔

庄严地跳着旋转舞

2011.12.24

从平安夜启程

出租车行驶在去浦东机场的高架上,很奇怪,也许真的是平安夜的缘故,很少有车经过。天空是黑灰色的,蒙蒙一片,没有月亮。这样的晚上,居然有些清冷。

我想,这时候如果有一曲欢快的土耳其音乐,会不会就热闹起来了?

夜机。

我们这次乘坐的是土耳其航空公司,一进机舱就有热情洋溢的土耳其音乐,一下子就快乐起来了。

土耳其,古老的奥斯曼土耳其,穆斯林,确实有这样的魅力。

2011.12.25

土耳其的第一缕阳光

今天的行程有点戏剧化。夜航的飞机总是让人很难入睡,所以只有瞪着眼睛看着飞行图,从上海开始,过郑州,过西安,过西宁,然后过新疆,最远是伊宁。过了伊宁,进入蒙古和俄罗斯境内,一直到过了黑海以后,我的眼睛终于撑不住,开始打盹。

在伊斯坦布尔机场等待了四小时,转机去伊兹密尔。转机的时候又困又乏又渴,真有些怀念澳洲的阳光,在阳光下可以喝水或吃冰激凌。土耳其机场的矿泉水价格奇贵无比,一瓶矿泉水居然卖到 33 里拉,于是放弃,连咖啡都不敢看了。

就在这时候来了一位土耳其导游,非常漂亮,人也很甜美,看到我们就笑。她的中文名字叫高宁,是个地道的土耳其姑娘。熟了以后我问高宁:是不是土耳其的水都这么贵? 高宁说:没有,外面的水就 1 - 2 里拉,机场特别贵。

一两小时后转机,又过了两个多小时到了伊兹密尔。当地时间早上 10:40,北京时间下午 16:40。整整飞行了 17 个小时,从一个机场穿梭到另一个机场,却没有呼吸到土耳其的一丝空气,也没见到土耳其的一抹阳光。

又经过了若干小时,离开伊兹密尔机场,踏上了土耳其的土地。在出发了 20 多个小时以后,我们终于看到了土耳其的第一缕阳光。

28 日

29 日

30 日

31 日

2012 年

¹⁄₁ 日

2011 年
^{12月}24 日

25 日

26 日

27 日

28 日

29 日

30 日

31 日

2012 年
^{1月}1 日

土耳其导游高宁

以弗所的千年尘埃

在车上困得直打瞌睡,看着窗外土耳其的风光,似乎与想象中的奥斯曼土耳其有很大的差距。在我的想象中,土耳其应该和新疆很相似,有大漠、黄土,再加上欢快的土耳其音乐,还有一个个跳着伊斯兰舞曲的美丽姑娘。

而眼前的伊兹密尔,山野环绕,有着成片成片的绿色庄稼。再到远处,风吹过金黄色的麦田,别样风情。

土耳其地跨亚欧大陆,曾经有过波斯帝国时代、希腊时代、罗马时代、拜占庭帝国时代、奥斯曼土耳其时代和土耳其共和国时代。因为地处小亚细亚亚欧大陆,所以是各种文明交汇的地方。

以弗所,又称艾菲斯 (以弗所),希腊语 φεσσο,是吕底亚古城和小亚细亚西部希腊的重要城邦,位于爱琴海岸附近巴因德尔河口处。古代为库柏勒大神母 (安纳托利亚丰收女神) 和阿尔忒弥斯的崇拜中心。阿尔忒弥斯神庙 (阿苔密斯) 为古代世界七大奇观之一。罗马时代以弗所是亚细亚省的首府和罗马总督驻地。圣保罗曾到过此城。它以阿耳忒弥斯神庙 (女神狄安娜的首要神龛)、图书馆和戏院著称。戏院能容纳 25,000 名观众。这里如同所有古代戏院,是露天的;主要用来演出戏剧,在罗马晚期角斗士表演也在戏院里举行。

在以弗所古城闲逛,以为就是几块破土、几处断壁残垣而已。然而,越往

2011 年

¹²月24 日

<u>25 日</u>

26 日

27 日

28 日

29 日

30 日

31 日

2012 年

¹月1 日

以弗所古城废墟

里走,越是感到这座古城的伟大。这座古城依然有些尘土气息,阳光透过了树梢,透过了城墙,透过了每一块废墟、每一块石头。从这些飞扬的尘土中,你能感觉两千多年前的某一处角落又悄然穿越,你能感觉那些传说、神话,似乎仍然有着阳光般的生命力。

以弗所的古城,悄然独立。

那些古城墙的每一块墙砖,都有自己的故事。我们脚底踩的每一块石头,都是两千多年前的旧迹。今人重复着古人昨天的足迹,那些往事,是否可以慢慢复苏、慢慢醒来?

在大剧院的广场上,阳光暖暖地斜照,一半是暖暖的太阳,一半是冷冷的阴影。岁月就在光与影的投射中交错着,古希腊的故事就这么遥远地回来了。

以弗所的阳光

遗世而独立

以弗所的风沙

飞扬而肆虐

那些希腊的勇士

穿越两千年的风沙

重新向你走来

2011.12.26

路上偶遇

　　土耳其的时间,和北京时间相差六个小时。时间过得颠三倒四。这里的清晨,国内应该就是下午了吧?

　　今天的行程是棉花堡,路上三个半小时的行程,看了一路的风景。土耳其平原辽阔而宽广,远处又有连绵起伏的山脉。浑厚而又沉着的土黄色大地,大片大片的麦田,大片大片的芦苇,大片大片的岩溶地形,远处还可以看到隐隐
约约的雪山。这些风景如同土耳其的历史,总是原始而又神秘,又是那么单纯而悠远。

　　土耳其的冬天还是非常寒冷,典型的地中海式气候。站在阴影中总让人感到簌簌发抖,然而在阳光中就非常暖和,一到风里又特别寒冷,一路上我们总是要找热饮取暖。

　　我们的司机是个很慈祥的土耳其老人,58岁,非常敬业,一身笔挺的西装,没有一点褶皱。他有两撇弯弯的土耳其胡子,只要一笑,就像圣诞老人。虽然我们只有9位游客,但他对每个人都非常彬彬有礼,见了面总是微笑,那种微笑带着问候,是发自内心的,和我们看惯了的那种职业微笑,有本质的不同。

　　老爷爷休息的时候,坐在风里喝咖啡,我跑去问他哪里可以买到咖啡,他马上带我去一家路边的咖啡馆,并且帮我打开了大门。我真觉得不好意思,连声道谢,他笑了笑,又在风里继续喝咖啡。

　　进了白色小屋,马上温暖起来。咖啡很便宜,5个里拉。导游高宁她们在那里坐着聊天,我端了咖啡过去加入她们。话题很跳跃,从这里的地中海式气候开始聊,一直聊到土耳其的房价。导游高宁是个很美丽的土耳其姑娘,她告诉我们她在伊斯坦布尔租房子,每月650里拉,折合人民币2000多,75个平方。我们感叹,价格应该比上海便宜。她告诉我们伊斯坦布尔100个平方的房
子价格大约在300万里拉,伊兹密尔便宜一点,100万里拉就可以了。买房在土耳其比较贵,但租房很便宜。

　　这么随便聊聊,十分钟的时间一会儿就过去了。

　　然后继续赶路。中午时分到达了棉花堡附近的一家土耳其餐厅。整个餐厅还是非常欧化,自助餐,吃的可以随便拿,但是饮料必须收费。土耳其咖啡

极其难喝,说不出的味道,后来我一律改喝茶了。这家土耳其餐厅价格很公道,3 个里拉一杯茶。自助餐很随意,位置随便坐。快吃完的时候,一个中国女孩子坐到了我的面前,用英语和我说:"我可以坐下吗?"我们笑笑,对她说"当然可以"。这个女孩笑着说:"你们是从中国来的吗?"我们说"是啊"。然后她告诉我们她是跟着一个 21 个人的德国团来的,为的是圣诞期间逃离德国阴寒的天气。她说德国已经零度了,每天冻得发抖,想想在那里没事做,就报了一个团出来玩,以为地中海一带很暖和呢,没想到也这么冷——不过不管怎么说,应该比德国暖和多了——就是衣服带错了,都是春秋天的衣服。我听了大笑,我也带错衣服了,想法和她一样,想不到这里比上海还冷。她说到了土耳其很少看到中国人,大多都是欧洲人,韩国人和日本人也很多。所以看到中国人,非常非常开心。他们昨天居然也在以弗所,只不过他们是上午,我们是下午。但是怎又不知,下次是否再可以碰到?

赤足走在棉花堡

帕穆卡莱(棉花堡),位于土耳其的代尼兹利的西南部山区,离伊兹密尔约200 公里。从郊外高地上,就可看到这种远看似雪山的"棉花堡"。

土耳其文 Pamukkale 是由 Pamuk(棉花)和 Kale(城堡)两个字组成的,棉花是指其色白如棉,远看像棉花团,其实是坚硬的石灰岩地形。一层又一层,形状像城堡,故得名棉花堡。

此地多温泉,温泉自洞顶流下,将山坡冲刷成阶梯状,平台处泉水蓄而成塘,因泉水中含有大量的碳酸钙,和氧气接触后会释放出一氧化碳及二氧化碳,而此时剩下的碳酸钙沉淀物呈胶状,在表面被侵蚀成棉花状的梯形岩石上,日积月累形成了白色碳酸钙结晶,远远望去宛若飘落在黄土上的棉絮,一团一团的。泉水中的矿物质沉淀下来,把整个山坡染成白色,像露天熔岩。

刚看到棉花堡,我是有点震惊的,不像人间。难以用文字形容她的美丽,此景只应天上有。

那美丽的白色城堡,远看软软地像棉花一样。然而近看又是那么坚硬,摸上去就是冰冷的岩石。

高宁建议我们一定要赤脚去走一走棉花堡,否则就白来了。开始的时候我是犹豫的,因为大家都很少赤脚走路。赤脚走鹅卵石都那么痛,何况冬天里

2011 年
12 月 24 日

25 日

26 日

27 日

28 日

29 日

30 日

31 日

2012 年
1 月 1 日

2011年
¹²月24日

25日

26日

27日

28日

29日

30日

31日

2012年
¹月1日

棉花堡

的棉花堡?

　　赤足踏进棉花堡的第一步,刺骨的疼痛,刺骨的冰凉。有小石子在脚下,疼痛难忍。但慢慢地,脚下会很温暖。在棉花堡的岩石上,我们踏过了35°的温泉,也踏过了零度以下的薄冰。然而到了后来,脚下的温暖让人如临仙境。没有疼痛哪里有舒适呢? 没有冷又哪里有温暖? 人生也是如此吧。

2011.12.27

路上的风景　阿斯潘多思圆形剧场

　　棉花堡的清晨非常清冷,远处的山上居然飘起了雪花。已是寒冷的冬天,车子慢慢开出棉花堡,远处山顶上都积了一层厚厚的雪。车子在路上疾驰,慢慢地开出了广阔的平原,进入雪山。雪山的面积越来越大,到了最后,远处一片茫茫雪海,整个山脉晶莹洁白剔透。

　　喜欢那片阳光,即使是挂满白雪的冬天,只要有阳光,就会让人感到温暖。土耳其的原始风光,美得让人惊诧。

　　一路开过几个小镇,土耳其的街道还是有着浓郁的伊斯兰风情,但已欧化得非常明显。女孩子们出门可以不戴面纱,可以穿着很现代的服装。想象中的纱巾密裹的伊斯兰女人还没有看到,也许要等到了伊斯坦布尔才可以看到?

这里的村庄还是比较原始和粗犷,我们早上路经两个地方歇脚,一家是汽车餐厅,就像在荒漠的公路上突然看到了一片绿洲。汽车餐厅为原木结构,有几张原木的桌椅,上面铺着暖色的桌巾,让人在劳累的旅途中顿觉眼前一亮。另外一家坐落在阿斯潘多思圆形剧场的山脚下。餐厅是一个小小的石头结构,感觉是罗马时期的建筑风格,古色古香。

餐厅里边的摆设很陈旧,十几排原木桌椅,但是有一个烤火的原始锅炉,一下子感到温暖异常。离开棉花堡,一路还是寒冷,到了这家餐厅,在锅炉边烤烤火,慢慢地就觉得温暖起来。数年前在新疆,曾经在一家很破旧的锅炉房逗留过,只不过那家锅炉房很原始,像我们父辈说起的那种冒着黑烟的大烟囱。而今又在土耳其看到这么古老的锅炉,真是觉得无比亲切。锅炉旁边还堆着一些木炭,直接可以把木炭丢到锅炉里取火。

然而当我们到达阿斯潘多思圆形剧场的时候,阳光暖暖地出来了,寒意似乎在瞬间消失了。

2011 年
12月24 日

25 日

26 日

27 日

28 日

29 日

30 日

31 日

2012 年
1月1 日

阿斯潘多斯圆形剧场

阿斯潘多思圆形剧场是罗马时代的一个圆形剧场,是目前世上保存最完好的、至今仍然经常举办音乐会的古代剧场。据说每年夏天都会有盛大的音乐会在这里举行。第一眼看到阿斯潘多思圆形剧场的时候,其震慑力也是无与伦比的,依旧是阳光斜照,一半是阳光,一半是阴影。前两天去的以弗所古城的剧场已经是断壁残垣,而这里,却保存地如同当年一样。每一块石头都是那么固若金汤,每一块石头都留下了两千年以上的痕迹。这些石块已被千年的风沙和雨水敲打过,但是似乎时间就永远停驻在那里了。

我们在阿斯潘多思圆形剧场又静静地坐了好久。然后,拾级而上。当爬到最高处,转回头往下看,居然有些眩晕。

古罗马时代的辉煌,就这样在阳光下重现。

安塔利亚的黄昏

下午时分,终于来到了地中海边的安塔利亚老区,也叫做卡莱齐,是奥斯曼土耳其时期留下的建筑。这个古老的老区,已有千年的历史,坐落在地中海海边。老区蜿蜒的是一条条石子铺成的小路,拾级而下,有时可见绿色的蔓藤从高高的灰白色的墙上垂下。依稀相似的某个场景,在梦中曾见过。在不知名的转角处,一扇小小的红门,就像童话故事中的场景。

蜿蜒曲折的老城,随着石阶蜿蜒曲折。有时是不期而遇的伊斯兰工艺品,有时又是一些带着笑容的土耳其人在那里吆喝:Hi,你是从哪里来的?

不知不觉,沿着阶梯拾级而下,到了地中海边。

这是一个古老的渔村海港,海港边停着许多小小的游船。土耳其姑娘高宁帮着我们和船老大谈了价格,每人5美元,可以去地中海来回坐船一小时。这个价格非常公道,之前在别处的游船价格远远高于这个价格,九个人中有六个人举手通过。

这个蓝色的地中海下午,就和我们不期而遇了。

地中海的蓝是深蓝,宽广而宁静,如她的历史那样悠远绵长。深蓝深蓝,一望无际地深蓝接近于神秘。地中海的蓝,安静而遗世,即便这里有着那么多神秘而曲折的历史,而她悄然独立,与世无争。

从船上回头看,整个老城就是一座伫立在山上的石头古堡,在阳光下熠熠生辉。

只有地中海的蓝,才配得上老城的古韵。我又看到了老城城墙上悄然垂下的绿色蔓藤,在海风的吹拂中摇曳。

小小的游船,前后两舱。很古老,只能坐10来个人。这艘船上坐了12个人,6个是中国人,6个是各色老外。有人坐在船头,有人坐在船尾。

游船缓缓地开了,我们在蓝色的海洋上航行。

2011年
12月24日

25日

26日

27日

28日

29日

30日

31日

2012年
1月1日

安塔利亚地中海的阳光

阳光暖暖地洒在身上,金黄色的光线投影在深蓝色的地中海上。

吹着地中海的风,看着深蓝色的地中海,烤着地中海暖暖的阳光,慢慢地,夕阳西下,阳光从金黄色变成了深红色,远处,群山飘渺,云层慢慢地晕成了绯红。

凭海临风,看着夕阳日落,如在仙境。

2011.12.28

土耳其的高速公路和《诗经》

清晨看了地中海的最后一抹朝霞,沐浴在一片朝霞的雪色山川中,离开了安塔利亚。

然后,一路沿着土耳其的穿山高速公路前行。

原来以为近 10 个小时的车程会很枯燥,带了两本书看,一本是土耳其游记,一本是《诗经》。

无聊的时候,看看风景,看看书,时间很容易就打发了。

然而,当大巴慢慢地开上盘旋公路,慢慢地远处雪山山顶的积雪越来越多,慢慢地整个山川都渐渐发白,慢慢地我们的车子进入了林海雪原,慢慢地整个公路两旁成了一个冰雪世界!

阳光慢慢地出来,暖暖地照在雪原上,整个雪山洁白的一片,又泛着金色

2011年
¹²月24日

25日

26日

土耳其的一场大雪

27日 的光芒。偶尔下车歇脚,可以感受到冬天的寒冷,但因为温暖的阳光,整个人都感到非常舒服。

就这样感受着雪山、雪原,一直到下午时分。

28日 两三点以后,雪山慢慢远去,进入了一片灰草绿的平原世界。一路疾驰,一路衰草飞扬。

在这片平原中,我拿出了《诗经》打发时间。看了开篇的周南,共十来篇。以前读《诗经》总是走马观花,翻到哪里看到哪里,总是没有成系统地看。今天
29日 在这样的雪色背景中,有一种不同的感觉,整个人都感觉非常庄严肃穆。心情很好,看得也很入迷。我们原来看《诗经》,总以为《诗经》就是"关关雎鸠,在河之洲",说的是风花雪月。其实不是这样的,《诗经》的本质是民谣,许多都是底层劳动人民的生活,是他们在自己的日常生活、劳动、历史甚至战争中写出的
30日 诗句和故事。非常自然,又非常纯净。

"周南"有十来篇,大部分是歌颂美好的生活,也有一些婚嫁的大小场面,感情都非常美好自然。也有几篇比较悲伤的如《卷耳》。我一直很喜欢《诗经》
31日 的韵律和节奏,很美。

古道上的古驿站

2012年 中途在加油站歇脚。这是一个土耳其的民间小店,后面居然有一处奥斯
¹月1日 曼土耳其帝国时代的城堡驿站。外面寒冷,几分钟人就受不了,进了一家小

店。这家小店很有土耳其特色,竟然有一个大锅炉,站在旁边马上就觉得温暖无比。我们在锅炉旁边坐下烤火,那里有几张长椅,上面铺着土耳其毛毯,很温暖,可以抵御外面的寒气。然后叫了一杯土耳其热茶,因为在山野间,又因为我们导游高宁的厚道,店家看着高宁的面子只要了我们1个里拉。中午我们在其他地方,普通的茶水也要4个里拉。一边喝茶一边烤火一边聊天,勾勒出一幅原汁原味的土耳其风情画面:冬天,大风大雪,一家无名的驿站,一伙人在烤火,闲聊。

然后再启程,醒来就是傍晚。不觉已到卡帕多其亚,仍是大片大片的雪地,天色已晚,暮色笼罩。白茫茫的雪地在夜色中也依然泛着蓝色的光芒。远处几盏灯光,不知是哪里传来的。

卡帕多其亚的晚上非常寒冷,马路上都是厚厚的积雪。夜深了,大巴疾驰在乡间的公路上,两旁还是一望无际的雪原。天上没有月亮,也没有星星,泛着雪地灰蓝色的光芒。天边有一抹很浅很浅的如极光般的光晕,就这么若有若无地横贯在整个雪原上。

沉醉在这样的夜色中。

2011.12.29

凌晨的卡帕多其亚 失约的热气球

昨天晚上刚到卡帕多西亚,就感觉到了这里冬天的严酷,看完表演后,我就觉得脑袋发胀,冷得发抖,脑子好像短路了一样,不太会动了。我是带着秋装去土耳其的,因为在上海查过土耳其的温度,非常暖和,都是十来度的样子。哪里知道土耳其的天气这么古怪,已经是冰天雪地了。冬衣带得少,只有一件穿来的滑雪衫和一件替换的皮夹克,其他衣服全部没用上。前几天在路上冷得受不了,买了一件当地人的厚披肩。昨晚出去看表演的时候只穿了皮夹克,结果冷得簌簌发抖,回来就脑袋沉重。

在这样的情况下,若在平时,一定不会去参加任何项目了。然而热气球的魅力实在太大,犹豫了片刻,还是在凌晨,硬着头皮起床了。

凌晨五点,走出酒店,原以为会感受凛冽的寒风,不料外面并不寒冷。卡帕多西亚的凌晨五点,还是黑夜,有寒意,但是身上仍能感觉到从酒店带出的热气。也许那件当地人的披肩果然是挡风吧,看起来是个好兆头。

2011 年
12月24 日

25 日

26 日

27 日

28 日

29 日

30 日

31 日

2012 年
1月1 日

2011年
¹²月24日

25 日

26 日

27 日

28 日

29 日

30 日

31 日

2012 年
¹月1日

上车,出发。还是当地热气球公司来专车接。车子行驶在卡帕多西亚的大街小巷,月亮照在雪地上,微微泛起银蓝的反光。在月亮下,可以看到古城的影子,似是用土坯建成的城墙,形状和轮廓模糊不清,但从月色和月色的反光中可以依稀看到老城的尘土色,很古老,古老到分不清年岁。偶有一两家人家的路灯,在路灯下可以看到整个古城微微泛着的昏黄的寒意。

月色,小巷,车子转来转去,隐约觉得是盘山小巷。司机在小巷深处的某个洞穴客栈停下,又出来了几个一起去坐热气球的人们。然后又在下一个平常人家的洞穴客栈停下,等候一两个同去热气球营地的游客。一路过去,才知道卡帕多西亚的民居和洞穴客栈原来就建在山中,这些建筑都已有 2000 多年的历史了。

洞穴宾馆

古堡、寻常人家、盘山小巷、雪色山城、热气球,这些古老的元素凑在一起,构成了今天别样的热气球之旅。

车子出了盘山小巷,到了公路上。公路两边还是大片大片的雪地。天空有了几点星星,显得古城更加空旷沉静。

因为今晨大雾,等了一个多小时热气球还是不能起飞。无奈中只能原道折回。这时候太阳已经出来了,我们终于看到了整个小城的样子。车子在盘山公路上开,整个小城似乎就在这些石头城堡中,凌晨我们看到的土坯就是普通的民居,但是构成却是石头结构。卡帕多西亚的民居就这样高低错落在这些石峰之间,远望去,如同千年前的油画,每一笔都很古老,每一笔都有历史。

这些民居隐藏在山石间,山石又隐藏在山峰间,大雪背景,千古绝唱。

一点都没有后悔没坐上热气球,因为错过,所以我们才有了欣赏古城的机会,才有机会看到了卡帕多西亚真正的民居。这里面又有很多很多的历史,怎知不是我们的收获呢?

卡帕多其亚的洞穴宗教

卡帕多其亚

卡帕多西亚,山石林立,所有的山石可成洞穴,从古希腊开始就有人居住。后来到了卡帕多西亚地区的古希腊文明被古罗马文明所代替。古罗马人就居住在洞穴之间,他们居住的地方也是他们进行宗教活动的地方。这里有四大洞穴教堂:圣巴西里教堂、苹果教堂、圣芭芭拉教堂和蛇教堂。每个教堂都有很多壁画,卡帕多西亚的几段历史文化和宗教文化都隐藏在其中的壁画里。

这些教堂的壁画都画着当年的一些史料,当地的历史和基督教是紧密相关的。外族入侵的时候,罗马人就躲在洞穴里,教堂和生活在此合二为一:吃饭、礼拜、读书、聊天,可以想象,在寒冷的冬天,大雪封山,他们是与外界隔绝的,然而就是这些教堂,成了他们精神的寄托。教堂内,洞穴里有暖暖的炉火,可以驱除外面的严寒,也可以让精神之火永远不灭。

想象着,在 2000 年前的卡帕多其亚的洞穴里,基督徒躲在里边,在炉火边,虔诚地做着礼拜。而在 1000 多年以后,穆斯林又来到了这片土地,庄严地跳着旋转舞。

卡帕多其亚的山洞里

曾经住着避难的老耶稣

沿着石洞留下的路

穆斯林的后裔

庄严地跳着旋转舞

第二次的热气球之旅

下午两点,我们终于坐上了卡帕多西亚的热气球。

热气球终于缓缓而起,起飞的感觉还是和澳洲凯恩斯平原的相差无几,也是暖洋洋、轻飘飘地就起来了。只是,从热气球上看到的风景完全是不一样的,在凯恩斯看到的是绿色,是平原,这里看到的是银装素裹,是山石峥嵘。一片雪白,间杂着山石的灰黄。像极了中国的山水水墨画,每一处都有意境。

热气球飘到卡帕多西亚高空 1500 米的时候,在天空俯瞰卡帕多西亚,一览众山小。然而,就是这片丛石林立的小城,曾经有过多少欧洲文明起源的故事? 曾经有过多少亚欧文明的冲突? 曾经有过多少基督教的渊源?

热气球越来越高,慢慢地升到天空自由飘荡,云海前面甚至浮起了一座冰山,不知是仙境还是幻觉?

土耳其的圣诞老人

离别的前夕,告别了我们的司机土耳其圣诞老人。这位司机非常好,跟着

我们走了五天特别难走的山路。一路上没有说过一句话,但每一个微笑都让人难忘。我们的每一件行李都是他帮我们搬的,默默无闻,没有一句怨言。

告别的时候,我们在那里,等待他搬完最后一件行李。然后大家向他道谢。他和每一个人握手道别,因为他不懂英语,也不懂中文,始终没说一个字。

但是他真诚的微笑,对我们始终如一的帮助,让我们永远无法忘怀。

圣诞老人

再见了,圣诞老人!

挥一挥手,继续出发。又是夜航。

2011.12.30

神秘的伊斯坦布尔　两种文明与时空的交错

汽车行驶在伊斯坦布尔的大街上,看着大街上的街道很宽阔,又很休闲,有些欧洲的感觉。当车子穿过跨海大桥的时候,看着对岸的伊斯兰大教堂古老而又威严地耸立着,我才突然意识到,自己进入了欧亚大陆最神秘的一段——伊斯坦布尔。

伊斯坦布尔已经是比较现代化的城市了,马路两边具有的品牌标志和我们熟悉的品牌没有什么两样。只是处处可见伊斯兰风情的建筑。经过大桥的时候,还可以看到一排伊斯兰人悠闲地站在桥上钓鱼。

进入老城后,街道越来越窄,车道就是弯弯的小路,也许和伊斯坦布尔山城的地理位置有关,许多古老的建筑就这样别有风情地伫立在坡度很缓的山坡上。

在土耳其,常常感到时空交错,刚刚从古希腊时期、古罗马时期出来,转眼又到了十字军东征和伊斯兰时期。蓝色清真寺和圣索菲亚大教堂就把这种矛盾发挥到了极致,又彼此相安。

伊斯坦布尔之圣索菲亚大教堂

蓝色清真寺,建于1609年,是回教世界最优秀的建筑师锡南的得意弟子Mehmet Aga的作品,也是伊斯坦布尔最重要的建筑之一。蓝色清真寺真名其实叫"苏丹阿赫迈特清真寺"(音译),因为该寺的内壁自其高度的1/3以上都使用了土耳其瓷器名镇伊兹尼克烧制的蓝白瓷砖装饰,使得整个寺内似乎都充满了神秘的蓝色。

蓝色清真寺是世界十大奇景之一,没有使用一颗钉子,却屹立数百年、历经多次地震而不倒。260个小窗、2万多块蓝色瓷砖、地毯和阿拉伯书法艺术是该寺的重要看点。还有值得注意的一点是,蓝色清真寺巨大的圆顶周围有六根塔尖。据说这六根搭尖还有点历史传说,当年苏丹要建清真寺的时候,指定了要用"黄金"建造塔尖,但是聪明的建筑师故意建造了六根,因为在当地土耳其语中,"黄金"和"六"的发音相差无几。现在蓝色清真寺的顶端还是高高矗立着六根金黄色的塔尖,也许这才是建筑师的过人之处吧?

蓝色清真寺现在都还在使用,每当做礼拜的时候,这里就会聚集很多的穆斯林。新年就要来了,今天又是正式礼拜的日子,所以人群比平时还多。导游高宁告诉我们,这里还可以收容流浪的穆斯林,如果穆斯林无家可归,没有地方睡觉,晚上到了这里,总可以找到休憩之所。所以许多穆斯林,到了这里,就有回家的感觉。

　　参观完蓝色清真寺,出了后门,对面就是更加雄伟壮观的圣索菲亚大教堂。清真寺和教堂如此对立,又在毗邻,让人惊讶无比。

　　圣索菲亚大教堂建于东罗马皇帝 Justinian 统治时期的公元 335 年,当时拜占庭帝国正处于鼎盛阶段。作为世界上十大令人向往的教堂之一,充分体现出了卓越的建筑艺术。它曾作为基督教的宫廷教堂使用了 9 个世纪,直到1453 年被奥斯曼土耳其帝国占领后,圣索菲亚教堂改为清真寺,从而也成为了后来伊斯兰清真寺的设计模板。圣索菲亚大教堂是世界上唯一一个由基督教堂改为清真寺的建筑,是属于基督徒和穆罕默德信徒共有的一个宗教博物馆。

　　这里的宗教文化很独特,一楼主要是清真寺,然而到了二楼,则仍信奉基督耶稣。一个早期的大教堂内,同时信奉两种宗教,两种文化同时并存。从一楼到二楼,我们走的是一条古欧洲式的室内土坯斜坡通道,蜿蜒曲折,城堡里点着幽暗的蜡烛,这些场景,我们在许多欧洲早期的电影中见过,而且是黑白胶片的那种。在索菲亚教堂的通道中,我们似乎又回到了 1 000 多年前古老的欧洲。

土坯通道

　　那条通道,悠远绵长。那条通道,也是充满了历史疑惑的通道。通道的一楼,是穆斯林文化,通道的二楼,是欧洲古罗马文化。

2011年

12月24日

25日

26日

27日

28日

29日

30日

31日

2012年

1月1日

时空交错，让人有些迷失。

后来和导游高宁交流心得，高宁告诉我们：其实这个圣索菲亚大教堂同时拥有三种文明，分别是：古希腊文明、古罗马文明和伊斯兰文明。圣索菲亚大教堂其实并不是伊斯兰文明破坏的，而是十字军东征的时候被破坏，后来被奥斯曼土耳其占领后，又重新修复了圣索菲亚大教堂，并且让两种文明奇特地共存着。

这些故事，让人沉醉，又让人着迷。伊斯坦布尔，不愧为欧亚文明的交汇之地。

阳光下的烤栗子

我在一本旅游书籍上发现了一个地方：佩拉宫饭店。这家饭店在土耳其已有100多年的历史，举世闻名。去佩拉宫饭店随意逛了一圈，那里所有的细节都让人感觉非常古老：前台、楼梯、餐厅，最有意思的是带着铁门的电梯，可以从外边清晰地看到电梯升降。它曾经是某著名电影的场景，参观之后，果然不负盛名。

阳光下的烤栗子

这家饭店离马克西姆大街不远。我们有一个小时的自由活动时间，在大街上闲逛。当地有一种小吃烤栗子非常好吃，5里拉一小包，边走边吃，在冬天感到非常暖和。

如果都是这样的行程，慢慢地游玩，高兴了吃包小栗子，逛逛街，听听街上欢快的土耳其音乐,累了冷了就躲到小店里去待一会儿,看看那里的小玩意儿,喝喝那里温暖的热咖啡,这才是完美的旅行吧?

2011.12.31

穿越时空的一封明信片

今天是 2011 年的最后一天,也是在土耳其的最后一天。

即将退房的半个小时之内,POPO 在微博上给我发消息:给我寄张明信片,你在俄罗斯的时候也没寄给我。于是连忙找出前两天买的明信片,随手写了几个字。十分钟之内把所有的事情做完,然后提着行李到了前台,问了导游哪里可以寄明信片。高宁说:大堂就可以。于是我把明信片交给了大堂的保安,这个任务就算完成了。

寄明信片的感觉非常好,2011 年的最后一天寄出,POPO 收到的那天应该是 2012 年的某一天了。

我也想给未来的自己寄一封信,然而,总是感觉太牵强,所以只是想想而已。

伊斯坦布尔的新王宫

以前看过《88 天环球旅行记》,主角从欧洲出发,路经土耳其,突然之间豁然开朗,伴随着土耳其欢快的音乐,土耳其的王宫极尽奢华,王室苏丹和后宫的旖旎的故事和风光,总会给人很多遐想。我以为土耳其会是很浓重的阿拉伯风格,和《一千零一夜》中的故事差不多,有着阿拉丁神灯的绚丽色彩。然而,到了土耳其,这种感觉有所不同,土耳其并不是非常典型的阿拉伯国家,它有许多双重色彩,有时候带有非常浓郁的伊斯兰色彩,有时候又有非常浓郁的欧洲风情。这块土地上,有许多对立,许多矛盾,而新王宫正是欧亚文明对立统一的集中体现。

新王宫坐落在伊斯坦布尔的新城,坐落在伊斯坦布尔的欧洲部分。王宫临海而建,进了宫门就是一个美丽的花园。然后上下两层,第一层为苏丹会见各国使节、进行国政议事的地方,第二层为苏丹会客室,再后面就是苏丹的后宫。整个王宫以白色为基调,有着各种各样的珍宝,也有各种各国馈赠的礼物,比如中国的瓷器、欧洲的绘画。王宫里的水晶灯到处可见,堪称一绝,可以想象当年苏丹王室生活的奢华。

提到新王宫，就要提一下在土耳其历史上赫赫有名的苏丹三十三世。这位苏丹很有意思，他和我们在历史上同时期的顺治皇帝有许多相似之处。同样不喜欢战争，同样没有继承他们祖辈马背上的生活，而悉心沉迷在书画和艺术之中。苏丹三十三世喜欢文学、绘画、钢琴，但是作为一代君主，这样确实是有点不务正业，玩物丧志。所以土耳其的历史在苏丹三十三世手里走向衰退，这位苏丹可能也要负一定的责任。

土耳其民主共和国在1923年开始成立后，他们的国父推出了一系列的改革制度，废除君主制度，逐步提高妇女的公平权利。土耳其历史上曾经出现了女副总统，这与伊斯兰国家的传统相悖。我在土耳其游玩的这几天，很少看到女子出门包着头巾，也很少看到他们每到正点时分虔诚做礼拜。也许他们觉得只要心诚就可以了——当然，我们还是可以经常听到阿訇念经的声音。

博斯普鲁斯海峡 欧洲与亚洲的穿越

下午去了博斯普鲁斯海峡。还是坐的游船，然而今天天气有点不好，从中午开始就淅淅沥沥地下雨。在游船上，风很大，夹杂着雨点，整个天气灰蒙蒙的，和前几天在地中海坐船的感觉截然不同。那时候看到的地中海是蔚蓝蔚蓝的，漂亮得像油画一样，而今天看到的博斯普鲁斯海峡的马尔马拉海却一片灰蒙蒙的，让人有点失望。

然而随着游船的起航，慢慢地，穿过了第一道欧亚跨海大桥，越来越感到这条海峡的神秘：左边是欧洲，右边是亚洲；欧洲部分过去，可以和整个欧洲大陆相连，亚洲部分过去，整个就是独特的小亚细亚文明。我有点分不清楚奥斯曼土耳其的辉煌，到底是在欧洲还是在亚洲，也有点分不清楚，土耳其究竟是欧洲文明多一点，还是阿拉伯文明多一点？

这个国家常常让人感到时空交错和迷离：一边有最古老的古希腊文明、古罗马文明，一边又有非常古老的伊斯兰文化；一边信奉着伊斯兰穆罕默德，一边又尊崇着基督教耶稣；一边耸立着蓝色清真寺，一边又耸立着圣索菲亚大教堂；一边是欧洲，一边又是亚洲；一边是王室奢侈繁华，一边又是百姓清贫古老……

也许，这才是伊斯坦布尔真正让人感到迷离的地方。因为伊斯坦布尔的

2011年
12月24日

25日

26日

27日

28日

29日

30日

31日

2012年
1月1日

独特地理位置,成为了古来兵家必争之地。欧洲人打过来了,伊斯坦布尔就有了欧洲文明;亚洲人打过来了,伊斯坦布尔又有了亚洲文明;然而,这个地方,就是短短的那么一个跨海大桥,左边是欧洲,右边就是亚洲,非常神奇。欧洲过去就是整个欧洲的历史,而亚洲过去,是中亚的伊斯兰文化,还有南亚的印度文化,然后再是我们中国古老的东方文化。人类文明的起源这么有意思,我突然想,如果从伊斯坦布尔出发,从相同的年份开始往欧洲走,又往亚洲走,会看到怎样的世界?

在公元 396 年,伊斯坦布尔还是君士坦丁堡的时候,那时候,罗马分裂为东罗马和西罗马,那时候的伊斯坦布尔是东罗马的首都。那个时候的中国,是非常强盛的西汉。当卡帕多西亚的洞穴教堂里基督徒用画笔记录着基督教故事的时候,中国当年已经是强盛的汉朝。所以,一边看着土耳其的历史,一边感受着当年的金戈铁马,一边更为中国的历史和文明感到骄傲。

土耳其是一个值得人尊重的国家,伊斯坦布尔是一个值得人欣赏的城市。在这个让人感到时空交错的城市里,我怎么会越来越想到了自己的国家? 我怎么又越来越思念自己的国家?

伊斯坦布尔下起了雨,博斯普鲁斯海峡上空下起了雨。

大巴扎奇遇记

逛完了博斯普鲁斯海峡,直奔两个集市:一个是埃及市场,一个是大巴扎。两个市场都是人山人海。我在埃及市场闲逛,随便逛到了一家银饰店,在那里我看到了一个小戒指,很细很细,然后有一圈小小的蓝宝石。前几天在珠宝店看那个小玩意要 690 欧,严重超出了我的预算。今天在小饰品店又看到,随意询问价格要 600 里拉,已经不知道便宜多少倍了,可我还是觉得贵。就在我笑着和老板告辞的时候,老板突然笑笑说:"你过来看看,也许外边有你喜欢的小东西。"我就跟着他往外走,他从外面摘了一串手链给我,和我说:"送给你吧,这是给你的礼物。"我吓了一跳,无功不受禄,这个礼物,哪里随便好收的? 连忙摆手道谢。我想是不是老板把这个作为促销手段,让我买他的珠宝?

这个年轻的老板笑笑说:"这是我真心送给你的啊,不需要任何钱的。不买东西也没关系!"

我想大概这个老板说的是真的,可我还是不能收他的礼物,于是还是笑着

2011年
12月24日

25 日

26 日

27 日

28 日

29 日

30 日

31 日

2012 年
1月1日

回绝。

　　那个老板也许觉得我很奇怪,哪里有别人送的礼物不收的道理。他见我坚持不收,他又坚持要送,结果来了几个围观的人。他一定要我收下,无奈中我只有收下。我和他说,我到中国后会把这段故事写出来,告诉中国的朋友们土耳其的朋友是多么热心和好客。

25 日

　　那个老板很高兴,他觉得我们是朋友了。

　　我收下了这位土耳其朋友的礼物,在 2011 年的最后一天。

26 日

2012.1.1

穿越时空　从 2011 到 2012

27 日

　　离别的时候,是土耳其时间 2011 年晚上 11:40 分。中国已经是 2012 年的新年了。2011 年的最后一天,我在伊斯坦布尔,一半在欧洲,一半在亚洲。2011 年的最后一天,我过了两个 2012 年:一个是北京时间 2012 年 0:00,土耳其时间 2011 年 18:00,一个是北京时间 2012 年 6:00,土耳其时间 2012 年 0:00。很有意义,我的 2011,以这样的方式收官,我的 2012,一定也会很精彩。

28 日

　　现在我在飞机上,夜已很深。思绪很多,想起了中午在博斯普鲁斯海峡写的一首诗《我在伊斯坦布尔》。

29 日

我在伊斯坦布尔
左边是欧洲
右边是亚洲

30 日

我在博斯普鲁士海峡
左边是欧洲
右边是亚洲

31 日

我在伊斯坦布尔
这里还是 2011
中国已是 2012

2012 年
1月**1 日**

出埃及记

穿越撒哈拉大沙漠

我曾

到过万里之外的撒哈拉

那里

风沙千万里

我曾

听过万里之后的短鸣笛

随着一粒一粒的飞沙

呜咽在月下

2012.2

十年之约

　　十年之前，我还没有出过国。那时，我刚进一家很新鲜的互联网公司，认识了一堆有趣的人。上班的第二天，我在网站上注册了 ID，当时需要填写一栏：你的梦想。我想了想，2000 年之前我最大的梦想是去西藏，结果这个梦想在 2000 年 10 月实现。从此以后，我的新梦想变成了去埃及。所以，在梦想那一栏填上了：去埃及。

　　然而，这个梦想，过了 10 年才实现。

　　我从 2008 年开始出国，第一站去的却不是埃及。后来一站一站地走，埃及总是被各种各样的理由搁浅。埃及最大的问题在于总是时局不稳，每次总有这样那样的问题。

　　今年的第一站，终于定在了埃及。不管怎么样的时局，不管怎样的背景，我必须出发。

　　至少有 10 个亲朋好友劝我不要去。埃及确实有动乱，又加上球迷事件和穆巴拉克下台，2 月确实动荡不安。地中海局势非常微妙，中东问题一触即发。

　　昨天在外面，喝茶的时候听到隔壁有一桌貌似媒体圈的，在策划一项什么主题活动，说及中东的局势。我听到其中有一位主持人说：中东问题迫在眉睫。听着听着，真觉得有些山雨欲来风满楼。

　　然而，还是决定去埃及。既然 10 年之前的梦想，在今天可以实现，那在这样的一个世界局势错综微妙的状态下，去了岂不是更有意思？

2012.2.22

又是夜航

　　又是夜航。窗外已经漆黑一片，我又在茫茫的黑夜中航行。我喜欢夜航——虽然夜航总是非常疲惫，虽然夜航的第二天总是那么又累又晕地找不到北。然而这样的夜航，如此久违的宁静，就像那一盏昏黄的夜机灯光，折射在安静的夜。我就这样阅读、打字，然后再抬头看看面前的夜航图——此时此刻，夜航图的位置是一片浩瀚的星空，我们的飞机，就在浩瀚的夜空中，孤独而又骄傲地航行着。

2012 年
²月**22** 日

头顶上的灯光,昏黄而又温暖,窗外也许还是微微的雨。在这春寒料峭乍暖还寒的夜色里,我又一次出行了。

2012.2.23

中世纪般的多哈机场

23 日

飞行了 11 个小时,来到了卡塔尔多哈国际机场。北京时间其实已经是上午 10 点多钟,但当地多哈时间要减去 6 个小时,所以只有凌晨 5 点多。

逗留在多哈机场的一个多小时内,只是随意转转,多哈机场和许多国际机

24 日

场相比,并不起眼,但极具伊斯兰穆斯林风情,不时会看到披着头巾的阿拉伯男人,长袍素裹,让人觉得穿越到了中世纪。

多哈机场的化妆品柜台有点让我惊讶,不是那些耳熟能详的品牌,实在是柜台里的售货员貌似都是中国人,而且一口标准的国语,让人诧异。难道国人

25 日

的消费能力真的如此之强,举世闻名?

早晨 6 点多钟,开始安检。过安检后,坐着卡塔尔航空公司的空港班车,睡眼惺忪,却蓦然看到了卡塔尔机场的第一抹阳光。

相约卢克索

26 日

飞行了 16 个小时以后,我们终于到达了埃及的第一站:卢克索。

卢克索神庙,历史可以追溯到 7000 年以前,从上埃及下埃及开始。埃及首都从孟菲斯开始,到卢克索、亚历山大和开罗。孟菲斯是最古老的埃及首都,到了卢克索的法老时代,建国上埃及和下埃及。而芦苇花和水莲花,分别为上

27 日

下埃及的国花。亚历山大是公元前 331 年古希腊古罗马时期外族入侵时的首都,信奉基督教。到了公元 641 年,伊斯兰教又入侵,才在卢克索神庙下取得了伊斯兰教的一席之地。

卢克索神庙,非常不平凡,同时信奉三种宗教:太阳神、基督教和伊斯兰

28 日

教。象征着古老的埃及文明的卢克索神庙,处处是风化的石雕,处处是各种文明的冲击与碰撞。太阳直直地照着,吹来了撒哈拉沙漠热热的风,吹来了远古深处深深的记忆和错综复杂的文明——我又一次迷失,如同上次迷失在土耳其一般,迷失在这样的狮身人面像、太阳神与基督教以及伊斯兰教的文明冲突中。

29 日

中午时分,我们看到了向往已久的尼罗河,河边芦苇花儿盛开,绿绿的,柔

柔的,河边蔓延了一路。埃及几千年来就是这样的景色,从来也没有变过。

深红色的沙漠陵墓

下午还是继续游玩。去了帝王谷和女王庙,都非常壮观。帝王谷,热带沙漠精致、蓝色、透明的天空下是一望无际连绵起伏的白色石山,据说里边都是国王的陵墓,一共 62 座。黄沙漫天,扑面而来的是热热的尘土。当地 2 月,已是撒哈拉地区最凉快的时节,然而我觉得与中国的酷暑时节没什么区别。昨天在上海还是冷得刺骨,现在居然已经是挥汗如雨,如此不可思议。然而世界就是那么小!

女王庙,依然是一片沙漠之中的海市蜃楼。三层宫殿建筑,巍然伫立在一片沙尘之中。整个沙漠是黄白色的,天空依然蔚蓝,而女王殿则在晚霞里微微泛红,庄严不可侵犯。这样的景色,最好是拍大片:在大片中,往往视觉效果是绝美的,然而亲身置于其间,才知道炎热是那样的让人难以抵挡。而女王的故事,如同身临女王庙的感觉那样,也是让人觉得难以亲近、近乎残酷。

女王神殿(Mortuary Temple of Hatshepsut)位于底比斯卫城的最北端,这是印和阗(Imhotep)逝世 1200 年之后,又一位天纵英才的建筑师塞尼摩(Senemut)所创造的杰作。

哈采普苏特是第十八王朝法老图特摩西斯一世的女儿,她是除克莉奥佩特拉以外另一位成为法老的女性。她的父亲是图斯摩西斯一世,哈采普苏特嫁给继位的哥哥图斯摩西斯二世为妻。其夫图特摩西斯二世死后,她作为太后辅佐年幼的庶子图特摩西斯三世处理朝政,未久,不甘只为太后的哈采普苏特即展露野心夺取王位,自立为法老王。她穿起法老王的缠腰布,并戴起假须,凭借着惊人的意志力及侍臣的忠心建立起专属的政权。她在位 15 年的功勋,全记录在这座神殿内,包括远征到庞特的壮举。

哈采普苏特逝世后,继位的图斯摩西斯三世(Tuthmosis III)迫不及待地夺回王位,并愤恨地毁去哈采普苏特的雕像、浮雕及名字,彻底抹去她所留下的痕迹,直到考古学家于公元 19 世纪重新唤起世人对她的记忆。

哈采普苏特是埃及的第一位女王。她注重贸易,通过和现在的索马里地区的贸易往来,来获取香料。这些场面也反映在葬祭殿的壁画上。

太阳终于下山,炎热终于散去。撒哈拉地区的夜色慢慢降临,气候慢慢变

2012年
2月22日

23日

24日

25日

26日

27日

28日

29日

得凉快,又渐渐近于寒凉。初见埃及,初见卢克索,给我的感觉是有点震撼的。那样的古老,处处可以感觉到5000年来的历史,空气中弥漫的都是几千年前的味道。那样的古老,处处可见穿着黑袍白袍的伊斯兰男人和女人,这里的伊斯兰传统更甚于一个多月前去过的土耳其。耳边常常可以听到古老的阿拉伯音乐,还有路上吆喝卖小东西的伊斯兰小孩,让人觉得,这个神秘的国度,沉重得让人喘不过气。

伊斯兰的大人小孩们常常在游客旁边兜售着廉价的旅游纪念品,也许只是1美元的明信片,也许只是5埃镑的小玩意。但是,他们的眼里都是那么虔诚,仿佛每一个美元每一个埃镑的小玩意兜售成功,就可以成就他们无上的梦想。让人觉得无比的怜惜,也无比的心疼。

突然之间想到三毛,三毛真是不容易。我在撒哈拉体验了一天,就觉得如此之不易,何况三毛数年如一日?

2012.2.24

卡尔卡纳神庙　穿越撒哈拉

埃及导游高大伟是埃及人,大学生,学的是中文专业。很奇怪的是,他的中文名居然与土耳其导游高宁同姓。尽管两人距离十万八千里,彼此不相识。高导的中文水平很棒,远在土耳其导游高宁之上。中文导游在埃及算是让人羡慕的工作——中国人在当地很受尊重,而欧美人在当地并不太受欢迎。我曾经问过高导这样的问题,高导说:确实如此,因为中国政府一直在帮助埃及人民。

埃及导游高大伟

今天的行程是卢克索卡尔卡纳神庙。高导和我们说：到了卢克索，如果没有游过卡尔卡纳神庙，那就和没到过卢克索一样。应了中国的那句话：不到长城非好汉。一样的道理吧？

我们在卡尔卡纳神庙里穿行，常常会有时光迷离的感觉。一排排的羊头人身，一个又一个的传说和故事，都可以追溯到3000多年以前，3000多年前的同时期中国，是商朝。

卡尔卡纳神庙有拉美西斯二世的雕像，传说拉美西斯是太阳神的儿子。他的雕像下面是他的第一个妻子的雕像，可见他极爱他的第一任妻子，要时时刻刻把她带在身边。

在卡尔卡纳神庙，有一个君王的故事与帝王谷女王庙的故事遥遥相对。作为姑姑的女王先夺其位，将其幽禁。而君王长大成人后又反戈一击，杀了他姑姑，重新夺回王位，在位54年之久，并远征亚非各国，开拓疆土无数，也带回征战俘虏无数。此君王的雕像与他的战俘遥遥相对，每一个战俘代表一个国家——其魄力可想而知。

继续在卡尔卡纳神庙穿越，《尼罗河惨案》的柱子也在其间。那是一部风靡全球的影片，那些一个一个让人迷离的石柱，背后总是藏着很多很多的谜底。每一个石墙上刻着的壁画和各种图腾，都在等着后世有缘人来解。

穿行过祭祀的神坛，穿行过好运的龟克朗，处处是雄伟而又让人迷离的古建筑，处处飘扬着厚厚的尘土味。每一块石头都是一个故事，每一块砖墙也是一个故事。这些法老时代的故事，如同他们的图腾芦苇花儿和水莲花儿，静静地刻在石碑上，永不凋零。

在卡尔卡纳神庙的最后一站，也就是卡尔卡纳神庙的最后一段，很少有游客到达，四处断壁残垣，偶有杂草其间，乱石丛生。这些乱石总有几千年的历史吧。走到最后城墙处，已无路可走，一扇石门已用木栅栏钉上，偶有几个带枪的警卫，神情轻松地在乱石和山冈上走来走去。看到我们，竟还对我们露出了友好的笑容。

后来我才知道，在埃及，佩着枪支的军警在旅游店随处可见，他们也不庄严肃穆，经常对游客笑嘻嘻的，也许这也是埃及特色呢。

2012年
2月22日

23日

24日

25日

26日

27日

28日

29日

2012 年
²月22 日

23 日

24 日

25 日

26 日

27 日

28 日

29 日

埃及卡尔卡纳袖庙的尽头

埃及神庙无人到达的地方

穿越撒哈拉大沙漠

中午在尼罗河畔小坐。看着尼罗河边绿油油的芦苇花儿,千年万年也不会改变。尼罗河里的水缓缓地流淌,千年万年也不会改变。

告别卢克索,我们下午的行程,是要穿越撒哈拉大沙漠,去沙漠之滨:红海。

最后看一眼卢克索——古代埃及都城底比斯,尘土中还是飞扬着几千年之前的黄沙,在这黄沙中,法老时代过去了,罗马人来了;罗马人走了,伊斯兰人又过来了。现在的卢克索,已经是非常典型的阿拉伯文化了。然而,埃及几千年的法老文化是一直让人尊敬的,法老文化,如同埃及的灵魂,终究是随着这千年的黄沙,沉淀下来了。

古城依然古老,两边的建筑安静得如同几百年几千年前,路上的行人大多是伊斯兰长袍头巾装束,在尘土中穿行。有时他们会在墙角围坐在一起聊天,懒洋洋地晒太阳,有时他们会在路边随意地坐在地上,无聊地抽着水烟——这也是埃及一景——据说有种水烟的味道是水果味,如同埃及人最爱的那些水果甜。

在飞扬的尘土中,挥手道别卢克索。别了,那些让人沉醉不已的历史;别了,那些包着头巾穿着长袍的伊斯兰人;别了,那些似乎也从几千年前穿越而来的在马路上随时可见的马车。

而我们终于看到了撒哈拉沙漠。出卢克索,进戈壁地带,初时不在意,然而再见时,就是一望无际的大沙漠。蓝天苍苍,白沙茫茫。天地一片!

我们一路在撒哈拉大沙漠中穿行。在沙漠的尽头,看到了沙漠之滨的红海——那种景色壮观得无与伦比:沙漠的尽头,居然是一片蔚蓝色的大海!

此景只应天上有。然而此景,确实只有埃及有。

2012.2.25

红海之滨　沙漠绿洲　海市蜃楼

沙漠的尽头,居然是大海。

沙漠尽头的花园,是个度假村。很神奇的是,酒店外围有一排相似的度假酒店,都如同花园般美丽,然而方圆一公里之外,就是黄沙漫天的沙漠。

沙漠中的海洋,是海市蜃楼。这样的酒店,也是海市蜃楼。

行到水穷处,坐看云起时。

我把它称为沙漠绿洲,这才符合我的心思。

酒店里有几个大大小小的游泳池,夜空中星星点点,游泳池边灯光点点,如同天上的星星。

夜晚的沙漠之地,大概只有七八度,冷得我直打哆嗦。

休闲阳光早餐　休闲沙滩客

早餐供应到 10 点,把一切安顿好,慢慢悠悠地,穿过游泳池,欣赏着两边花园里的花儿,踱到休闲餐厅,吃一份阳光早餐。

正看别人呢,有人在面前坐下,我一看,是埃及导游高导。这位导游很厉害,第一天在卢克索神庙的时候,只在地上画了一张埃及的地图,画了上埃及和下埃及,又画了四个地点:分别是孟菲斯、底比斯(卢克索)、亚历山大和开罗,然后短短几句话,就把埃及的历史和宗教文化说清楚了:埃及分为上埃及和下埃及,最早定都孟菲斯。底比斯是埃及的第二个首都,当时是下埃及的首都,至今已有 3000 多年的历史,当时古埃及信奉的是太阳神。然后到了公元前 331 年,古罗马人打进了埃及,定都亚历山大,从此信奉基督教。又到了公元 641 年,伊斯兰教又进入埃及,这才定都开罗,从此信奉伊斯兰教。埃及上下几千年的历史,其实已经信奉了三种宗教。

我和高导开始闲聊,其间还问了高导一些学术上的问题,因为我对于卢克索神庙和卡尔卡纳神庙还是有些搞不清楚。后来高导说了一句:卢克索神庙

2012 年
2月22 日

23 日

24 日

25 日

26 日

27 日

28 日

29 日

是拉姆西斯二世的家,卡尔卡纳神庙是他的办公室。我又问了一些问题,并且拿出了从国内带来的一本关于埃及的书,其实第一天的女王庙我是很糊涂的,书上还有个王后谷,我基本上混淆了。导游很认真地看着书,把女王部分在书中给我找到圈了出来,并且告诉我这和王后谷是两个概念。王后谷只是埃及王后的陵墓,但是女王庙则是埃及的第一位女王哈采普苏特的陵墓,可以与中国的女皇武则天媲美。高导又告诉我女王和她的侄子的错综复杂的关系:哈采普苏特逝世后,继位的图斯摩西斯三世(Tuthmosis III)迫不及待地夺回王位,并愤恨地毁去哈采普苏特的雕像、浮雕及名字,彻底抹灭她所留下的痕迹,直到考古学家于公元 19 世纪重新唤起世人对她的记忆。

终于弄明白了最难懂的埃及历史部分——高导功不可没。

沙漠中的海市蜃楼

今天最震撼的,莫过于穿越撒哈拉。

几个团友,集体报名越野吉普车,穿越撒哈拉大沙漠。

下午三点,两辆当地的吉普车准时来接。每个导游带一队人马,我们的吉普,开始驶向茫茫的撒哈拉大沙漠。

吉普先是在沙漠公路上行驶,15 分钟以后,就驶入了撒哈拉大沙漠腹地——没有公路,我们在沙漠上行驶,整个沙漠横亘着一望无际的沙子,甚至不是黄色的,甚至也不是细沙。真正的撒哈拉大沙漠是暗灰色的,近乎黑色,沙砾也是粗粗大大的,只是在阳光的折射下,才显得那样的庄严肃穆。

天苍苍,野茫茫!

沙漠深处,还是沙漠。很远很远的远山,似乎也是海市蜃楼。车队一路向前,开向更深更深的沙漠。

一路都是漫天的黄沙,一路都是一望无际的大沙漠。

风很大,甚至有些寒意。

我们对于这样的沙漠,有种深深的敬畏。

当地的沙漠人家

继续出发,我们的终点是探寻当地沙漠中的土著民族。当地的土著民族非常原始,其建筑极其简陋,只有几排用篱笆和土坯围成的小平房,居然有点像许多年前在内蒙古草原上看到的砖房。

这就是沙漠中的人家了。

沙漠的夕阳,洒下金黄色的余晖,远远的,有成群的骆驼。

我们在当地土著人的帮助下,骑上了骆驼。我也扮成了阿拉伯女郎。

 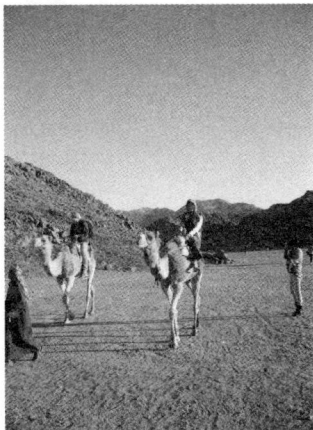

沙漠人家　　　　　　　　　　我扮成了阿拉伯女郎

骑着骆驼在风沙中走,看着满目的黄沙,看着成堆的骆驼,不知今夕是何年。

我的风铃,在沙漠深处响起。

在沙漠人家讨了杯茶喝,吃了当地阿拉伯姑娘为我们摊的煎饼。煎饼是在泥土做成的土坯炉上烤出来的,带有浓浓的泥土味儿。阿拉伯姑娘穿着厚厚的阿拉伯黑袍,披着厚厚的头巾,并没有让我们看到她的脸蛋。她蹲在地上为我们做了当地的美味,满是浓郁的撒哈拉风情。

黄昏时分,夕阳已西下。挥手告别,车队重新驶向了茫茫的沙漠。

太阳的余晖,慢慢地变红,变紫,变暗。

吉普车还是行驶在茫茫的沙漠上,沙漠已黑,然而远处的天空泛蓝,极其肃穆。远处的蓝色似极光,然而,这里却是一望无际的非洲。

茫茫的夜色,茫茫的沙漠。突然,我在沙漠的尽头,看到了一串璀璨的灯光,如同一颗颗闪烁的星星。

那是什么? 真的是海市蜃楼吗?

2012 年
2月22 日

23 日

24 日

25 日

26 日

27 日

28 日

29 日

我们的吉普,一点一点地接近那片灯光,一点一点地接近那片星星。

近了一点,再近一点。终于看清了,那是沙漠尽头的万家灯火。

这才是最美的撒哈拉大沙漠。

一切皆如海市蜃楼。

然而,一切都不是海市蜃楼。

因为,那才是接近于大地的颜色。

2012.2.26

天水共沙漠一色

我们又开始出发,从撒哈拉沙漠腹地开始,穿越红海,一直来到苏伊士运河附近,然后再到埃及的首都:开罗。

今天的行程将近七个半小时。满目望去还是大片大片的撒哈拉公路沙漠,白晃晃地刺眼。慢慢地进入撒哈拉腹地之后,就看到了撒哈拉的沙漠边
缘,连接着的一望无际的红海。

初见开罗　灰黑色的开罗

晚上六点多,我们终于来到了开罗外围。开罗的历史起源于公元 641 年,是伊斯兰教进入埃及后所建造的新城市。整个城市不如想象中的现代,在开罗城郊,远远地就感觉到开罗的城市颜色是灰黑色的,空气中弥漫着灰尘的味道。整个城市都在堵车,道路两边是很破旧的当地民居,一般不超过三层,清晰可见的土坯和砖瓦,感觉整个城市有些乱糟糟。埃及的当地人对外墙结构
无所谓,因为是给别人看的,他们只对家里的内部装修比较注重。一般来说,开罗的房子是边住边建的,通常夫妻两人住一层,等孩子长大要结婚生子了,再往上面盖一层。以此类推。

埃及的交通很拥堵。据说当地有 250 万辆私家车,他们的私家车并没有报
废制度,许多出厂 40 多年的老爷车还在使用。据说有 99% 的开罗汽车都被撞过,警察通常不管闲事,大家自己解决,除非真出了事故。埃及也不太见到红绿灯,据说整个城市的红绿灯不会超过 20 个。所以堵车才那么厉害。开罗的警察也少,所以老百姓基本上不大会被警察找麻烦,这是当地老百姓比较满意
的地方。

我们埃及导游高导给开罗的评价非常精彩：我们伟大的埃及政府，我们伟大的埃及人民，我们乱七八糟的开罗，但是我们还是热爱我们的国家！

埃及现在其实已经是严格意义上的伊斯兰国家，我们在车上聊起了伊斯兰国家会不会统一？高导冷笑说："怎么可能呢？有美国的地方就不会太平。伊斯兰国家自己也意见不统一，埃及比较穷，那些富裕的石油国家怎么肯和我们统一呢？"

高导说起美国很调侃，他说得很逗：有美国的地方，世界就不太平。如果高导代表的是埃及老百姓的民意，那么可见，美国的中东政策，其实埃及人民并不满意。

一边聊，一边堵车，经过尼罗河大桥的时候，堵车还是很严重。但由此看到了很多中国汽车。高导告诉我们，吉利汽车在埃及很受欢迎，因为他们对埃及人民的服务非常好。看来李书福的埃及市场做得不错，虽然吉利汽车在中国的口碑并不怎么样，但在埃及，在非洲，还是深受欢迎。

中国的北京现代，在开罗街道上偶尔可见。

埃及的公交车也很有意思，通常不关车门，到了车站也不停，只是车速放慢，那些训练有素的开罗人就会很熟练地跳上蹿下，成为埃及市容一景。

车子慢慢地开，开过了开罗的大街小巷。整个开罗还是黑黑灰灰的，街道的颜色也是灰白色的。路上的市民通常穿得比较普通，有时候也可以看到他们穿着传统的穆斯林服装。开罗的街道嘈杂而又拥挤，街道旁边的小路上常常可以看到许多小吃摊和杂货摊，有着浓郁的生活气息。如果和中国相比，开罗相当于中国的北京，但是要落后几十年。开罗有着埃及的原汁原味，没有一点点的城市修饰，你能体验到这个城市最本质的纯粹。这种感觉，就像老电影中的黑白胶带，在现代彩色的城市生活中，已不多见。

夜已深，车子仍然在大街小巷中穿行。还可以偶尔看到开罗街头夜游的人们，有的悠闲地抽着水烟，有的在街边的小摊上吆喝。

喜欢这样的感觉。

如果说埃及的卢克索是中国的西安，亚历山大是中国的上海，那么，开罗就是中国的北京。

2012 年
2月22 日

23 日

24 日

25 日

26 日

27 日

28 日

29 日

2012.2.27

穿越千年的金字塔

　　今天是极其戏剧性的一天：见到了梦寐以求的金字塔,看到了狮身人面像,看到了埃及博物馆,看到了神秘的尼罗河,但是也在金字塔前被明抢一百人民币,在尼罗河上被暗斩美元若干。

　　我们进了最大的胡夫金字塔——里边斜斜的,先是石门,从石门进,仅一人高,一个多人宽,勉强可行。蜿蜒若干弯,行百米左右,就是更窄更窄的、大约一人来宽的木梯,需弯腰登楼而行。而后又是长长的木梯,大约通行十几分钟,方可到最高处。里边全程石壁,空空无壁画,到了最高处,豁然开朗,为一封闭性方台。登入,有石棺据其间。

　　这便是举世闻名的埃及金字塔胡夫墓。

　　在石棺前,略作冥想,与法老也许可以有一场穿越时空的对话。但是,对于这样的场景,也有一种深深的敬畏。

　　再原路返回,到了人间,觉得这样伟大的金字塔,庄严肃穆,竟然觉得自己不像在人间,似乎穿越了千年。

　　在金字塔前,又蹦出了几句诗：

我从

遥远的千年之外穿越回来

那里可曾有我古老的传说?

埃及奇遇记

　　我们今天要参观三处金字塔。所有的行程都有专车跟着,在停下休息的时间,总有小贩在车前叫卖。我们的导游还为我们统一杀价,大概一套明信片加三个小金字塔再加上一块阿拉伯白头巾,一共 3 美元。一时间热闹,大家在买东西,我在窗边看风景。突然间有一个小贩在车下和我做手势,我也不知道他是什么意思。他拿了一套明信片给我,竖起了一个手指头,我想他大概要1 美元,我就摇摇头,他又加了几只金字塔,我觉得没用,又摇摇头。然后他又拿了一块白头巾,竖起了三个手指头。我想想还是没什么用,就摇摇头。他再拿掉几只金字塔,我突然觉得明信片加白头巾也不错,于是点点头,我做了手势示意2美元,他很高兴地笑了。这桩买卖就这么简单地成交了。

于是我跑到车下,给了他2美元,拿回了明信片和白头巾。这个埃及男子非常高兴,对我说了很多感谢的话。能在异国他乡有这么戏剧性的遭遇,其实还是挺有趣的。队友们也觉得有意思,因为他们觉得只有三个才能打包,没想到两个也可以打包。

大家都觉得好玩,挺有意思。

第二个奇遇是在10分钟以后的另一个金字塔前。那时候我只拿着相机和手机下车,没有带钱。哪里知道碰到了一个阿拉伯老人,他主动打招呼,说可以给我照相。我说没有带钱,翻出口袋给他看。这时候那个老人说,没有钱也没关系,可以给他硬币——人民币也可以。我看看老人挺可怜,也很厚道,于是就问身边的队友说:有没有钱,借我一个硬币。队友给了我一块钱的中国硬币,我就转手送给老人。老人看看说:给个埃及硬币吧。我实在没有钱,后来看到我们领队,赶紧问他:有没有硬币,借几个吧。李导从口袋里掏出两个硬币借给我,我连忙拿来给老人,对他说:不好意思啊,不知道够不够? 老人看看,很高兴地笑了。

两次遭遇,我都觉得埃及人民为人还是很厚道,似乎没有传说中的那么不讲道理。

于是我放松了警惕,在第三个金字塔前背着包出来,准备逗留得时间长一点,如果有什么好东西,顺便可以买一点。刚下车,和大家还是说说笑笑,照了几张相,突然有一个阿拉伯小孩看着我的包头巾说:"你的包头巾围错了,我帮你重新围一下!"我想这孩子不错啊,于是就傻乎乎地站在那里让他替我围头巾。围好头巾,小孩拉着我的手对我说:"我给你拍张照吧,那里有一个很好的地方,拍得特别漂亮。"说完,拉着我的手就向金字塔走去。我当时对小孩一点都不设防,想想十三四岁的孩子,能把我吃了? 于是很高兴地跟着他走,倒也没留意,孩子旁边跟了一个骑骆驼的男人。

然后到了金字塔前,那个小孩说:"我给你拍照吧!"说完就接过我的相机。我也没在意,就让他给我拍照,突然,那个骑着骆驼的男人要我骑到骆驼上拍,我突然之间有所警觉——导游提醒过,有人让你骑骆驼,你千万不要上去,否则下来也许就是天价。于是我拒绝了,小孩说:"没关系",就给我照了相。然

2012年

2月22日

23日

24日

25日

26日

27日

28日

29日

2012 年
2月22 日

23 日

24 日

25 日

26 日

27 日

28 日

29 日

后,我就要我的相机,他问我要钱,我想好歹给一点吧,拿出了钱包,找不到零钱,于是给了他 20 镑。哪里知道,我这里边都是大票,那两人看到我钱包里有 100 的人民币,马上摇头说:"太少了",要我把 100 元人民币给他。当时我急着要回我的相机,他们又死活不给我,我想想:算了,就给他们 100 元人民币吧,当做破财消灾。我说:"行,就给你们 100 吧,把相机还给我。"当时我拿出 100 元的时候,那个男人像抢钱一样地把这 100 元拿去了。然后,我对孩子说:"把我的相机还给我。"

小孩看着我,摇摇头:"不,还要 100,埃及镑!"当时我几乎不敢相信自己的耳朵,没有见过这样的强盗逻辑!于是我也火了,我说:"没有,有的都给你们了。没钱了!"当时那个男人说:"你可以给我 100 埃及镑,我可以找你零钱。"这次我真火了,我说:"不行,就是不行,一分钱也没了。"当时我的大队人马离我很遥远,几乎看不到他们的身影。我也知道自己深入虎穴了,不过还是气愤。我可以给你钱,但一定要我心甘情愿。那小孩说:"再给 100,再给 100 吧。"当时我也不客气地对他说:"没有,就是没有!"那小孩和大人看我火了,还是有些胡搅蛮缠,他们说:"再给 100,就还给你。"当时我气得脑袋都要炸了,我把钱包往包里一塞,冲到小孩面前,小孩不知道怎么也怕了,于是很自然地把相机还给了我。

终于在无意识的状态下夺回了相机,但是事后还是心有余悸,万一抢不回相机,万一他们的团队意识更强烈,别说相机,连钱包也可能会被他们抢走。这已经是不幸中的万幸了。

事后,队友蓓蓓和陆家妹子一直在安慰我。我想着上午的遭遇,无论如何还是要客观地评价埃及人民:绝大多数的埃及人民还是友好的,他们做生意也很不容易,他们的生活还很糟糕。君子爱财,取之有道。但也不乏有些害群之马,弄得大家在埃及的旅游体验极其恶劣,让人无法接受。

看在法老的面上,原谅他们吧。

埃及博物馆

埃及博物馆,举世闻名。埃及的历史,纵横 7000 年。

博物馆中有一块刻着文字的石碑,上面有三种文字:一种是古代埃及文字,一种是简体象形文字,一种是希腊文字。三种文字说的是同样的故事,是一位法国考古学家在 1799 年在埃及发现的,研究了 20 年后才破解了埃及的象形文字,从此,埃及的文字和历史向前推进了将近 7000 年。这块石碑的真品如今在大英博物馆,而埃及博物馆中除了这块赝品石碑,其余的都是 100% 的真品。

埃及的历史从下埃及开始,上埃及、法老时代、木乃伊、芦苇花、水莲花、62 个帝王谷、18 岁的国王、拉姆西斯二世、女法老、纯金面具等等,那些美丽的传说,在埃及博物馆都可以找到历史原貌。

这是一个伟大的民族,让人肃然起敬。

尼罗河的晚风

晚上的活动是尼罗河夜游。我总觉得来了埃及,不去尼罗河,会有遗憾。虽然我去过很多国家,到过很多河流,坐过很多游船,但尼罗河,在我的心里,仍然是一个梦想。

影片《尼罗河惨案》,闻名中外。我很想知道,尼罗河的故事,究竟有多神秘。

还有初到埃及,初到卢卡索,那里的尼罗河两岸的芦苇花,那片绿色,有一种世外桃源的安宁。

晚上,尼罗河,如期而至。

游船,晚餐,有音乐,有歌舞。这些对我来说吸引力都不大,我只想看看两岸的风景。

晚餐的时候,点了一杯咖啡。报价 3 美元,付账的时候,居然要收我 6 美元。我也不知道为什么,问了他们,才知道,我问他们要了一杯牛奶调味,这也是要收取 3 美元的费用的。难道咖啡加牛奶不是常识么? 后来我想想算了,也不和他们计较了,6 美元就 6 美元吧,不要破坏了好兴致。

于是,给了他们 10 美元,找我 4 美元就行。然而,找钱居然是 20 埃及镑,折合不到 3 美元。我都有点搞不清楚了,难道他们是用汇率在赚钱么? 我不是喝不起 10 美元的咖啡,只是觉得,在这样美丽的夜晚,这样的消费方式实在让人有些啼笑皆非。

后来导游和我说:算了,不要和他们计较了。4 美元,我给你吧。我实在也不想和他们计较这些,只是觉得,尼罗河的景色,会因为这样的不清不楚,让人

2012 年
2月22 日

23 日

24 日

25 日

26 日

27 日

28 日

29 日

2012 年
2月22日

23 日

24 日

25 日

26 日

27 日

28 日

29 日

觉得亲近不起来。

　　楼下开始歌舞,我有点接受不了这样的热闹。于是,跑到二楼的甲板上吹风。外面还是很冷很冷,尼罗河两岸,夜很深很深,河水还是很古老,灰黑色的,一望无际的平静。两岸的灯光并不璀璨闪烁,而是非常安静,几盏昏黄的灯光,静静地,静静地,几千年也不变的安静。

　　天上有一轮安静的月亮,明月如钩。

　　看着天上的月亮,吹着微微清冷的寒风。尼罗河在慢慢地走,江心,不见秋月,胜似秋月白。

　　这才是我要的尼罗河。

　　还是那样的庄严肃穆。

　　不能因为现实的某些不美丽,而拒绝埃及的神圣,也不能因为现实的某些不美丽,而拒绝开罗的大气。开罗就是这样矛盾的城市,开罗就是这样的古老,开罗也就是这样的无奈。这才是真正的开罗,他们的人民,因为历史而骄傲着,又因为现实而犹豫不安着。所以才会有今天的遭遇,而我们,仅仅是匆匆的游客,虽然匆匆,也要宽容地接受这一切,这才是我们来埃及真正的收获。

　　梦想总要遭遇现实,现实因为有了不美丽,而变得更真实、更美丽。

　　我还是喜欢埃及,喜欢开罗。

　　这样矛盾的城市。

2012.2.28

亚历山大的城市感觉和亚历山大的马车

　　亚历山大是埃及第二大城市,地中海的港口,被誉为"地中海的新娘"。

　　然而,今天的地中海有点生气,海边风浪很大。整个海岸都是惊涛拍岸,一望无际地壮观。海的对面就是希腊和意大利,飞机过去一两个小时就能到。

　　亚历山大,行色匆匆。

　　我在车上感觉这个城市:气候多变,黄沙漫天,海边大道有欧洲的浪漫,然而整个城市都是在风沙中的,又有沙漠的风霜味。

　　这个城市,天气好的时候应该是温柔的,是地中海的女儿,很浪漫婉约。然而脾气不好的时候又应该是刚性的,如同埃及一样古老和刚烈。

　　这个城市的腹地,更让人有些晕眩。四处的街道狭窄而古老,到处可见穿着长袍戴着头巾的阿拉伯人悠闲地逛来逛去。

　　整个城市非常狭小,曲折蜿蜒,偶尔可见清真寺,黄沙常常飞起,整个城市就笼罩在这样的黄沙中。有时清晰了,依稀可见蔚蓝的大海;有时又模糊了,到处是黄沙漫漫。

　　埃及艳后的故事,就发生在这里。

　　埃及艳后是凯撒和屋大维的情人,深深卷入了罗马共和时期的政治漩涡。这样的故事,发生在亚历山大这样的城市,果然符合她的气质。

　　亚历山大有一些古老的街道,像欧洲的建筑;又有一些古老的街道,却具有穆斯林的风格:街道很老,建筑很破旧。

　　黄沙漫天,土坯的城堡,古老的建筑,有戴着白头巾的穆斯林们在大街小巷中穿梭。

　　这个城市还是很古老。古埃及和古罗马在墓地动物图腾上,已经有了文化上的交错和合并。

　　所以亚历山大,是个古老而又让人产生时空幻觉的城市。

亚历山大的马车

　　在海边,我找到了一个阿拉伯的马车夫,60多岁的老人。高导帮我和马车夫讲好了价格,50埃镑,半个小时之内必须回来。

马车上看到的亚历山大古城

2012年
2月22日

23日

24日

25日

26日

27日

<u>28日</u>

29日

2012年
2月22日

坐上了中世纪的马车,我又出发。

穿过了波涛如怒的地中海沿岸,穿过了古老而神秘的阿拉伯大街小巷,路过了一个古老的清真寺。马蹄声在亚历山大深处响起。

埃及的最后一站,不虚此行。

23日

2012.2.29

此时此刻,我在埃及亚历山大机场。窗外,夕阳已经落到地平线下,沙漠里的机场空旷无比,整个机场也似沙漠般的一望无际。

24日

夜色已来,满天乌云压境,又有一抹晚霞。马上就要归航,这样的景色,色彩和意境有些接近于电影《飘》的尾声,大地上空旷无比,只有一抹灿烂而辉煌的晚霞。

又是夜航。

25日

26日

27日

28日

29日

南非散记

大草原的第一抹阳光

左边是大西洋

右边是太平洋

波涛如怒

卷起千堆雪

我看到了非洲大草原上的

第一抹阳光

2012.5.1

雨中开普敦

　　一路颠簸,从前天下午 14：30 出发,到现在 5 月 1 日凌晨 1：52 分,已经整整过去了近 36 个小时。一路马不停蹄,折腾到现在,刚到酒店安顿完毕。

　　我们原来的行程是前天下午 18：30 的航班去香港,由香港转机去约翰内斯堡。结果到了浦东机场就被告知,浦东大雾,去香港的飞机延迟起飞。到了当天晚上 18：30 我们才开始过安检。19：45 分登机,结果上了飞机又被告知浦东仍然大雾,延迟起飞,一直到了近 21：00,飞机才开始缓缓启程。

　　我们在飞机上碰到了一位 80 岁的老人,原来是个空军高官,曾经参加过辽沈战役、解放战争、抗美援朝战争、越南战争等著名战役。这位老人曾经是我军空军高级将领,十几岁当兵,戎马一生。我和卷毛和这位老人相邻而坐。

　　后来老人和我们闲聊的时候,我们觉得很有所得,这位老人看上去就像 60 岁左右,一点都不像 80 岁的样子。聊起历史,他有着自己独到的见解,当我们对现今许多现象不以为然的时候,他对我们说:事物的发展要辩证地看,如同开飞机,不会永远一条直线前进的,有时候往左偏一点,有时候往右偏一点,但总是向前而进的。

　　我们和他聊了一路,总以为 80 多岁的老人多少会有点顽固,但对于这位老人我们更多的是尊敬和佩服。这位老人居然能说日语、俄语和拉丁文,非常专业。

　　到了香港已近 24：00,已经过了转机时间。所幸被告知:从香港飞往约翰内斯堡的飞机仍在等我们,于是一路小跑,终于在半个小时内办理完转机手续。飞机终于在 4 月 29 日凌晨 1：00 起飞。

　　也许是太累的缘故,飞机起飞不久就睡着了,再睁开眼睛看飞行图的时候,飞机已经穿过印度洋,再过 3 小时就要到达约翰内斯堡了。

　　到达约翰内斯堡的时间是当地时间上午 8：20,北京时间 14：20,出关后已近 10：00,再一路飞跑赶约翰内斯堡去开普敦的飞机,终于误机。

　　然后再转签机票,签到了当地时间中午 12：45 从约翰内斯堡去开普敦的机票。两个小时的空档,我和卷毛在约翰内斯堡机场兑换到兰特币,100 美元兑 758 兰特,我们一人换了 100 美元,当做这几天的零花钱。然后两人肚子饿了,一起到机场的某个咖啡厅点了两杯咖啡,两块蛋糕,花费兰特92大洋,折合人民币70元左右。这个价格在国内绝对是喝不到的,顿时又觉得兰特值钱起来。

我和卷毛逛机场逛得差点迟到,所幸没有误了去开普敦的飞机。因为时间仓促,我们两人的座位在最后两排垫底。飞机快起飞的时候,旁边的座位又来了一位当地白人。因为让座,他谢了我们,后来就开始天南地北地聊天了。

他是一位当地的专业摄影师,名叫AGI,也是一位出色的当地导游。他已有50岁的年纪,看上去很年轻,只有40多岁的样子。他从小在约翰内斯堡长大,他这次刚去约翰内斯堡家里探望母亲,又和年轻时代的朋友们聚会,然后匆匆赶飞机回开普敦。一路上AGI给我们看了很多很多他们家族的照片,告诉我们每个家庭成员的名字,他妈妈、他的兄弟、他的妹妹、他的孩子、他的好朋友们,还有他的猎狗。

AGI告诉我们,他的祖父是希腊人,他母亲的祖先是当地的贵族,他父亲曾经在埃及待过一段时间,最后才到了南非。他给我们看了他母亲年轻时候的照片,果然是绝代佳人,就像一战时期的明星,很有费雯丽的感觉。我们还看到了他母亲的陪嫁,非常漂亮的瓷器钟,已经有200多年的历史。

我们还看到了他们25年前的照片,AGI年轻时候的家,他给我们看了他十七八岁时的照片,还有他十几岁时候的女朋友,他的第一辆车、第二辆车,还有他的17岁的儿子,他们在海边亲手建造的小屋。

看AGI的照片,听AGI的家族和朋友们的故事,像在穿越历史。

他们对于家庭的热爱,对于朋友们的真诚,是久违了的感觉。在中国,应该不会有人对着陌生人拿出相机,告诉他们所有的家庭成员,告诉他们家庭25年来的老故事,告诉他们家族200年的兴衰故事。

这样的收获,才是旅途的精华。

后来AGI和我们说:当地的旅游杂志上有他的传记,也许我们在我们的酒店中,都可以翻到他的照片。

他还很热情地告诉我们:如果我们愿意,明后天可以给我们当自由行的导游。

飞机上的故事,给我们的旅途增添了不少快乐。

到了开普敦,已是当地时间下午近3点,出关近4点。

开普敦已经下起了小雨,有些寒意。想起来了,这里是深秋。

我们已经看不见开普敦真正的颜色。雨天,开普敦,已在南半球的天之涯地之角,然而,她的面纱,我们在飞行了 30 多个小时以后,依旧没有揭开。

汽车一路开往当地的大学城,雨很大,到了小镇,我们也没法下车,只在车上看了一眼风景就走。

一路大雨,大巴沿着大西洋沿岸慢慢行驶。而此时的大西洋,惊涛拍岸。

颠簸了近 36 个小时,我们依然不知道,开普敦的颜色。

安顿下来后,已近北京时间凌晨三点。不知南非时间,不知今夕何年。

2012.5.3

千年好望角

一路的风雨,行程已过了两天,我们连南非的影子都没看到。

酒店坐落在大西洋边,早餐的时候居然就与大西洋毗邻。只是大西洋的脾气一直不好,便是在清晨,也是一浪一浪的惊涛拍打着餐厅边的堤岸。在这样的清晨,阴雨霏霏,惊涛拍岸,雪浪翻飞,大西洋便在身边。这样的意境,此生也不会有几次。

南非某一天清晨的大西洋

大西洋是一个很熟悉而又陌生的名词,我们在书本中对她已经不陌生。然而当她近在眼前的时候,你却觉得她似乎不该这么暴躁。大西洋应该是温柔的,如同欧洲的波罗的海、爱琴海和地中海,温柔而浪漫。然而非洲部分的大西洋,却是汹涌澎湃,苏东坡的句子:惊涛拍岸,卷起千堆雪——很符合大西洋此时此刻的情景。

在睡意中我们来到了 SEA POINT,当地著名的海湾。大海如怒,一浪一浪地拍打着海岸。远处有白色云层,飘渺在山间。更远处是连绵起伏的山脉,层层的排屋错落在山间。

更美的是,一棵说不出名的树,就这样落在山海之侧。

南非,大西洋,就这样在蓦然揭开了面纱。

原计划下一个目的地是海豹岛,但我和卷毛又误了时间。不过我们也不着急,索性在码头的地摊边闲逛,基本上都是本地黑人在做买卖,每到一处,他们都说:今天刚开张,可以给我们便宜一点的价格。

与当地的小商贩说说笑笑,侃侃价格侃侃大山,也是一种乐趣。

我们收获都不小,我买了一堆小戒指,想着这些小玩意儿女孩子们都喜欢,回去估计就会被抢光,还买了一块小木琴。卷毛除了戒指外,居然去买了一只小木盆——当然是当地的一种原木漆器盆子,棕黑色的,很漂亮。我看着是好看,也想买,但是考虑到携带的问题,就放弃了。卷毛同学甚是英勇无比,在我的一再劝阻下还是买了那只盆,结果一盆成名——大家都说卷毛的盆子好看,要她拍卖。从100兰特开始飙到100美金,更有甚者,路上所经之处引起各色人群观望。中文英文夸盆子好看的都有,在企鹅滩的时候,干脆有陌生人说:你出个价,盆子归我吧!

南非卷毛的盆

好友卷毛

各种庄园和南极企鹅

2012 年

⁵月1日

CONSTANTIA 酒庄是当地一家具有几百年历史的酒庄,葡萄酒庄园在南非随处可见,古树参天,碧绿碧绿的树阴,雪白雪白的古堡式庄园建筑,空气中飘着的青草味儿,更有那一路走过的绿阴小路,路边不知名的白色小花悄然开放。

2 日

鸵鸟园也非常美,绿树成荫。白色的屋子到处可见,有 18 世纪欧洲庄园的特色。南非先是荷兰殖民地,后来又被英法统治,所以有着浓郁的欧洲风情。这些酒庄、鸵鸟园就保留着那个时代浓郁的风格,大片大片的草地,大片大片的古木参天,然后有一两间白色的小屋子点缀其间,偶有湖泊点缀,如在童话中。

3 日

企鹅滩是让我觉得有些惊诧的,因为在那里我看到了成群的企鹅,在沙滩上憨态可掬地行走。真让人怀疑是否来到了南极。然而,这里确实是天之涯海之角,隔着海,再往南走,可不就是南极了么? 那些企鹅,也许就是漂流过来的吧?

4 日

作者在南非

企鹅滩

5 日

好望角

6 日

当迪亚士第一次经过好望角的时候,曾遭遇大西洋的风暴,他们的船队只在好望角的一边歇了下脚,就匆匆离开。所以好望角曾被命名为"风暴角"。

然而当达伽马经过好望角的时候,他终于向前前进了一点点,于是,他发现了暴怒如雷的大西洋的左边,就是那么温柔那么温柔的印度洋。

7 日

从此,西方找到了通往东方的一条路,从此,大西洋和印度洋终于在此交汇:"风暴角"变成了"好望角"。好望角在英语中的翻译就是:"CAPE OF GOOD HOPE"。

好望角,只在南半球,只在非洲,左边是大西洋,右边是印度洋。

大西洋的左边,惊涛拍岸,卷起千堆雪。海浪如怒,惊涛如聚。印度洋的右边,温柔娴静,静静地,静静的,蕴藏着千年万年的故事,然而海面,依然波平如镜。

波涛如怒的大西洋,终于在好望角的汇合处,终于在印度洋和大西洋的交汇之处,找到了归宿。从此安静,千年万年也不会改变。

南非好望角

2012.5.4

南非贫富区

从开普敦城市赶往机场的一段公路,广阔无边,一望无际。机场公路的一侧,导游告诉我们这里住着的都是黑人,当地称之为"黑人棚户区"。这些棚户区是用铁皮做成的房子,低低的一层,他们聚居在此,水和电都是公共的免费资源——不过水是几户人家公用,需要到外边接水;电也是每户人家一个月60度,通常棚户区的人家晚上早早就熄灯休息了,如果需要,他们有时候还会用煤油灯。

这些棚户区,长长地长长地绵延,从机场一直到大西洋沿岸。

我们又有些困惑,在机场或其他公共区域也有许多黑人工作人员,他们同样热情友好,并不似传说中的棚户区人们那样粗暴。他们看上去也是接受过高等教育的,他们的服务同样让人感到彬彬有礼。

后来我们才知道,受过高等教育的黑人,理所当然会获得比较好的就业机会,也同样受到别人的尊重。但是许多在棚户区的黑人们,是没有机会接受良好教育的。所以,这才是不平等之处。

下午参观约翰内斯堡。约翰内斯堡的唐人街,是一个中国人聚居的地方,感觉有些破旧,一条窄窄的小街,有着一两家中国超市、一些小吃店和一两个很小很小的菜场。唐人街是中国人在约翰内斯堡的居住地,据说在当地的名声并不好,因为这里三分之二的人是偷渡客。中国人在约翰内斯堡并不受歧视,但唐人街的地位总是不太高。

有钱的中国人就会搬到一些比较好的地方,若干中国人也住在富人区。他们也可以拥有很大很大的带着花园和游泳池的独栋别墅。但是刚来南非奋斗的中国人,只能聚集在唐人街,因此会比较辛苦。

然后我们又去参观了南非的富人区,一栋一栋的别墅,隐没在绿树繁花中,漂亮得毫不张扬,这些绿树繁花外面,就是用红砖或黄砖砌成的厚厚的瓦墙,长长地横贯在整个街道,顿时觉得时光绵延,岁月静好。让人匪夷所思的是:这些富人区的外墙上都挂着道道电网。电网在富人区是必备的,因为治安太乱,社会贫富差距太大,一不小心就会有事故发生。

我们还路过了曼德拉的府邸,车子开得很慢很慢,但是不能停下来。若是停下,就会受到保安的警告。当时我们猜想,此时此刻,曼德拉在他的府邸里做着什么呢? 也许正在晚餐,也许正在看着一份报纸?

我们并没有去看黑人区,据说 80%的黑人居住在占地 20%的地方。据说那里太乱,不能去。

2012.5.5

穿越非洲草原

出了约翰内斯堡,就是一望无际的非洲大草原。

非洲的草原一望无际,野草生长,也是天苍苍,野茫茫。

　　与内蒙古草原不同的是,非洲草原更原始,因为接近热带,草原并不湿润,空气很干燥,你能感觉到非洲的草原中夹杂着一种风沙的味道。

　　千里无人,野草任意。

　　这才是非洲的大气。

　　一路看草原,看到昏昏沉沉,再睁开眼就是太阳城。

在南非说中文

　　夕阳西下的时候,我们在郊外,看着一群非洲土著在一片广阔无垠的绿草地上踢足球,夕阳映红了绿草,他们在欢快地踢着跑着,真是夕阳无限好!

　　晚上在宾馆里随意逛逛,和卷毛一起,跑到一家咖啡馆,喝了点红茶,两人随意聊天。咖啡馆的小姑娘,不时地过来给我们加水。后来我们聊到兴起,茶水喝完了,我们忘了身在南非,居然用中文说:"小姑娘,再加一点热水!"那个非洲小姑娘连忙过来,问我们:"Are you OK?"我们突然意识到,这是在非洲,连忙改回英语,和小姑娘笑着说:"不好意思,我们忘了这是在你们的国家。再给我

们加点热水吧!"

　　小姑娘笑嘻嘻地说:"好的好的。"

　　皆大欢喜。

2012.5.6
南非大草原的第一缕阳光

　　当清晨的第一缕阳光洒在了南非大草原上,我们又开始出发。

　　这次穿越的是南非动物保护区,一路过去,满眼弥漫的是大片大片的草原,因为到了深秋,草色已经渐渐发黄,衰草成片,常常可见斑马、羚羊、野猪、犀

牛等在草丛中出没。

　　太阳已经照在了草原上。

　　非洲草原,荒芜中却见一片生机。就是喜欢这样,一路草色,直到天涯。

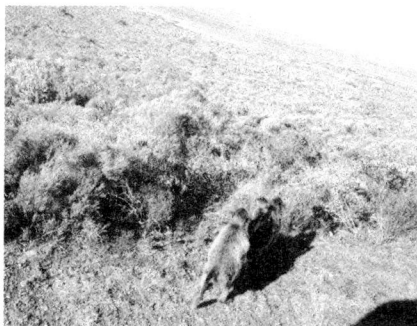

南非草原

清晨的斑马

2012.5.7

飞机上的读书笔记：《第三次世界大萧条》

又是长长的十几个小时的飞机，从南非约翰内斯堡到香港转机，然后再到浦东机场。

这次带去的书是：《第三次世界大萧条》。

终于花了五六个小时把这本书看完了。这本书的核心思想与目前市面上流行的经济类图书颇为类似，都是指出中国经济岌岌可危，将步东南亚、日本、墨西哥模式走入崩盘。与宋鸿兵、许小年等主流经济学家不同，作者严重批评了金本位为主的抵御通货膨胀的思路。

作者指出，一旦美元做多反攻中国，中国将进入各种资产迅速崩盘的境地。如果美元做多套现者迅速撤离中国市场，那么中国的房地产和股市将双双进入崩盘时期。

再反复推敲，无论按照本书的理论，坚定持有美元做多美元，还是按宋鸿兵金本位大量储备硬通货抵御通货膨胀的理论，中国经济都不容乐观，将进入货币通胀又紧缩时期。大量中小企业倒闭，中国经济将步入大萧条。

这本书的主旨显而易见，对于全球的经济不报乐观，除了看多美国，其他都是空。

经济学家的话不知道有几分可信，几分不可信？然而宋鸿兵前几年的《货币战争》，是提出以储存黄金、白银来对付通货膨胀和美元战场的，其实宋的理论也被这几年的黄金、白银市场所证明,但是未来的市场呢?

对我这样对于经济一窍不通的闲人来说:只当是辩论的正反两方。

其实两者都是有道理的。不管做多美元还是做多黄金,总是让老百姓跟着团团转,然后再去剪羊毛。

小老百姓怎么算也算不过大佬们。

不管怎样,10年间,粮食、石油、黄金、铜、煤炭、稀土确实大涨,中国股市过山车般地暴涨和暴跌,房地产涨了10倍以后却不知何去何从。

我看不懂这样的经济现象。

第三次世界大萧条也许已经来临,也许正在慢慢来临。欧洲的局势那么动荡,希腊、欧共体都是触一发而动全身的问题,如果欧洲经济不景气,那么势必也要影响到中国经济,中国的出口会面临很大的危机。到时候会有一大批工厂倒闭,然后就会有很多人失业,后果不堪设想。谁都不知道未来,谁也不愿去想未来。

飞机还在黑夜里穿行。书看完了,终于可以休息了。我又开始看飞行图,突然之间,我在想:如果不能把握未来,那么,把握当下总可以吧?这个世界是一本书,走一个地方就是翻阅一页。对于每一块土地,我们都能去看看,去走走,那么对于这个世界,我们就没有遗憾。

游走美国

这并不是我最喜欢的国家

穿过了白令海峡

穿过了阿拉斯加

穿过了白天和黑夜

我穿越了日界线

美国的一切都好

但并不是

我最喜欢的国家

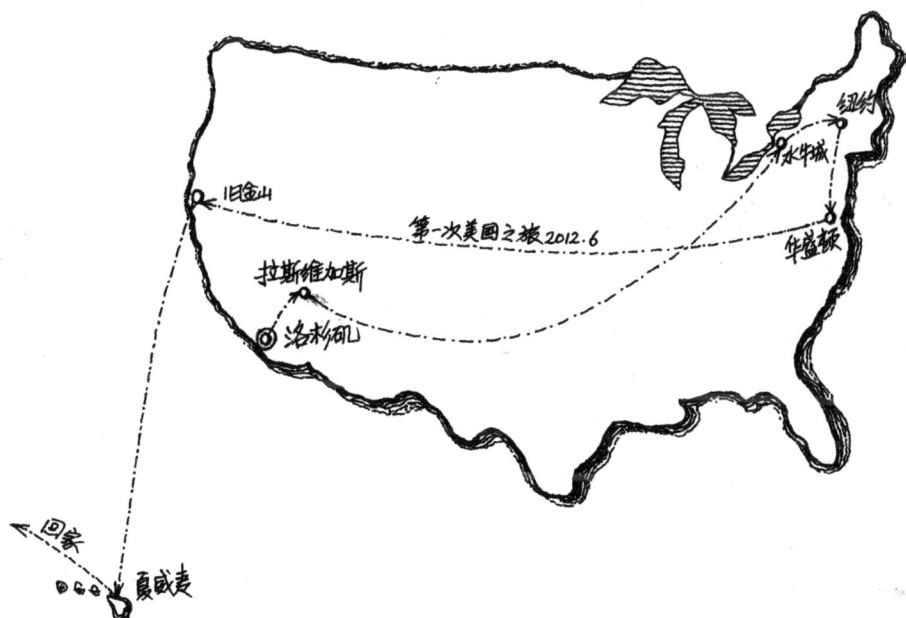

旧金山

第一次美国之旅 2012.6

纽约

弗水牛城

华盛顿

拉斯维加斯

洛杉矶

回家

夏威夷

2011.6.17

穿越日界线

2012 年
⁶月**17 日**

18 日

19 日

20 日

21 日

22 日

23 日

24 日

25 日

26 日

27 日

28 日

29 日

30 日

2012 年
⁷月 1 日

　　飞机又一次起飞,这次是从上海转道韩国去洛杉矶。我最喜欢看的就是飞行图,浩瀚星空,绿色陆地,蓝色海洋。我们在地球上空,紧贴着地球飞行。一个个国家,一个个城市,如同星空璀璨的群星,又如同一粒粒渺小而微弱的尘埃。飞机离开了仁川机场,眼下就快出韩国大陆了,马上要进入日本海。非常奇妙!

　　空姐推着小推车开始发放饮料,韩国的女孩子很漂亮,她们的笑容很甜美,可似乎不太会中文。有位中国乘客用中文问:"飞机上有充电的地方吗?"空姐摇头说:"I can't speak Chinese."既然不懂中文的老外可以在国内得到好的英文服务,为什么不懂英语的中国人就不能在国外得到很好的中文服务呢?

　　飞机在飞行图上自由地飞。一个半小时,入韩国。又一个小时,入日本。再过半小时,便出日本,进入浩瀚无边的太平洋区域。飞机还在太平洋上空慢慢行驶。突然之间,我看到了日界线——国际变更日界线。3 个小时之后我们将穿越那条神秘的日界线,从理论上来说:我们的左脚可以在今天,我们的右脚可以在昨天。如果真有这样的一次穿越,那我们可不可以回到昨天?

穿过了白令海峡

穿过了阿拉斯加

穿过了白天和黑夜

我来到了日界线

2012.6.18

洛杉矶的环球影城

　　今天在环球影城转了一天,很对我的心思。看了一天环球 4D 电影样片,最新的《变形金刚》《怪物史瑞克》,水电影,还有一小时的实地旅游车摄影基地现场体验。《金刚》《绝望主妇》《终结者》《金色的池塘》等许多熟悉的影片和明星,都可在此找到摄影基地和人物踪影。

　　我们是坐着观光游览车,看到了美国电影 100 年来的历史,以及各种电影

2012 年
6月17 日

18 日

19 日

20 日

21 日

22 日

23 日

24 日

25 日

26 日

27 日

28 日

29 日

30 日

2012 年
7月1 日

大片的拍摄基地。中间路经各种拍摄基地,有着我们非常熟悉的各种场景。其中有一个地震带的洪水场面,非常壮观,几乎可以乱真!

我很喜欢一部科幻电影:《回到未来》。那是 20 世纪 90 年代末的一部片子,当时曾经风靡一时。里边的人物爱因斯坦特别有趣,让人记忆深刻。我在环球影城逛的时候,居然路上就碰到了这位"爱因斯坦",很快乐地和当年的偶像合了影。有趣的是,在影城来来回回的,碰到这位"爱因斯坦"两三次,每次碰到都会笑一笑,都快成熟人了。

洛杉矶环球影城和《回到未来》的爱因斯坦的合影

2012.6.19

圣地亚哥的航空母舰

圣地亚哥是座古城,这座古城与墨西哥接壤。从洛杉矶到圣地亚哥有两个多小时的车程。一路高速,公路两旁不停地变换着风景,2 个小时后,到达圣地亚哥。首先进入眼帘的是威严的军港,然后就是湛蓝湛蓝而又一望无际的太平洋。

位于港口的航空母舰让人不得不震撼,那样湛蓝的港口,配上军舰,气质瞬间硬朗起来。这是二战时期在中途岛战役时使用过的航母,在 1992 年海湾战争时也投入过战斗。看着他们的航空母舰,不得不让人敬畏,美国国力确实强大,军港也可以对游人开放。

圣地亚哥古城距离墨西哥只有半个小时的车程，以至于我们一度在车上接到了来自墨西哥的网络信息。老城蜿蜒在山道上，有着 100 多年的历史，坐落在古色古香的花花草草之间，有着浓郁的墨西哥风情。这些老建筑或改装成小商品店，或重装为路边咖啡馆，南美音乐点缀其间，一股热带雨林欢乐的味道。

美国圣地亚哥

2012.6.20

从洛杉矶到拉斯维加斯

一天都在赶路，从洛杉矶到拉斯维加斯。出洛杉矶的时候天气不错，只有 20 多度，然而越往北走，越感觉炎热。

我们在西部公路上疾驰，已经进入了沙漠。

与埃及一望无垠的白色沙漠不同，这里的沙漠偶尔可见植被和远处的山脉，都是土黄色的。在车上渐渐感觉炎热，口渴难忍。很奇怪，为什么在车厢里的感觉比埃及还要炎热？

中国式消费

在洛杉矶和拉斯维加斯的途中有一家奥特莱斯，据说是品牌店的地方。中途便在这里停靠，我这才见识了什么是美国的消费水平。国内所谓的大品牌在这里是普通不过的牌子，国内动辄几千的大牌在这里通常只要一两百美元，那些鞋子、衣服居然低到几十美元，有的甚至只有十几二十美元，便宜得让人不敢相信。

我亲眼见识了什么是中国式消费：许多人十几二十个包地疯抢，许多人一打一打地拿着 T 恤衫。因为这些商品到了国内，身价都会几倍十几倍地涨。也许你一辈子也不会去购买那些奢侈品，但是，在美国国内，这些再普通不过，便宜得在超市随处可见。

十几二十美元的衣服和鞋子到了中国一下子身价十倍了，这确实让人感

2012 年
6月17 日

18 日

19 日

20 日

21 日

22 日

23 日

24 日

25 日

26 日

27 日

28 日

29 日

30 日

2012 年
7月1 日

2012 年
6月17 日

18 日

19 日

20 日

21 日

22 日

23 日

24 日

25 日

26 日

27 日

28 日

29 日

30 日

2012 年
7月1 日

到不可思议。

扛着大包小包的国人,那么多东西,怎么带回国内?

怪不得奥巴马增加了 40% 的中国入境名额,以此来促进美国消费。也不能怪中国百姓,谁让国内的物价那么高?

在经济萧条时期,美国物价还是非常平稳,一顿普通的便餐在 8 美元左右,超市里的水 1.69 美元可以买 6 瓶,服装十几二十美元,更便宜的 3 件 15 美元也看到过。美国人本身也不讲究品牌,几块美元的衣服也随便穿。美国在经济萧条时期也坚持没有泡沫的物价,与之相反,中国经济飞速发展时期,通货膨胀却如此之高。所以不难理解,为什么国人会扛着大包小包回去了。

奢侈品消费,其实是需要有些批判眼光的。因为许多东西都是在中国制造,贴上标签就身价百倍。再转回国内,身价再十倍。所以美国人一面笑呵呵地卖东西给中国人,一面又不可思议地看着中国人有如此强大的消费能力。

不能不说是一种悲哀,无可奈何。

初到拉斯维加斯

在晚霞中,我们来到了拉斯维加斯。

拉斯维加斯建于 1905 年,在一片荒凉的沙漠中拔地而起,西班牙语是"沙漠中的绿洲"之意。白天看来非常安静的城市,到了晚上就异常神秘起来。整个城市灯红酒绿,歌舞升平。

拉斯维加斯是世界上最大的赌城,整个城市林立着各种酒店,每家酒店的一层楼都为赌场。许多许多的老虎机,看得人眼花缭乱。

我们走马观花一般地穿梭在各个酒店之间,其豪华程度果然让人叹为观止。我最喜欢的是威尼斯酒店,典型的威尼斯风格,有小桥流水在酒店门口,更让人感到迷幻的是,二楼居然有威尼斯风格的贡朵拉,穿梭在深蓝色的河水间。夜晚的拉斯维加斯就是这样让人感到不可思议,到处是声光秀,到处是霓虹闪烁。

这是沙漠里的城市吗? 在这里居然可以看到埃菲尔铁塔,可以看到恺撒王宫。夜晚的温度,酒店里是舒适的,大街上却热浪阵阵。这是一个非常奇怪的城市,让我觉得那么不真实,时时刻刻想逃离。

2012.6.21

穿越科罗拉多大峡谷

一早四点多起来,五点出发。车子离开了拉斯维加斯,开向了一望无际的沙漠。

这才是苍苍茫茫的感觉,天边一轮朝阳升起。

我们又回到了真实的人间。

科罗拉多大峡谷为世界七大奇迹之一,这里最早的居民是印第安人。据专家考证,这里的印第安人的祖先是蒙古人,他们穿越白令海峡再往南迁徙来到了这里。

车子在一望无际的高速公路上行驶,近处是带着植被的沙漠,远处是绵延几百公里的科罗拉多山脉。如此安静,如此壮观,就像科罗拉多山脉上的古岩石,千万年也不会改变。

生平第一次坐直升飞机,有些紧张又有些兴奋。每一架直升飞机可乘坐六人。飞机慢慢起飞,慢慢离开地面,慢慢飞向天空。在高空俯视科罗拉多高原,山脉清晰可见,河流蜿蜒在山间,碧绿清澈见底。这才是大峡谷的壮观景色,不愧是世界七大奇迹之一。

科罗拉多山脉很奇妙地在身边游走,伸手可触而又转瞬而过。

直升飞机在山间穿梭,一会儿又慢慢降到了谷底。下飞机,到了山谷,又沿着石阶顺山而下,来到谷底的小河边。

已有小船在谷底等候,我们跳上了小船,当地的船老大便启动了快船,沿着科罗拉多河流慢慢行驶。

碧水蓝天,小船疾走,水道划出了一道漂亮的弧线。

河水清清,山谷崴嵬。沙漠中的峡谷,青山绿水在其间,小舟尽兴,水面微波荡漾。时间就这样静止着,只有停在远处山坡上的直升机才会提醒你,我们确实是在沙漠峡谷的最深处。

尽兴后,再弃舟上岸,登上直升飞机。回首望去,科罗拉多河还是那样缓缓流着。而后慢慢远去,这千年万年的安静,永远不会醒来。

2012 年

6月17 日

18 日

19 日

20 日

21 日

22 日

23 日

24 日

25 日

26 日

27 日

28 日

29 日

30 日

2012 年

7月1 日

2012 年
⁶月17 日

18 日

19 日

20 日

21 日

22 日

23 日

24 日

25 日

26 日

27 日

28 日

29 日

30 日

2012 年
⁷月1 日

科罗拉多大峡谷的直升飞机

拉斯维加斯的海市蜃楼

　　回到拉斯维加斯六点多,歇了一会儿,就同两个同行的大四女生约好一起去当地的一家自助餐厅吃晚餐。快要离开拉斯维加斯了,用美食来犒劳自己也是不错的选择。

　　这两个女孩一个叫莹莹,一个叫阿文,大四刚毕业,就相约来美国旅游。这两个小女生很是单纯可爱。大家聊起各自的旅游故事,十分投缘。

　　女孩子们问我:“你觉得旅游最大的收获是什么? 是像网上所说的那样,为了找寻真实的自己?”

　　我想了想:“应该不是,每一个人对于旅游的定义都是不同的。我觉得旅游最大的收获是增加自己的阅历,看看各个国家的人们是怎么生活的。不管发展中国家和发达国家,都是如此。然而再想想自己应该怎么生活,怎样的生活是最没有泡沫的。”

　　我又问女孩子们:“你们呢,旅游又是为了什么?”

　　她们说:“我们开开心心的,没什么大的烦恼。旅游就是为了增长自己的见识,多走走,多看看。”

　　海鲜美食,一路又是相聊甚欢。

　　美食之后,两个女生提议去恺撒广场逛逛,因为这是一家七星级酒店,可以代表拉斯维加斯的酒店文化。我们打车去了那里,价格并不贵,不到 10 美元。美国打车也很有意思，通常计算到角和分，一般情况下多给一点，小数点后面的余额不用找零，当做小费给司机。

　　传说中的恺撒酒店终于到了。此为罗马式建筑，到处是宫廷浮雕，依稀可见古罗马时期的恺撒大帝、维纳斯、大卫等雕像——果然古色古香而金碧辉煌。然而这么富丽堂皇的地方，一楼却是各种赌场，这个地方漂亮得那么不真实，是用金钱堆出来的。

　　感叹一番，我们决定步行去另一个地方。出了恺撒酒店，一股热浪扑面而来。沙漠之城果然名不虚传，到了晚间还是这么炎热。三人一路说说笑笑，几次迷路又杀出重围，通过地图又找到了出路。

　　经过一条小路，突然人声嘈杂，乐声鼓声震天，许多当地居民在此喝酒喧哗，道路显得拥挤起来。我们意识到进入了非安全区，突然有些害怕起来。然而既然到了这里，只得硬着头皮往前冲。阿文不停地说："我吓死了，我吓死了。"我被她说得有些害怕，莹莹胆子大一点，她对我们说："别害怕，目不斜视，不要看任何人，往前冲。"

　　于是硬着头皮往前走，一路绕过很多人。有唱歌的，有喝酒的，还有路边乞讨的衣衫褴褛的乞丐。这才是拉斯维加斯真实的面目，昨日可以去最豪华的酒店挥霍万金，今日可以沦为街头乞丐。这个城市是那么不真实而又那么残酷，唯一的潜规则也许就是金钱堆砌的梦幻世界。

　　这半个小时走得我们胆战心惊，出了一身冷汗。夜晚的街头安静下来，我们终于走回了主干道，居然有些恍若隔世的感觉。

　　风吹过，街头突然又来了一辆十几米长的劳斯莱斯，一群十几岁的孩子们尖着嗓子呼啸而过。许多电影里的镜头在这里重现，有穿着西装的绅士，在与一位美少女告别，依依不舍。

　　我不知道拉斯维加斯居然有这样的夜景，一切是那么的不真实。唯一真实的是那个坐在街头行乞的乞丐，在这个热带沙漠的晚上，形象却越来越清晰起来。

　　终于到了我们要去的地方。一切又富丽堂皇起来，而我们觉得一切是那么虚无，那些威尼斯的水道，浪漫的情歌，闪烁的埃菲尔铁塔，都是在沙漠中用金钱砌成的海市蜃楼。那样的海市蜃楼，只有在午夜才会出现。一到白天，一切都会消失殆尽，一切都会还原成一座沙漠。

2012 年
6月17 日

18 日

19 日

20 日

21 日

22 日

23 日

24 日

25 日

26 日

27 日

28 日

29 日

30 日

2012 年
7月1 日

2012 年

⁶月17 日

18 日

19 日

20 日

21 日

22 日

23 日

24 日

25 日

26 日

27 日

28 日

29 日

30 日

2012 年

⁷月1 日

落荒而逃。

2012.6.22

马不停蹄　从西岸到东岸

一天都在赶飞机,从拉斯维加斯到芝加哥,再从芝加哥到布法罗。

到达布法罗的时候,已是深夜 11 点。美国国内也有时差,从西部拉斯维加斯到东部水牛城,有 3 个小时的时差。

2012.6.23

端午节的尼亚加拉大瀑布

今天一早,从布法罗出发,前往大瀑布。

大瀑布在美加交界的地方,我们到达大瀑布的时候,居然收到了加拿大大使馆的短信:欢迎来到加拿大!

真够神奇的,同前几天收到墨西哥大使馆的短信有异曲同工之妙。

终于见到了大瀑布。远远地听到水声,然后瀑布便似雪白的水墙,如雪如涛如雾如怒,从天而下,奔腾万里。

尼亚加拉大瀑布

　　所有的诗句,在此都黯然失色。连李白的"飞流直下三千尺",苏东坡的"惊涛拍岸,卷起千堆雪",都不能形容大瀑布的壮观和气吞万里。

　　下午继续赶路,一路绿树成阴,一座座白色或红色的小屋点缀其间,很有欧洲中世纪古城堡的感觉。美东和美西的感觉如此不同,一个婉约,一个粗犷,就像我们的江南和大漠。

　　一路美景,晚上到达新泽西州。

　　今天居然是端午节。到达纽约的时候,天空下起了淅淅沥沥的雨。

2012.6.24

纽约背包客

　　第一眼见到纽约,感觉竟然如此相似,恍惚又回到了上海。曼哈顿华尔街,与上海的外滩惊人地相似,那些窄窄的街道,充满欧洲风情的高楼,真的让人恍若时空穿越。

　　纽约的世贸大厦,11年前留下的黑色印记依然还在。如今在原来的废墟上,高楼又起。那些浓黑的烟雾,倾倒的瓦砾,失去的生命,挥洒的泪水,绝望的眼神,多年以后仍然挥之不去。

　　我仍然记得11年前的"9·11",那天在电梯里听到很多人谈论"9·11"。许多事情在"9·11"以后就变得不同。

　　继续在纽约城游走。华尔街就那么短短的一条,一点也没有想象中的豪华;纽约的码头停泊着许多大型的船只,黑色的巨轮,也似曾相识。

　　早上的游船在哈德逊河上缓缓行驶,清晰可见两岸的风景。自由女神像就慢慢迎面而来。然而,近在眼前却让人觉得遥不可及。

　　这确实是许多影视作品和纪录片中的自由女神。我记得《泰坦尼克》中有一段,罗斯最后在雨中来到了自由女神像下,在美国开始了新的生活。

　　下午自由活动,我去逛了传说中的第五大街。那里和上海的淮海路很像,有许多奢侈品商店和品牌商店。我在大街上随意无聊地逛,从洛克菲勒中心开始,一路向前。

　　除了那些真正的奢侈品店,普通品牌的价格便宜得让人咋舌:一般品牌的衣服就几十美元,十美元二十美元的服装也很多见。至于那些奢侈品,价格也最多只有国内的三分之二。

2012 年
6月17日

18 日

19 日

20 日

21 日

22 日

23 日

24 日

25 日

26 日

27 日

28 日

29 日

30 日

2012 年
7月1日

2012年
6月17日

奉了同学之命在蒂芙尼帮她看一串项链,无货,却问到了价格。无聊中逛了逛蒂凡尼,确实价格昂贵。后来在蒂芙尼旁边的商场闲逛,喝了一杯橙汁,却只要2.5美元。

18日

想到了那部经典电影:《蒂芙尼的早餐》,奥黛丽·赫本主演的,镜头的开始是一个场景,赫本在蒂芙尼漂亮的柜台前流连,却基本上什么也买不起。她

19日

在物欲横流的世界里徘徊,经历了各种生活的磨难,最后还是选择了真诚的回归。

20日

如此相似的场景,蒂芙尼,就在身边。

继续逛,在纽约的街头。什么也没买,只是看看,逛逛,就很开心。

21日

偶然看到街边的角落坐着一两个流浪汉,以为是街头艺术家,没有在意。但后来出现的频率越来越高,禁不住停下看了一眼,有些惊讶。他们蹲坐在地

22日

上,有的竖着"无业"的牌子;有些写着:三个月没工作了;有些写着:无家可归。最让人感到心疼的是一个女孩,默默的,脚下放着一个盛零钱的空盒子。

23日

没有错,这些确实发生在纽约街头。

经济危机真的来了? 或者,这只是纽约的街头一景?

24日

2012.6.25

25日

走马观花的费城和华盛顿

26日

费城是美国南北战争的根据地,独立革命在此打响第一枪。林肯这位伟大的总统,为了解放黑奴提出了《独立宣言》。费城现在还保留着100多年前的

27日

古迹,这座城市有着浓郁的欧洲风情,绿色的草坪、红色的建筑总让人有些穿越历史的感觉。古老的街道上不时传来马蹄声,远处便驶来了100多年前的

28日

马车。

费城市中心广场的博物馆有一个独立钟,是从林肯时代留下的,经历了美

29日

国独立革命、一次大战和二次大战,见证了美国各个时期为了独立、为了自由、为了民主所付出努力的历史。许多来自世界各国的人们都到此参观独立钟,

30日

其中还有过达赖的身影,有些让人疑惑但也不奇怪。

费城还是那样古老。我们没有吵醒她的宁静,继续赶路。

2012年
7月1日

华盛顿是美国的首都和政治中心,其地位相当于我们的北京。到达这个城市的时候,有些庄严肃穆起来。与纽约相比,这个城市很安静,没有了浮躁

和跳跃的繁华。整个城市的气质是内敛的,大片大片的绿树和草地,一下子就让人的心沉静了下来。

国会大楼和白宫都在这绿阴之中。让人感到诧异的是,国会大楼远远看去,比起白宫倒更气派不少。白宫的英文是"White House",只是"白色的屋子",并没有宫殿的意思,只是翻译成中文,大概觉得,非要有些帝王的气概,非要译成宫殿,才配得上最高权力机关吧? 所以变成了"白宫"。

然而,美国人的国会大厦与白宫都没有想象中的繁华。甚至于白宫,比起国内的某些地方市政大厅还略显寒酸。但白宫却很安静,在大片大片的树丛里静立。

然而,今天最让我震撼的是越战纪念碑。远远的,安静地伫立着。开始的时候我很好奇,想去看看那些纪念碑上对战争的评论。如果观点相反我倒并不奇怪,两国的立场不同。然而在他们的纪念碑上没有多余的废话,只是一堆牺牲战士的名字。开始的时候只有一行二行,后来石碑越来越长,名字越来越多,让人看到后来越来越喘不过气。

纪念碑前有许多当地游人,他们默默地站在碑前,有些献花,有些沉默。

在这样的墓碑前,看着那一长串望不到头的名字,再次觉得沉重、压抑、透不过气。

每一个生命都值得尊重,不管什么国籍。

我们有我们的烈士,他们也有他们的烈士。

2012.6.26

美国的热情与冷漠

凌晨三点半出发,一路夜车,大巴在漆黑的高速公路上行驶。

还是夜色,一望无际,只是远处有几点昏黄的灯光。

人在旅途,人在天涯。

到了机场,四点多钟。还是灰蒙蒙黑漆漆的一片,人有些晕晕乎乎。过安检,还是晕晕乎乎,突然有个胖胖的高个子把我叫住了。

他说我的背包有问题,问我带了什么。我想了半天,没什么啊,就那么几件随身物品,我还没有安检不过的历史呢! 于是就笑着和那个胖子说:没什么,随便查。那个胖子也很友善,笑嘻嘻地开始检查。一件一件地开始检查,最

2012 年
6月17 日

18 日

19 日

20 日

21 日

22 日

23 日

24 日

25 日

26 日

27 日

28 日

29 日

30 日

2012 年
7月1 日

后掏出了一个礼品盒。他对我说:就是这个!

　　想起来了,昨天逛礼品店的时候,挑了一把瑞士军刀准备送给弟弟。当时随手往包里一扔,后来就把瑞士军刀给忘了。倒在这里碰到了麻烦,让人哭笑不得。

　　胖子给我建议:你可以重新托运,也可以留下。我和他说:我出不去,出去了也未必可以托运,因为我的箱子已经托走了。我也不想让它留在美国,因为这是一份礼物。有没有其他方法呢?

　　他说:可以邮寄,不过得花 19 美元。我想了想,算啦,千里寄鸿毛吧!于是胖子很热心地开始告诉我,表格怎么填,信用卡怎么填,一阵忙碌后,这个小礼品终于寄出去了!

　　运气不错。胖子也冲着我笑。挥一挥手道再见,美国人民还是挺不错的!

　　终于过了安检,到了候机大厅,天边居然出现了一道朝霞。

　　人在旅途,如同生活一样,总会碰到各种问题。只要努力面对,不要放弃,总会有希望出现。

　　午饭时分美国的乘务员在叫卖午餐——和国际航班不同,美国的国内航班的餐饮服务是要收费的。当时我饿得不行,要了一份午餐汉堡,5.8 美元,饮料是免费的。吃了以后才觉得恢复元气。美国的飞行乘务员并非都是年轻的空姐,许多都是上了年纪的空嫂,甚至有五六十岁的空奶奶。

　　左边的美国女孩一直在昏睡。她没吃午饭也没喝饮料,醒来在看书。她看上去身体疲乏,感觉有些不舒服。在飞机航行了四五个小时以后,她不好意思地叫来了乘务员,她说很渴,能不能给她一杯饮料?空奶奶说:当然可以。问她要不要来点吃的?

　　那女孩说:我是很饿,但我的钱在包里,包在行李舱上,拿起来不方便。我只要饮料就可以了。

　　空奶奶又说:没关系,我可以帮你拿。

　　那女孩说:还是不了,太麻烦你了,我只要饮料就可以。

　　那乘务员笑笑去了,回来以后带了一杯饮料和一堆吃的。她对女孩说:这都是给你的,你不需要付钱。看你这么不舒服,我们送给你的。

　　女孩连声道谢。这样的故事,在今日的中国,恐怕已经不可能发生了。

　　后来下了飞机,我把这个故事讲给同行的两个女生阿文和莹莹听。两位姑娘听了大叫:这人太过分了! 你知道她怎么为我们服务的? 我们带了两碗泡面,让这位空奶奶给我们倒热水。那位空奶奶很不耐烦地边倒边说:你们小心热水,烫伤了别去告我! 我很穷,没钱赔你们!

听了几乎不敢相信。不过,也许这才是他们真正的态度:最好的服务给本国人,最好的东西留给本国人。他们真正的笑容是留给自己人的。至于礼貌和客气,那只是一种外交手段。你能看到那些礼貌背后的冷漠吗? 也许有,也许是我看错了。这与中国截然相反。有些时候,是我们自己需要反思:也许是我们自己不争气。

旧金山的加州阳光 那些遥远的故事

到达旧金山的时间是华盛顿时间下午 16：30,但由于美国本土 3 个小时的时差,旧金山时间才下午 13：30,好像又多出了半天的时间。而当地的日照时间很长,到了晚上八九点才天黑。所以我们似乎又多出了一天的时间。

当我第一眼看到了旧金山的时候,我就喜欢上了这个地方。这里的蓝天白云是那么干净,远处连绵起伏的山脉,像在油画中。很奇怪,美国行程的这十几天,没有一个地方会让我从第一眼开始就喜欢,除了旧金山。

旧金山的英文名是 Sanfrasisco。有几种中文翻译:一种是"三藩市",取其前两个译音,当年孙中山先生在此写信回国便称呼其为"三藩市"。另一种就是"旧金山",19 世纪在此发现了金矿,所以便称为"金山",后来在澳大利亚墨尔本地区又发现了另一个金矿,于是墨尔本的别名又为"新金山",Sanfrasisco又称为"旧金山"。而美国政府的官方音译为"圣弗朗西斯科"。

在旧金山地区居住着许多华人,早在 19 世纪发现金矿的时候,就有很多中国人到此成为第一批矿工。然而那是一段比较悲惨的历史,许多华人被关进当地监狱,许多华人独在他乡为异客。如今的旧金山是全美高科技最发达的地方,这里有著名的斯坦福大学、加州大学伯克利分校,还有著名的硅谷,谷歌、思科等许多公司都在这里。新一代华人在这些名校毕业后,许多人就进入了这些高科技公司。

这里是全美高收入低消费的城市。如同美国,是全球高收入低消费的国家。

渔人码头是一个充满传说的地方,当年曾被意大利人占领,在这个港口每

2012 年
6月 17 日

18 日

19 日

20 日

21 日

22 日

23 日

24 日

25 日

26 日

27 日

28 日

29 日

30 日

2012 年
7月 1 日

2012 年
6月17 日
天都有来自各国的水手,意大利人、西班牙人,也许还有墨西哥人和中国人。水手们有许多传说,他们的爱情也如同下着雨的晚上,隐隐出现,而又匆匆消失。

18 日
从渔人码头的海港开始出发,可见远处山坡上一层层重重叠叠的城市。当年有人牵着马儿在山道上行走,因为路太滑,人和马儿都从山坡上摔下。在这空旷的海面上,眺望远处的山脉,有没有听到当年那些马车叮铃铃的声音?

19 日
在海面上航行,蓝天白云,远处的山脉,山脉上的古城,最后穿过了一个又一个小岛。常常觉得自己在时空中穿梭。一会是现代,一会是中世纪。

20 日
而航行中最具有特色又让人咂舌的就是岛上的一座监狱。在 1969 年以前,这里曾经关押着来自全美各地的各种犯人,其中也有在淘金时代莫名受到不公正拘捕的中国人,他们曾经在此写下思乡的诗篇:月亮升起在这漆黑的岛屿,何时才能返故乡?当然,这首诗有待考证,是我在船上听讲解时的速记而已。

21 日

22 日
而这个监狱中最神奇的故事居然是现代版《越狱》。两三个美国本土囚犯用勺子挖开了铁门,越过了种种封锁,最后跳入了大海。谁也不知道他们的去向如何,也许跳入大海后便无踪迹,也许又回到美国本土演绎了一出基督山伯爵的故事。

23 日

24 日

25 日
这座监狱现在已成了一座空岛。据说也有印第安人住在岛上,每天有许多游人到那里游览,以此凭吊那些空置了的哨岗和古老的传说。

而我到达花街的时候,再一次迷失了。

26 日
那是一个坡度为 75 度左右的小山坡,坐落着许多西班牙风格的欧洲老房子。房子的外墙种满了各种不同颜色的花,重重叠叠地压满了山坡。

27 日
更让人惊奇的是,这条山坡上的车道也是弯弯曲曲的,因为坡道太陡,车子开得如同蜗牛般,远看去,这些车子如同甲壳虫般地趴在满坡红红绿绿的花丛中。

28 日

29 日
怎能不让人迷失?

终于有时间,在旧金山的大街小巷上游走。

30 日
步伐很慢,时光很悠闲。这里的感觉很像欧洲的小镇,街道并不宽广,但很安静,阳光斜斜地照着,飘来了咖啡的味道。

2012 年
7月1 日
我很想坐下来喝一杯咖啡,留住这里的阳光。

到了傍晚,继续行程。

2012 年
⁶月 17 日

18 日

19 日

20 日

21 日

22 日

23 日

24 日

25 日

26 日

27 日

28 日

29 日

30 日

2012 年
⁷月 1 日

旧金山的大巴穿梭在大街小巷

大巴在美国西部的加州高速公路上行驶，天空越来越蓝，白云越来越多。然后，我们看到了大片大片欧洲风格的民居，有些是白色西班牙风格的，有些是红色意大利风格的，有些是粗犷的墨西哥风格的。

就算什么景点都不去，就是这漫延在西海岸的一望无际的加州公路，也会让你沉醉。

2012.6.27

夏威夷　毕业季的凤凰花儿

又是一班早起的飞机：从旧金山到夏威夷。

在飞机上小憩了一会儿，再一睁眼，就是美丽的夏威夷。

下了飞机后我们直奔大风口和珍珠港。大风口是一个地形上的要塞，处于两山之间，飓风从此穿过，长年累月狂风不止。在大风口几乎都无法站立，所有的帽子都会飞起，常常风雨交加，狂风肆虐。然而，就是依靠着地形上的优势，夏威夷的土著国王打败了周围的部落，统一了夏威夷。而夏威夷也是美国 50 个州中唯一有国王历史的联邦。

出了大风口，我们直奔珍珠港。二战时期，美国一直保持中立。一直到日本偷袭珍珠港，美国才正式加入战争。而后来我们知道，日本偷袭珍珠港的线路，就是从大风口长驱直入。从大风口飞往珍珠港投弹，只需 9 秒钟。

2012 年
6月17 日

18 日

19 日

20 日

21 日

22 日

23 日

24 日

25 日

26 日

27 日

28 日

29 日

30 日

2012 年
7月1 日

70 年后的珍珠港,已经平静。那些退役的战船,已静静泊在海面上。

在珍珠港的二战放映室,还可以看到那个时代的黑白影片,还可以听到那个时代的阵阵轰鸣。

下午在夏威夷的街上闲逛。这里到处可见紫色的花儿,开在茂盛的绿树间。后来问别人,这是什么花儿。有人告诉我:这是凤凰花,开在凤凰树上的凤凰花。

凤凰花

美国凤凰花儿之莹莹与阿文

我还没有什么太大感觉,突然身边的莹莹和阿文欢呼起来:凤凰花! 那是毕业季的花儿啊! 说着奔到花树下照相去了。

就这样心头一动。凤凰花儿,毕业季。

2012.6.28

日落夏威夷

原本今天的计划是把明信片寄了,然后去海边坐一会儿,喝杯茶,过一个休闲的下午和晚上,也算没有辜负了夏威夷。

我去过很多很多海,每一个海都不一样:海南的海是酷热而深蓝的;青岛的海像翡翠而碧绿;普吉的海透明如翡翠,洋溢着东南亚一带欢快的风格;俄罗斯的波罗的海,淡蓝而绝尘;澳大利亚大堡礁的海,蔚蓝而深不见底;新西兰奥克兰的海,纯净冰蓝;土耳其的爱琴海和地中海,蓝色而浪漫,浓郁而神秘;埃及的红海,沙漠中的天际之水;南非的好望角,一半是印度洋,一半是大西洋,一半是深蓝,一半是浅透明绿。

夏威夷的海,又是什么颜色?

然而,从明信片计划搁浅开始,我就知道,夏威夷的海滩计划恐怕也得搁浅。原以为明信片交给总台便可邮寄,但总台告诉我需要自己买邮票贴了才能寄。在第一站洛杉矶就写好的明信片，跟我辗转了大半个美国，有些酒店不提供邮票，有些酒店邮票缺货，有些酒店匆匆而过来不及寄。夏威夷已是最后一站，所以必须完成任务。

2012 年
6月17 日

酒店大堂人员告诉我，我们所在的 Waikiki 大街往前走两条大街，再往右再往前，那边有一个邮局。于是我就按着路线绕来绕去，发现了一条异常繁华的大街，后来迷路了，随意拐进一家品牌店，一个亚洲女子用英文接待了我。她告诉我马路对面有个商场，那里的三楼四楼或许有个邮局可以寄。我谢了她，从她精致的妆容中猜想她或许是个日本人。也不在意，后来我就跑到了对面的那座商场，顿时有些迟滞，满眼的日本文字，满眼的日本商品，满眼的日本人，连售货员和游客都是日本人。

18 日

19 日

20 日

我怀疑自己在梦游，这可是在美国的夏威夷！

21 日

硬着头皮逛商场，从一楼到二楼再到三楼四楼，没有邮局，于是再硬着头皮用英语问他们邮局在哪里，有人告诉我，在对面的另一个商场，三楼。

22 日

于是我再找过去，荒诞的事情再次发生。满眼的日本人，满眼的日本货。

23 日

硬着头皮找到三楼，连邮政大厅都是日本人开的。我不想寄，但我找不到其他可以邮寄的地方。我用英文和他们交流，他们还算客气。他们问我是不是日本人，我说当然不是，我是中国人。

24 日

25 日

日本人对于中国人的态度很古怪。但那个邮政工作人员还不错，很友好地告诉我：可以通过他们的邮局寄往中国。最终，我在美国的领土上，在二战发生的夏威夷，在日本人的邮局，寄了明信片回中国。

26 日

完成这项任务后，仓皇出逃。这么荒诞的事情，我要赶紧逃离这个荒诞的地方。

27 日

整个下午都在忙着修手机，跑了一家又一家苹果店。最终放弃，报废了4000 多张照片。损失惨重。郁闷间，一阵大雨倾盆而下。

28 日

夏威夷的天气说变就变。突然之间，风雨交加。

一路小跑，躲进了一家意大利咖啡店。开店的是两个美国人，很友好地冲着我笑。太好了，不是日本人，我安全了。

29 日

雨一直不停地下。他们的咖啡店没有窗户，我就坐在窗台边，看着倾盆大雨从身边落下，听着风声呼啸而过。

30 日

我在这家咖啡馆坐了很久，一直到雨停。

2012 年
7月1 日

直到晚上七八点钟，我还是没有看到夏威夷的海。

2012 年
6月17 日

虽然这一天一直在折腾,我还是决定晚上出去走走,去看看大海,这样才不会有遗憾。

走了三四条马路,到了海边。

18 日

夏威夷的海是那么安静。晚上的海漆黑一片,与远处的天空连在了一起。天苍苍,海茫茫,只有一轮圆月,和一轮极深极深琥珀色的反光。

19 日

月兮星兮,宇宙茫茫。

涛声阵阵,夜空璀璨。

20 日   2012.7.1

尾声　我眼中的美国

21 日

刚到美国那几天,眼花缭乱,虽然玩得很开心,但是我还是说不出对美国的感觉。以至于有人问我:你觉得在美国最大的感受是什么? 回答一:美国实在太大了! 回答二:地大物博,东西太便宜了!

22 日

23 日

这种近乎白痴的回答,在我游历任何国家时都没有过。一般我到了某个国家,总能迅速地找到对应的形容词,比如俄罗斯的硬朗,澳大利亚的休闲,新西兰的田园风光,土耳其的异国情调,埃及的古老,南非的贫富差距,等等。唯独对于美国,居然用了这么白痴的形容词:地大物博!

24 日

25 日

随着行程的慢慢深入,渐渐地,我对于美国,有了一点自己的看法。

26 日

美国的军事实力不愧为第一强国

27 日

不得不承认,美国实在是强大,强大到不得不佩服他们。在自己的国家那么多年,我都不知道该去哪里看航空母舰。不料到了美国的第三天,在其军港圣地亚哥就看到了航空母舰。美国确实有着世界第一的军事实力,让人不得不从心里感到敬畏。

28 日

29 日

美国的国民素质非常高

30 日

2012 年
7月1 日

同样不得不承认,美国的国民素质非常高。他们非常有礼貌,如果你问路或者要求帮助,他们总会很耐心地回答你的问题,并且很热情地帮助你。我在美国的超市里,曾向一位五六十岁的老太太求助,老太太放下手中的商品,陪我去了我要寻找的商品区。

后来这样的帮助经常可以碰到,大多数美国人民对于中国人还是很友好的,他们的微笑很真诚。

近期有位同事一家三口去美国,他们也有一些奇遇。有一天晚上他们的宝宝生病发高烧,于是他们急着找医院。在医院门口,一位流浪汉看到他们这么焦虑,随手画了一幅画来安慰他们。当时他们很感动,在美国,一个流浪汉也是那么有爱心。绝大部分的美国人都非常友好,但也有让我们感到不舒服的地方。比如,在美国本土航空碰到的空奶奶,有时候会觉得她们的微笑很虚假,她们对于美国人民的服务和中国人民的服务确实是不同的。有人告诉我,也许这是中国团队的自身行为引起的。比如说,当中国人作为个体在美国出现的时候,可能会得到比较好的尊重;但是当以团队形象出现的时候,可能是要打一些折扣的。

美国的免费 WIFI

这次到美国,我几乎没花一分钱在 WIFI 上,因为美国处处是免费 WIFI。

这是在任何国家都没有的待遇。我在澳大利亚、新西兰的时候,如果要上网,每晚要花 10～20 澳币或新币,在土耳其便宜一点,埃及最贵,有一次花了 20 美元出头,后来就舍不得花了。但是在美国,除了拉斯维加斯没有免费 WIFI,其他旅店,不管大小和星级,WIFI 均免费。

他们的国内机场,绝大部分也有免费 WIFI 可以搜索。

最夸张的是,在旧金山的时候,我们的旅游大巴上带着免费的 WIFI,所以那天最幸福,基本上可以做到随时随地上网。

由此可见,美国的免费公共资源遍地可及。

美国的物价

让我感到惊奇的是:美国是我所到过的消费最便宜的国家。

当我第一次到他们的奥特莱斯的时候,简直看傻了。所有在中国的名牌产品在这里基本上都可以找到,价格便宜得让人不敢相信。对折就是贵的,许多产品就是三分之一,有的甚至是十分之一。比如 COACH 的包包,在美国也就 100～200 美元,然而在国内,没有几千下不来。再比如,倩碧的化妆品,在美国也就 10～20 美元,好一点的 30～40 美元,最贵的不超过 80 美元,在国内不

2012 年
6月17日

18 日

19 日

20 日

21 日

22 日

23 日

24 日

25 日

26 日

27 日

28 日

29 日

30 日

2012 年
7月**1日**

2012 年
6月17日

18 日

19 日

20 日

21 日

22 日

23 日

24 日

25 日

26 日

27 日

28 日

29 日

30 日

2012 年
7月1日

知翻了多少倍。

美国的食物也很便宜。一个汉堡包几个美元,我们这里白领喜欢的星巴克对他们来说就是路边小摊,从 2 美元到 6 美元不等。一顿肯德基套餐差不多5-6美元,比国内的量多很多,吃到撑。

他们的正餐,10~20 美元就可以吃得很丰盛。超市里的水果非常便宜,1.99美元可以买好几斤橙子。1.99 美元可以买 6 瓶矿泉水。

他们的衣服,10~20 美元的普通衣服,到了国内就是动辄上千的名牌。

看着他们的物价,我看傻了,美国人民真是太幸福了!

最关键的是,他们没有名牌意识,他们的消费观念很朴素,很务实。赚几千美元,花个几块钱喝饮料,花个十几二十块钱买衣服,买化妆品,很正常,很朴素,很健康。

但是国人的消费是相反的,赚几千块钱,可以花几千块钱去买个包,然后吃方便面。

印象深刻的是莹莹和阿文的感叹:我们终于尝到了什么是富二代的生活。

美国人民太幸福了。从全球的角度来说,他们在金字塔的顶端。所以他们很朴素地生活着,每一样很普通的东西,到了别的国家,也许就镀上了一层金子。但是在美国,就是平常得不能再平常。

我想到了在埃及的时候,那些卖着明信片的孩子们,在太阳底下暴晒着,有时候就是为了卖出一美元的明信片要站一个下午。那些孩子,实在太可怜了。我也想到了在中国,越来越多的小白领们,吃着方便面,却背着一个非常名牌的包包挤地铁。

美国只是一个过客

不管美国如何强大,美国物价如何便宜,美国之于我,只是一个过客。去了美国连吃三天以上,即便吃的是自助式中餐,我的中国胃也会提抗议:要吃中国菜。

在文化上,我们的归属感,依然在中国。那些 5000 年来的一直传承下来的中华文化,那些经典的子集,那些美丽的诗歌,那些坎坷的历史——这些,才是凝聚在我们身上挥之不去的最深最深的烙印。

所以美国之于我,只是过客。它是很好,但它并不是我最喜欢的国家。

欧行散记

梧桐舞秋风

当你老了，白发苍苍，睡意朦胧，

在炉前打盹，请取下这本诗篇，

慢慢吟咏，梦见你当年的双眼，

那柔美的光芒与青幽的晕影。

……

———— 叶芝

2012.8.21

飞机上的马可·波罗毛驴梦

现在已是半夜。我在飞机上醒来。

我还是喜欢看星空图,现在的飞行位置:俄罗斯上空。北京已是白天,俄罗斯上空仍然是黑夜。飞机已行驶过了鄂毕河,前面是共青城和车里雅宾斯克。

我有一个梦想,像马可·波罗一样地穿行。他的路线是从欧洲经丝绸之路到中国,我的梦想是从中国出发,一路骑着毛驴去欧洲。当然背景是在中世纪,现在基本不可行。一则签证败给了现实,我没有把握自己一路往西畅行无阻,另外一则,也没有那么可爱而又忠心耿耿的小毛驴。

但想想总可以吧?

飞行图上,北京已是白天,伦敦依然黑夜。

2012.8.22

大英帝国的那一块石头

到了伦敦,北京时间 8 月 22 日中午 12:30,伦敦时间清晨 5:30。

就像梦游一样地来到伦敦,然后又梦游一样开始了行程。

只觉得英国的天气真舒服,微凉,走在大街小巷上说不出的舒服。

大英博物馆之中国区

2012 年

8月**21 日**

22 日

23 日

24 日

25 日

26 日

27 日

28 日

29 日

30 日

31 日

2012 年

9月1 日

绿树白花间，英伦古道前。

大英博物馆极其雄伟壮观。进馆便是埃及馆，然后有古希腊、古罗马，甚至中国瓷器馆和东方馆。从埃及太阳神、拉美西斯二世开始，一直到古希腊神

庙、中国历代瓷器、印度各种佛像雕刻等。原来大英帝国真把自己当作了日不落帝国，古埃及、古巴比伦、古希腊以及东方文明一网打尽。

我在中国的故宫都没看到那么精美的瓷器。看到了大英博物馆就想到了八国联军，让人怎么也高兴不起来。

然而，当我在埃及馆看到一块石头时，我震惊了。

今年2月，我在埃及博物馆的时候，埃及导游高大伟曾经告诉我们，埃及博物馆所有的东西都是真的，只有一件是赝品。那就是一块在古埃及出土的三种文字的石头，一种是古埃及文，一种是古希腊文，一种是古罗马文。出土的

时候谁都不知道那块石头上的文字是什么意思，后来就被英国人运回了英国。后来，有人译出了古希腊文。后来，又有人译出了古罗马文。然后，又过了很多

年，英国的一位考古学家花了几十年的时间居然译出了失传了几千年的古埃及文。

埃及的文明曾经断层几千年，现在的阿拉伯文化已不是当年的古埃及法老文化。

因为这块神奇的石头，埃及的文明向前推进了7000年。

当时我问导游：那块石头呢？导游无奈地说：在大英博物馆。

后来我就把这事忘了，又有谁知道，半年之后，无意间在大英博物馆发现了这块石头。

生命的来去都是不经意的。万物的来去都有自己的理由。

这块几千年的古石尚且如此，何况平凡尘世间的我们？

下午又去了温莎古堡。这样美丽而又凉爽的一个下午，带着梦游一样的感觉，行走在上千年的温莎古堡。时光安静而美好。我在温莎城堡的77路大巴站下坐了很久，那里，古堡沉睡，蓝天透明，花街古朴。

又在温莎附近散步。逛到一家小超市，看中了两张明信片。我问老板多少钱，他说两张0.5英镑。我不认得英镑硬币，就拿出一把硬币让他选。他笑

笑，挑了一个小的，还了我一个大的。我奇怪地问他：对吗？没有错？

他说：对的，没有错。

老板很可爱,胖胖的,有些络腮胡子。他突然笑着说:中国真好,我去过中国,去过西藏,拉萨。

我吓了一跳。拉萨?我也去过,很美的地方啊。

老板说:真是好地方,当年和他的五个朋友还有当地的导游,开着吉普车一起去的。真让人怀念啊。

我问他:你还会再去吗?

老板笑着摇摇头:我不知道,也许不会再去了。现在,我有这家小超市,很好了。

我突然觉得这位老板很了不起。当年的辉煌,今天的沉静,都自得其乐。

又说笑几句,挥手告别。

刚走不远,大胡子叫住了我:Hi,中国很好,谢谢你。

我听了也乐,冲他一笑:你也很好。中国欢迎你。

大胡子很不错,不是每一个经过辉煌的人都耐得住寂寞的。他守着一个很小很小的小店,非常快乐,非常满足。

2012.8.24

穿越英吉利海峡

现在,是英国时间下午 15:59,我在欧洲之星的列车上。列车将在 2 分钟以后启程,从英国穿越英吉利海峡去法国。

对面坐着一对可爱的法国母女,她们一口的法语,让我对即将到来的法语环境有点手足无措。

早上坐在伦敦街头喝了几杯咖啡,沐浴着清晨的阳光,很悠闲,真好。

然后又走走停停,累了就歇,不累就走。

咖啡外交很不错,可以和当地人交流,咖啡价格也很便宜,从 1.75 英镑到 2.75 英镑不等。

我有一大把英国钢镚,一点一点都花了出去。

英国的服务生很友好,他们笑着帮我数那些我不认识的钢镚。有个女孩一边数一边说:你这边有英镑,也有欧元,还有菲律宾钢镚。于是我不好意思地笑笑,那女孩倒是很友好地和我聊起了旅游。

Costa 咖啡也很便宜,一壶下午茶只要 1.75 英镑,比国内卖得都便宜。

2012 年 8月21日

22 日

23 日

24 日

25 日

26 日

27 日

28 日

29 日

30 日

31 日

2012 年 9月1日

2012 年
8月21 日
　　喝完最后一杯下午茶,出发,去伦敦火车站坐欧洲之星。

　　忙乱了一下午,终于过了安检,坐上了火车。欧洲之星的火车很质朴,远不如国内的高铁豪华。

22 日
　　但坐得很踏实。

　　火车已开,窗外是疾驰而过的绿树。

23 日
　　我们即将穿越英吉利海峡,两个小时以后到达浪漫而又美丽的法国。

法国的梧桐

24 日
　　眼一睁,就是法国。

　　和安静美丽没有一点尘土气息的英国相比,法国火车站一下子显得杂乱无章而有些乡土气息。

25 日
　　大巴开在了法国的大街小巷上,天空若有若无地飘起了梧桐叶。

　　地上也积满了厚厚的梧桐叶。

26 日
　　大街小巷上飘满了梧桐的味道。

　　一下子就喜欢上了这个国家。是不是到了梧桐舞秋风的季节?

27 日

28 日

29 日

30 日

31 日

巴黎街头

2012 年
9月1 日

2012.8.25

法国巴黎　梧桐舞秋风

　　8 月的法国已经有了秋意,到处是片片飞舞的梧桐落叶。

　　协和广场的正中央还竖着一块从埃及运回的方尖碑。

　　四周又是古希腊时代的建筑,蓝天白云,黄叶舞秋风,让人觉得心情一下子恍惚起来。

　　下午去了凡尔赛宫,那里曾是路易十四、路易十五和路易十六的寝宫。法国是一个很古怪的国家,一边讲君主、历史、古典文化,一边又讲民主、革命、自由平等。

　　路易十四到路易十六的时代,法国的社会充满动荡不安。一边是日益尖锐的社会矛盾,一边是纸醉金迷的宫廷奢华。王室如果没有钱了,最好的办法就是对人民进行加税。

　　在当时,百姓饿得连面包都吃不起了。路易十六的王后奥地利公主同情地说:人民吃不起面包,为什么不吃蛋糕呢? 这和中国古代的"何不食肉糜"有相似的逻辑。

　　我们不能责怪法国王后,因为她不谙世事,不知民间疾苦。如果她懂一点点民间疾苦,或者可以去规劝她的夫君,那么路易十六也许不会被押上断头台。也许后来的后来,她本人也不会被押上断头台。

　　可悲可叹。王室的政治就是这么残忍。

　　凡尔赛宫,金碧辉煌,蓝天白云之下竟然没有一丝忧伤。

　　凡尔赛宫开放了 17 个房间:国王警卫厅、会议厅、宴会厅、国王寝宫、王后寝宫等。每个房间的房顶都是一幅绘画,每一幅画都有一个主题。每一个厅都美轮美奂,挂满了艺术珍品。

　　凡尔赛宫最后一个开放的房间里有一幅画最有意思:是以拿破仑为主题的大型油画——《国王的加冕》。画中还原了拿破仑加冕为法国皇帝的历史。导游告诉我们,同样一幅画,卢浮宫也有一幅,只有一个小小的细节不一样。

　　拿破仑同样也是个悲剧人物。滑铁卢一战,败给了英国的惠灵顿将军。那么不可一世的拿破仑黯然离去。他的孩子也被监禁在奥地利,幽禁 19 年后也黯然离世,可怜身边无一朋友,仅有一只陪了他好多年的金丝鸟。在他去世

2012 年
8月21日

22 日

23 日

24 日

25 日

26 日

27 日

28 日

29 日

30 日

31 日

2012 年
9月1日

后的半天后,金丝鸟也陪着他去了。

人之不幸,生在帝王家。

塞纳河的游船　那些法国历史上的故事

斜阳的余晖照在了塞纳河上。

塞纳河太美了,美到无法用语言形容。河水其实很平常,然而两岸的建筑实在太震撼,卢浮宫、巴黎圣母院、艺术博物馆、埃菲尔铁塔、路易十五的协和广场等。法国大革命的历史,雨果的《悲惨世界》、大仲马的《基督山伯爵》、小仲

马的《茶花女》,还有文人墨客聚居之地左岸咖啡,都可在此找到足迹。

雨果的《悲惨世界》里有一段故事:一个小男孩因为偷了一根长棍面包坐了19年的牢。当他入狱后他在教堂里又偷了东西,如果牧师说实话,他将再坐

19年的牢。后来牧师动了恻隐之心,没有说出真相,后来这个年轻人也在牧师的教导下成为品格高尚的人。然而到了最后,他还是没有逃开命运的残酷

捉弄。

法国,就这样,又遥远,又接近。

2012.8.26

卢浮宫的艺术与巴黎的面包现实

对于卢浮宫并不陌生。很小的时候看过一本关于徐悲鸿的书,他曾经去过法国留学,有段时间每天去卢浮宫临摹石膏像,至于有没有为生计所迫饿倒在卢浮宫就不得而知了,但我知道:艺术是对抗一切痛苦和现实最有效的方

法。从那时我就知道法国的卢浮宫举世闻名,然而总是素昧平生。

卢浮宫的大门是一个金字塔建筑,据说是美裔华人贝聿铭先生所设计。

当时法国总理密特朗决定改建和扩建卢浮宫,广泛征求设计方案,并邀请世界上15个声誉卓著的博物馆馆长对应征的设计方案进行遴选,结果,有13位选择了贝聿铭先生的方案。结果却遭到了众多法国民众和专家的质疑和反对。

然而贝聿铭先生在最后的国际专家辩论会中舌战群雄,有人问:贝先生,为什么你在法国的艺术品展览中使用了埃及金字塔的设计?贝先生答:请问先生,

埃及有多少年的历史?法国有多少年的历史?我用埃及的古建筑,正是增加法国艺术的历史纵深感啊!

贝聿铭先生终于赢得了法国专家和民众的尊重。当你置身在卢浮宫的时候，不能不为之震撼。

卢浮宫为珍藏和展示世界历代艺术珍品藏宝之地，从古希腊时期到文艺复兴时期再到法国大革命时期，各种作品应有尽有。我们可以看到卢浮宫最著名的三宝：文艺复兴时期的达·芬奇的绘画作品《蒙娜丽莎》、古希腊雕像爱神维纳斯和古希腊雕像胜利女神。

蒙娜丽莎画像多次被盗，1913年被找回后就珍藏在此，永远保存在卢浮宫。

米开朗基罗的两尊著名石雕：《挣扎的奴隶》和《死亡的奴隶》，一动一静，一个表现挣扎的奴隶在与现实抗争，表情痛苦；一个表现已经死亡的奴隶，表情安详。

与东方绘画不同，东方绘画讲的是意境，西方绘画讲的是故事。对于西方来说，故事就是神话和历史。

有一幅画讲的是《加纳的婚礼》，是一幅大型油画，描绘了在一个婚礼现场，耶稣把水变成了酒，大家一起庆祝的欢快场面。

有一幅画大家都很熟悉，《自由引导革命》，画的是法国大革命后再次的社会变动，一位女子带领着大家再次武装革命。

另外有一幅更有意思的画《拿破仑的皇帝加冕图》，几乎画得与凡尔赛宫的壁画一模一样，唯一不同的是凡尔赛宫的五个女人的衣服是粉色，而卢浮宫为白色。画家只用了一点点颜色的不同，做了一点小小的区分。

卢浮宫，美轮美奂。看懂了卢浮宫，就看懂了法国的历史。难怪有人流连法国巴黎数月，每天泡在卢浮宫里。光是看那些石膏像，光是临摹，几年也临摹不尽。

学艺术的学生确实是痛苦的，一边是艺术，一边是现实。学完了艺术后，每天在失业日趋严重的巴黎街头游走，面包在哪里？

卢浮宫里的蒙娜丽莎

2012年
8月21日

22日

23日

24日

25日

26日

27日

28日

29日

30日

31日

9月1日

卢浮宫,弹指半日。

巴黎街头的咖啡和香榭丽舍的小偷

巴黎的咖啡价格不一,远不如伦敦实在。伦敦的咖啡在 1.6 英镑到 3 英镑之间,巴黎的咖啡在 1.6 欧到 8 欧之间。这家在大戏院的咖啡馆卖到了 7.6 欧元,吓了我一跳。

下午有一个半小时的休闲时间,我打算一边喝咖啡一边晒太阳一边补记 8 月25 日的游记,所以 7.6 欧的咖啡我也认了,好歹能节约去香水博物馆的大钱。我去的时候人很少,所以服务员对我还不错。

低头写了会儿游记,突然听到有人叫我,抬头一看,是团里的几个成员。他们见我坐着,也就进来,坐在我身后一排,问服务生能不能让他们点一些饮料和咖啡? 法国的服务员可能天生有种傲慢,当他们确认我身后的中国团友不能讲英文的时候,变得面无表情,后来让我翻译:他们的第二排是吃饭的,不能喝饮料。言下之意就是拒绝为中国人服务。

我把原话翻译给了中国团友,当时他们很生气,愤愤不平地离开了。当时我也很生气,想找他们理论但又无可理论。正想离开,有一对母子折回来了,他们气不过,于是决定回来,一定要讨回公道。

我让他们在我身边坐下,再一次叫来了服务生。

于是我和他说:这位女士和男孩子想喝喝你们这里的咖啡和饮料,可以吗?
他说:当然可以。
我又说:请给这位女士一杯咖啡,给男孩子一杯橙汁。

服务生很快端来了咖啡和橙汁。
我们还是小坐了一会儿,但是提前了 15 分钟离开了那里。

那里的服务生甚至还给我拍了照,但我一点也不喜欢。
有些时候,尊严必须要坚持。

我原以为的香榭丽舍是宽宽的街道,厚厚的梧桐叶,还有满街飘香的咖啡。有一点点休闲,有一点点浪漫。

然而到了香榭丽舍一看就傻眼了,人山人海,走路都感觉有人推着你。路边咖啡馆也是人满为患,找个落脚的地方都很难。

于是我想逃离这个地方,但走路都很困难,其拥挤程度比上海的南京路都厉害。

于是我决定:不走了,随便找个地方坐着。终于找到了一个角落歇脚。一会儿,看到了刚才一起在大戏院喝咖啡的小男孩。他看到我,委屈地说:和他妈妈走散了,因为人太挤了。

我让他跟着我,在我旁边找了个位置坐着,一边聊天一边看行人。

男孩子名叫奇奇,我原以为他是中学生,和上次美国之行的中学生毛毛差不多大,应该十六七岁的样子。他告诉我,他已经大二了,我吓了一跳,大二应该是大孩子了,可他看上去还像小孩!

我们继续聊天,一致感觉法国比英国乱多了。英国很安静,像个绅士,法国已拥挤不堪,快成了强盗小偷成群的地方了。明显是被欧洲经济所拖累——看来英国要感谢撒切尔夫人,当年没加入欧共体,坚持英镑独立实在是上上之选。

我们继续看行人。奇奇告诉我,刚才在大剧院前他看到了几个吉卜赛女人成群结队地在那里偷东西。我吓了一跳,然后看着人来人往的行人,果然有几个行色古怪包着头巾抱着孩子的吉卜赛女人形迹可疑。我们一边谈论着这些飞贼,一边用手机拍下了这些景象。

香榭丽舍的咖啡店的服务依然傲慢,我们等了半个小时才等到了咖啡。当我笑着告诉服务生我们等了半个小时的时候,服务员很不好意思地说:不好意思,是我不对,因为人太多了。

他没说谎,人实在太多。后来他还送了我们一罐子牛奶,我和奇奇也不在意,继续在香榭丽舍上看行人看飞贼。

这个下午,就在看飞贼的惊心动魄中过去了。

2012.8.27

瑞士雪山之下的蓝月亮

清晨

我们离开了巴黎。晨曦,天边还有一抹初升的朝霞,我们挥一挥手,不带

2012 年
8月21日

22 日

23 日

24 日

25 日

26 日

27 日

28 日

29 日

30 日

31 日

9月1日

2012 年
8月21日
22 日
23 日
24 日
25 日
26 日
27 日
28 日
29 日
30 日
31 日
9月1日

走一片云彩。

今天的目的地是瑞士的小镇因特拉肯。

在车上,两边疾驰而过的法国绿地,一望无际的天边彩霞。

下午

下午,我在瑞士的小镇因特拉肯,在阿尔卑斯的雪山下,在绿树成阴的草地前,在充满阳光的露天咖啡店,沐浴着微风和阳光。

颠簸了一天,风尘仆仆,终于来到了这个充满梦幻色彩的小镇。

路边偶尔有丁丁当当的马车经过,我拥有:此时此刻阿斯卑斯山的阳光,此时此刻的青草味道,此时此刻的雪山。

瑞士特拉因肯雪山与阳光

瑞士

瑞士是个内陆国家,200 多年前一批法国贵族流亡至此,从此在这里定居。这里也有一批土生土长的当地人,生性与世无争。这里原来为奥地利统治,后来独立,成为了世界上最富有的国家。

这里的人们富足而安乐。也有些安静而木讷,这个民族的个性有些接近于德国,保守而循规。

因为含金而生,他们拥有着无忧无虑的物质生活。而他们好像也并不十分快乐,也许什么都拥有了,反而不知道人间的快乐和忧愁了吧?

欧盟

瑞士是一个永久性的中立国,并没有加入欧共体。而与之相比,德法却深受欧盟所累。尤其是法国,经济深受影响,社会秩序有些混乱。而德国,因为独立支持已久,需要担负其他国家的责任,所以虽然为欧洲经济的中流砥柱,而百姓薪水却十几年不涨。

德国的表现较法国理性,法国已是有些动荡不安。

最聪明的是瑞士,永远保持安静,所以永远与世无争,也永远富足安康。

冰蓝

踏上瑞士的国土,心情一下子安静起来。

这里天这么蓝,草这么绿,湖水那么透明。

又是冰蓝。我只有在形容西藏、新西兰时用过这个形容词。

一切是那么纯净。

远处的雪山,近处的绿地。

阵阵马蹄声。

我已沉醉。

深夜

又是此刻,夜已深,我坐在瑞士雪山脚下。

身后是茫茫的瑞士雪山,月亮升起来了,挂在山腰上。

脚下是潺潺的雪山流水声,叮咚叮咚。

我坐在旅店的小花阳台上,看雪山,看月亮。

这是个森林中的童话故事。

我居然,拥有了这片蓝色,这片雪山,这片月亮。

子夜

也许是深夜两三点了。

睡不着,披了滑雪衣走到阳台上。

万籁寂静。

只有流水声。

月亮挂在天边。

2012.8.28

穿越欧洲大陆

旅行的意义,感受在路上,明天就不是今天的心情。

今天一天似乎一直在穿越。穿越欧洲,穿越历史,穿越时空。早上在瑞士吃早饭,去欧洲屋脊少女峰看了雪山;下午就到了列支敦士登,传说中的邮票王国,在那里喝了杯咖啡,吃了块蛋糕。晚上在奥地利吃了一顿晚饭,继续赶路,接近深夜的时候赶到了德国的一个小镇福森。

清晨的瑞士少女峰

昨天到了瑞士太兴奋,因为太惊诧于她的美丽。在这绿树繁花月色朦胧雪山辉映的晚上,无法入睡。半夜醒来,披了件滑雪衫,坐在阳台上,对着雪山山顶上的月亮看了很久很久。

万籁寂静,只有流水声。

早上醒来,清晨的第一缕阳光洒进了小房间。推开房门,远处的白雪映着阿尔卑斯山脉,近处绿色成阴,红色的小木屋点缀其间。

这是童话里才有的景色!

我们的客栈离山下的火车站只有一两分钟的路程,这是一个山间的 Wegon 小站,也像欧洲小城堡般美丽,有古钟,有月台,钟声一响,铃声叮铃叮铃,漂亮的小火车就来了!

中世纪的感觉。铃声悠扬,时间静止,不知今夕是何年。

上了小火车,一路看着火车在绿色的小

瑞士的小客栈

山坡里穿行,有时开过了一幢幢的小木屋,有时开进了一条条幽暗的隧道。有时雪山在天边,有时雪山在眼前。

风景一直在路上,当我们到了最高处见到了梦寐以求的少女峰时,却真觉得,不如在途中见到的那些美景好看!

但少女峰真的很美,一片白雪。

不愧为欧洲屋脊!

瑞士少女峰

邂逅列支敦士登

一路舟车劳顿。先赶 12 点的小火车到 Wegon,再赶 2 点的小火车回到山脚,再搭上我们的大巴,从瑞士赶往德国,途经 200 公里处的邮票王国列支敦士登。

这个小国家只有两万多人口,现为瑞士托管。

赶到列国的时候,我已饿得发昏。在少女峰流连的时间太长,忘了吃午饭。到了列国又晕又渴又饿,连忙冲进一家咖啡店,要了咖啡和蛋糕,这才慢慢缓过劲来。

列国是个富足安康的国家。一条长街就是他们的主要街道。

他们的官方语言应该是德语,和服务生交流的时候,那个小帅哥居然不太懂英文。他们很绅士,很友好,我和他说我饿得发昏了,要赶紧吃东西。小帅哥一会儿就给我端来了咖啡和蛋糕。

2012 年
8月21 日

22 日

23 日

24 日

25 日

26 日

27 日

28 日

29 日

30 日

31 日

9月1 日

列国还下起了微微的雨。室外有点冷，有点雨，小帅哥把我带到了他们室内，那里有暖气，还有网络。

躲过了一场雨，还躲过了一阵风。逛了一圈列国的小街道，买了两套小邮票。

谢谢列支敦士登。

奥地利的晚餐

离开列国之后，过了半个小时，我们来到了奥地利境内。

奥地利的山野小餐厅，说不出名。对面有一个教堂，晚钟轻敲，让人感觉无比宁静。

餐厅对面有家奥地利小超市，里边忙碌的是一对东欧小帅哥和小美女，漂亮得就像古希腊出土的石膏像。

他们的笑容又羞涩又美丽。

饭后，继续赶路，从奥地利到德国，又是 200 多公里的行程。沉沉睡去。

再醒来时，暮色已至。天空中微微下起了雨。就在这样的一个晚上，我在雨中的欧洲大地上穿越。

2012.8.29

因斯布鲁克 《当你老了》

又是一个晚上，我已安顿在奥地利因斯布鲁克的一家乡村客栈里。夜已很深，窗外的树木都安静地睡了。有时会听到风声轻轻地呼啸而过，然后又沉入深深的寂静。

房间里很安静，昏黄的灯光安静地晕满了小屋，让人觉得回到了童年。客栈很小，房间也很小，家具也很古老，很简单，甚至小床都是窄窄的，却很温馨。房间里都是原木色的，轻轻地散发着花梨木的清香。地毯也已很陈旧，却淡淡地散发着时光的味道。

我喜欢这样的小屋，我喜欢这样的宁静。

如果是冬天，窗外是厚厚的大雪，屋内还是这样原木的清香，有温暖的灯

欧洲货币之欧元

2012 年
8月21 日

22 日

23 日

24 日

25 日

26 日

27 日

28 日

29 日

30 日

31 日

9月1 日

光。再烤一盆炉火,再披一身毛毯,应该就是人间天堂。

突然之间,我想到了叶芝的那首小诗:《当你老了》

当你老了,可不就是这样的意境?

　　　　当你老了,白发苍苍,睡意朦胧,

　　　　在炉前打盹,请取下这本诗篇,

　　　　慢慢吟咏,梦见你当年的双眼,

　　　　那柔美的光芒与青幽的晕影;

　　　　　　……

新天鹅堡的主人

　　新天鹅堡坐落在群山峻岭之间。我一直以为,欧洲的森林中高山间的城堡只是童话,电影中白雪公主的城堡怎么可能会是真的? 然而,当我第一眼看到新天鹅堡的时候,这座古典而浪漫的城堡果然坐落在远山和白云之间,果然坐落于丛林和绿水之间,让人觉得是那么的梦幻而不真实。

　　新天鹅堡的主人巴伐利亚国王路德维希,有着敏感的艺术家气质而痛恨战争与政治,所以他亲自设计了自己的城堡。他有天使一样的心灵却一直受现实打击,所以只有在他的梦幻城堡他才能够逃离现实。一个喜欢艺术与追求心灵自由的君王或许不是好君主,不是好政治家,然而,他却是一个很好的艺术家。他应该与中国南唐的李后主有相似的心情吧:问君能有几多愁,恰似一江春水向东流。

　　新天鹅堡里承载了路德维希最大的理想:天鹅承载着自己自由的梦想,他可以每天与壁画上的天鹅作伴;他的寝宫是蓝色而又忧郁的调子,在这里他可以逃避现实;他每天都能沉浸在游吟诗人的诗歌中,在此他

新天鹅堡的阳光

可以获取最大的心灵自由；他可以在唱诗厅中独自游走，面对 600 支满厅的蜡烛只有他独自一人。

这是一位孤独的君王，孤独得没有和他对话的人，他只有游走在城堡之间，与书本为伍，与蓝天白云作伴。

然而当俾斯麦向他施加压力的时候，当欧洲局势动荡的时候，当人民生活困苦的时候，他痛苦郁闷而无可奈何。

或许他没有政治手腕，或许他不屑于此，然而他透明的心灵，终究得到了百姓的同情。

然而，就在他 40 岁时的某一个清晨，他被带出了新天鹅堡。三天之后，他永远地离开了人间。他的死因成为了千古之谜，至今无人能解。

问君能有几多愁？恰似一江春水向东流。

中午在新天鹅堡下歇脚，然后，弹指一挥间，从德国来到了奥地利的因斯布鲁克。

奥地利是个美丽而浪漫的国家，著名的音乐家莫扎特便出生于此。只有这样温柔而又浪漫的国度，才会有《音乐之声》这样的电影，会有《雪绒花》这样美丽而又悠扬的歌曲。

因斯布鲁克还是一位欧洲国母玛利亚·特瑞莎的居住地。这位伟大的母亲被称为欧洲的丈母娘，她的孩子要么嫁给了邻国的国王，要么娶了别人家的公主。著名的茜茜公主就是她的女儿。玛利亚·特瑞莎的理论是：我们为什么要战争呢？我的孩子嫁给你的孩子，我的孩子娶了你的孩子，那么我们的江山就会越来越稳固，江山可以永远和平。

历史已悠悠而过，然而这个古老而又休闲的广场，还是保留着 18、19 世纪的模样。

还是古老的砖墙，白砖红瓦，碎花点缀其间。

还是古老的石子路，每一块都有几百年的历史。

就这样穿行在街头，再点一杯浓浓的咖啡。

那里的古喷泉可以就着喝水，甜甜的。

晒太阳，看行人，打瞌睡，发呆，看小狗，想心事。

一个下午就这样过去了。

2012.8.30

罗马假日之威尼斯落日

威尼斯的历史与典故

清晨,我们告别了依然在沉睡中的奥地利,牛羊满山坡、绿阴嵌红房的景色依然是那么梦幻。蓝天依然透明,云彩依然浓重。

与秀美温婉的奥地利相比,意大利要粗犷热情好多。山路自然也比奥地利颠簸好多,连收费站的服务生也不像奥地利的那样内敛。洗手间居然会有笑容可掬的意大利大叔在那儿用中文说:你好,你好。其实就是提醒你,需要收费了!

一路颠簸,中午赶到威尼斯外围,慢慢进入威尼斯外城公路。威尼斯外城公路很壮观,水天一色,远处是一望无际的水,然后依水而建的就是铁路和高速公路。威尼斯的内城没有一辆自行车与私家车,可谁能想到,在威尼斯外城,海陆空交通都如此发达?

弃车登船,我们要坐船去威尼斯内城。中间经过一个窄窄的码头,有许多地摊,很奇怪这里的地摊这么粗糙,老板除了有意大利人,居然还有中国人。

威尼斯远远看去不算神秘。开阔的河道,那些古建筑还遥不可见。然而威尼斯的历史确很著名,这里原是沼泽之地,威尼斯人的祖先为了逃开匈奴的战争与追杀,在公元五世纪逃离至此,在水乡泽国建此水城,从此与世隔绝,过着世外桃源的悠然生活。

威尼斯人后来还成立了威尼斯共和国,几百年后又被法国所统治,再后来,又被奥匈帝国所统治。然而,威尼斯始终保持了自己独特的语言和文化,他们甚至有自己的文字。

这里又是马可·波罗的故乡。马可·波罗少年离家,40 岁后又回到了这里。后来马可·波罗游记中写到的神秘的东方,就是我们的中国。可谁又知道马可·波罗离开中国以后的故事?据说他回国之后又卷入了一场欧洲战争,最后居然入狱,不知所终。

这里还是莎士比亚笔下《威尼斯商人》的故事发生地。那个著名的故事家喻户晓:你能把你身上的肉割五磅给我吗?回答:可以,不能多也不能少。安东

2012 年
8月21 日

22 日

23 日

24 日

25 日

26 日

27 日

28 日

29 日

30 日

31 日

9月1 日

尼和奥菲丽亚的故事,莎士比亚笔下的威尼斯,以喜剧收场。

水城威尼斯

小船带着我们,终于来到了这具有梦幻色彩的威尼斯,让人感觉一下子进入了三四百年之前的古代。这里的建筑都是三四百年前的古代遗迹,其外墙建筑多为圆拱形的拜占庭式、文艺复兴时的哥特式和华丽的洛可可式,圣罗可广场上的建筑精美绝伦,让人叹为观止。广场上可以看到许多罗马式浮雕和房顶,每一根柱子的顶端都有各种精美的雕刻。

时光一下子拉回到了中世纪。

水城威尼斯

威尼斯没有城墙。这里古来就是经商之地。所以无门之城墙才是最高境界。这里有许多拱桥,其中有一处就是叹息桥,过了叹息桥,就是古代的监狱,一桥之隔,人间地狱。到了威尼斯,一定要去坐坐那里的贡朵拉。就像不到长

城非好汉,不坐贡朵拉,也不算真正到过威尼斯。贡朵拉是当地的一种独木小舟,非常精美,船的头尾呈弯弯的拱形,有点像古色古香的古代弯头船。

贡朵拉慢慢地在小桥流水间游走。威尼斯和我们的周庄有些相似,都是小桥流水人家,只是一个在江南,一个在欧洲。流水缓缓,那些石头砌成的古老的房子就这样安静地立于水上。

流水的光阴,数百年的时光。

贡朵拉缓缓地穿行在小桥流水之间,有时可见做家务的妇人,有时可见立

在古阳台上向我们招手的孩子,有时可见石桥阶梯处随意席地而坐的情侣,有时可见桥头站立的人群向我们招手。

　　他们入了我们的景,我们亦入了他们的景。

浪漫的圣马可广场和威尼斯落日

　　然而当我回到了圣马可广场的时候,鸽子成群飞舞。一丛丛,忽然飞起;又一丛丛,满地都是。广场上有许多喂鸽子的人,休闲而快乐。

圣马丁广场咖啡馆

　　广场上有一个很浪漫的咖啡屋,那里正在表演一场小提琴音乐会。

　　那里的服务生,穿着白色的燕尾西服,腰杆笔挺,笑容绅士,让人一下子觉得回到了30年代的老电影。这些场景,似曾相识。

　　罗马假日?威尼斯假日?

　　我随意坐下,点了一杯咖啡。坐了很久很久,听音乐,看鸽子,看行人。

　　阳光洒在了身上。

2012.8.31

罗马假日之佛罗伦萨

　　一路的行程,沿着托斯卡纳那平原一直前行,沿路的是浓浓密密的橄榄树。这是意大利独具风味的植物,与奥地利阿尔卑斯山脉的古典绿色相比,意大利就像一个浓郁的乡村女子,一下子山野起来。

2012 年
8 月21 日

22 日

23 日

24 日

25 日

26 日

27 日

28 日

29 日

30 日

31 日

9 月1 日

2012年
8月21日

22日

23日

24日

25日

26日

27日

28日

29日

30日

31日

9月1日

欧洲列国中,英国虽然加入了欧盟,但英镑独立,并未与欧元接轨,所以在本次的欧债危机中保持经济独立;法国旧日风光不再,失业率严重,但依然坚持法式傲慢,然而经济每况愈下,国内罢工不断;瑞士保持中立,未加入欧盟,所以经济社会一直稳定。德国苦苦支撑,最勤劳的民族,但被希腊、西班牙等欧债危机国所拖累。一路走来,明显感到英国仍有日不落帝国余风,法国昔日辉煌不在,瑞士如少女般宁静,奥地利如贵妇般温婉,而意大利,则像一个热烈而又乡野的乡村女子,风格浓郁而泼辣。

比萨斜塔,伽利略发现自由落体的地方,也代表了意大利文艺复兴时期科学技术的最高水平。同时,比萨斜塔在艺术上也极具文艺复兴时期的古典风格。

而比萨斜塔前的小巷一带,有许多美食街,也有许多摊贩。有吉卜赛人,也有路边街头卖明信片和小商品的黑人。通常来说,来自北非的阿拉伯人有着宗教信仰,不太会做坏事。来自非洲其他国度的黑人在意大利等欧洲国家也会守法,只是讨生活不容易。他们通常会卖小明信片、小工艺品赚些微薄的小钱。真正的飞贼通常是包着头巾的吉卜赛人。他们在国际上声名狼藉,通常团队作案,以孩子为掩护。

佛罗伦萨——翡冷翠

佛罗伦萨是意大利文艺复兴的起源地,徐志摩把他意译为"翡冷翠"。当时著名的佛罗伦萨麦美第奇家族,曾经出了四个教皇、两个皇后。其中有一个是亨利四世的皇后,然而亨利四世并不爱她,却爱上了另外一位美人戴安娜。后来亨利四世去世以后,那位皇后尽兴复仇,戴安娜被打入冷宫。而皇后则成了像中国武则天一样的人物,在朝野权倾一时。

佛罗伦萨又是但丁的故乡。阿诺河温柔地横贯佛罗伦萨,但丁就在这里写下了不朽的诗篇《神曲》。在《神曲》里,地狱与天堂,往往就是一线之隔。

佛罗伦萨的大教堂里,到处可见文艺复兴时期著名雕塑家米开朗基罗的雕像和作品。百花圣母大教堂里,也有米开朗基罗的著名雕刻。

在佛罗伦萨的大街小巷游走,仿佛时光穿越,回到七八百年之前。那些石子铺成的小路,在阳光的照射下,虽然斑驳不已,然而还泛着旧时润泽的光芒。

所有的街道都是用旧石子铺成的,许多古老的店铺间隔其间,有许许多多的工艺品,有路边的花匠,有一个个飘着香味的咖啡屋。

我在阳光下,喝了两三杯咖啡。不是因为咖啡,而是因为阳光的味道,为了广场上的那些鸽子,为了悠闲的时光。

意大利的服务生热情而笑容满面,虽然他们不太懂英语,但是他们的笑容,很难让人忘怀。

就这样,在佛罗伦萨的午后阳光中,在咖啡飘香的午后,在但丁的《神曲》与米开朗基罗的雕像中,在鸽子成群的广场上,迷失。

晚上,继续旅程。我们的大巴穿越了亚平宁山脉,在意大利的小路上蜿蜒崎岖地疾驰。不知为什么,今晚的月色那么柔和,那么

佛罗伦萨

清亮。夜已很深,月亮温柔地挂在远山之间,我第一次感到,在旅途中,人在天涯,并不是那么清冷。

月色伴着一路,横亘在亚平宁山脉。

2012.9.1

罗马假日之罗马时光

最后一天在罗马,要去看看城中之国梵蒂冈,要去看看《罗马假日》里奥黛丽·赫本和格里高利·派克拍戏的地方。

说是电影,我却常常把它们当做了现实。

我常常想,如果公主不走,留在了罗马,那么赫本和派克会不会在一起,过着幸福的生活?

所以这次去欧洲,对于罗马,对于意大利,因为这部电影,而变得有些不同。

一早去了梵蒂冈,这是一个城中之国,圆环之内是梵蒂冈,圆环之外就是意大利。梵蒂冈的永久性居民只有罗马教皇一个,但是常住人口有 500 人,为之工作的人口有 2000 人。

梵蒂冈方圆只有 0.2 平方公里,但就是这个小小的袖珍之国,居然同 170 个国家建交。

2012 年
8月21日

22 日

23 日

24 日

25 日

26 日

27 日

28 日

29 日

30 日

31 日

9月1日

作为一个具有政治意义的国家,梵蒂冈虽然小到不能再小,甚至比上海的某些小区还小,但是其宗教意义和政治意义,却不容小觑。

梵蒂冈有世界上最大的教堂,里边记载着耶稣受难、圣母玛利亚抱着耶稣悲惨而又沉静的故事。可以想象当时的欧洲,在信仰诸神、太阳神等远古的神话时,基督教是被当做异教徒来对待的。耶稣大难就死,被钉在了十字架上。而后他的信徒忏悔,有一幅图像是位拿着长矛一剑刺死他的那位士兵,因为在其位不得已而为之。当时士兵很痛苦,而当耶稣死后,鲜血溅在了他的眼睛上,这位士兵却因此眼睛复明。

于是,这位杀戮耶稣的士兵立地成佛,成为了追随耶稣的信徒。而这款雕刻,就被永远地留在了梵蒂冈的教堂中。

再顺着梵蒂冈的教堂往里走,有许多教皇的碑陵,有许多教皇的故事。梵蒂冈就是天主教和基督教的历史,从耶稣受难开始,一直到中世纪天主教和基督教的分离,再到英国脱离罗马教皇,然而中间又有曲折,后来有一位英室王族为了皈依罗马天主教而放弃了英国王位,说明还是有许多为了信仰而放弃江山的理想主义者。

还有许多让人感动的故事,有一位瑞典女皇为了基督教放弃了王位。

当然,也有某个教皇为了一个漂亮的金顶向他的子民征收高额的赋税。

许多许多的故事,弹指一挥间。

就这样,我带着崇敬的心情膜拜了一下梵蒂冈。而当我们走出梵蒂冈大教堂的时候,那些忠诚的瑞士士兵,如 500 年前一样,不管世界如何沧桑变幻,他们永远伫立在那里,誓死保卫他们的教皇。

中午又在罗马古废墟匆匆一瞥,当年的角斗场还可依稀看到断壁残垣。那些永恒的故事,都在这些残垣瓦砾间。然而罗马人似乎太过沉醉于他们的历史,以至于现在躺在他们先人的历史上睡觉。所以意大利的鼎盛时期永远是在古罗马,永远是在文艺复兴时代。而现在的意大利,只有在这些古老的断壁残垣中,才会想起现已沦为山野村姑般的罗马,当年可是高贵典雅的皇后。

历史轻轻地翻过去,我们带着电影的足迹,去寻找《罗马假日》的足迹。

许愿池是《罗马假日》中的一景,如今也是一个古老的小街老巷,游人不断。当年赫本和派克就在这里流连,派克带着公主在这里尽情体验着平民的快乐与简单。

古罗马遗址

2012 年
8月21 日

22 日

23 日

24 日

25 日

26 日

27 日

28 日

29 日

30 日

31 日

9月**1 日**

许愿池前,扔一枚硬币,许一个愿望。

所有的愿望即可成真。

在这个古老的街道,我也吃了一个冰激凌。但是味道,可如当年?

然后继续走,穿越在罗马的大街小巷。

突然,在一个铺满大块古老而平滑石板的道路上,有一个大型的广场,依稀就是当年公主流落街头的那个场景。然后派克来了,叫醒了这位公主。然后故事开始了。

在要离开的时候,偶然发现了这个电影故事的街头场景。

真的是罗马假日,一个完美的假日。

泰国游记

永远不灭的烟花

烟花
就这样
洒满了夜空

2012.10.7

飞机上的书

　　旅程便这样不经意地开始了。三点之前到达虹桥火车站,与 Jolia 顺利会合。原以为虹桥火车站会人山人海,但到了那里却门可罗雀。自动售票处连排队的人都寥寥无几,比平时人都少。

　　我们买了三点多去杭州的火车票。四点多就到了杭州火车站,那里正好有去萧山机场的大巴,一路很顺利,不到六点就到了杭州萧山机场。因为太顺畅,居然提前两个小时到达。选择从杭州去清迈,两个原因。第一,当时只有杭州有直飞清迈的班机。第二,亚航的机票便宜。选择清迈,倒是很随意的原因。一则清迈为泰国古都,值得一去。二则清迈很文艺,很休闲,很美食。这一路都是苦旅,选个地方美食休闲一番也可调节一下。

　　我是一个随遇而安的人,只要有美食,有阳光,我就很快乐。

　　Jolia 是 2005 年就认识的朋友。她很理智,很有条理。而我却很感性,有点糊里糊涂。两人性格截然不同,却成了好朋友。我在 2008 年夏天去过大连,Jolia 正巧在大连老家度假,她还带着我逛了海边,借了一本书给我,就是当时很畅销的《浮沉》。那本书我很喜欢,至今我仍然认为超过很多职场小说,如《杜拉拉升职记》。

　　这次 Jolia 居然带了一本人物传记——《你若安好,便是晴天》。我从来都不会认为她会看这样的书。这让我感到有点惊讶,不过也开心,可以在飞机上借我看呢!

　　两个小时的时间一晃而过。然后开始办登机手续。过安检的时候,被卡住了,因为我们没来得及办理泰国签证,机场安检人员翻了半天护照,迟疑着不让过。后来我们解释了因为国庆长假,到了泰国大使馆,最快也要八号签出。但已经买好了七号的机票,不能作废啊!所以使馆人员建议我们落地签,我们也保证自己可以如期返回!他们开始觉得有问题,后来看我们那么诚恳的样子,居然让我们过了!

　　终于顺利过关。晚上 11 点多,飞机起飞。

　　又是夜航,夜已沉睡。

2012 年
10月**7** 日
8 日
9 日
10 日
11 日
12 日
13 日
14 日
15 日
16 日
17 日

2012年
10月**7**日

Jolia已睡着,我在翻书,《你若安好,便是晴天》。白落梅的书,文笔异常优美,写了林徽因的一生。

然而,太优美的文字,我总觉得太美化林徽因。

8日

要真的了解林徽因,需要看看那个时代,林徽因的朋友们、家人、师长给她的评价。

我总觉得林徽因对徐志摩的感情不是真正的纯粹。然而她的《人间四月天》,依然打动我。

9日

再翻翻林徽因的诗作,偶然看到一首小诗,非常喜欢,超过了《人间四月天》。

10日

十一月的小村

11日

我想象我在轻轻的独语

十一月的小村外是怎样个去处?

是这渺茫江边淡泊的天

12日

是这映红了的叶子疏疏隔着雾

是乡愁,是这许多说不出的寂寞

还是这条独自转折来去的山路?

13日

我觉得,这篇才是林徽因写得最好的诗。

2012.10.10

14日

清迈的滴水光阴

在清迈的时候,每天的日子总是那样的缓慢。就像这山城的老时光,就像清迈的历史那样悠长。

15日

清迈的历史历经三个国家和王朝

16日

清迈,1296年才由兰那王朝的曼格莱王(King Mengrai)建立为泰国的首都。并成为当时泰国北部王朝的经济、文化和宗教中心。曼格莱王时代清迈逐步发展成一个强而有力的泰北王国,大兴土木,人民富泰,也兴建了不少寺庙、建筑、佛像,还兴建了护城河,用以防御和抵抗缅甸军队的入侵。1556年,

17日

清迈被缅甸军队攻克,缅甸人占据了清迈,直到 1775 年塔克辛王(King Taksin)将缅甸军队赶回到泰缅边境,清迈被重新夺回。由于缅甸军队占领清迈很长一段时期,缅甸的文化、宗教、建筑、语言、烹饪等对清迈都有很大的影响。

18 世纪早期至 19 世纪期间,当地的一位名为"chao"的地方君主名义上统治着这座城市,当时的清迈并不受曼谷暹罗王朝的统辖。1874 年,朱拉隆功(拉玛五世皇)登基后收回了对清迈的控制权,1939 年清迈正式成为泰国王国的一部分,并成为泰国北部的行政管理中心。

山城的滴水光阴

我和 Jolia 在这里呆了五六天。清迈有一点和丽江很像,古城里不到 10 点都看不到开门的店家,有时我们 12 点进了古城,许多小店还大门紧闭,有时候连歇脚的地方都找不到。

清迈与北京的时差为 1 个小时,北京时间要早 1 个小时。通常八九点钟的清迈街头冷冷清清,Jolia 习惯早起,常常催我:现在北京时间都快 10 点啦,我们的早饭都好当午饭了! 不过那时候我就会说:还早呢! 现在才 8 点多钟呢。

我已经习惯了到一个地方迅速适应当地时间,而 Jolia 则还用北京时间计算清迈的当地时间,所以有时候我们就会觉得很好玩:刚吃完了早饭,我还觉得一天才开始呢,Jolia 说:哎呀,这早上就要过去了! 我赶紧地给她调回来,现在是清迈时间啊,早上 9 点多,早着呢!

于是我们有时候会慢慢逛小街,早上 9 点多的清迈街头,许多小店还没有开门,饮食店也懒懒散散的,就算进去看一眼,也没人出来招待你。我们常常奇怪:他们不做生意吗? 不过又有什么关系,是我们打扰了这边的宁静啊,人家的店铺就是 12 点以后才开张呢!

时间就是这样慢慢地过。有时候,我们坐在午后的清迈小茶馆,就这样安安静静的,能够感觉到流水的声音。

热带,太阳很毒。受不了太阳的时候,我们又会跑到路边的饮料店,喝着许多许多好喝的热带水果饮料,如芒果汁、橙汁、菠萝汁、胡萝卜汁,热带水果真是清凉爽口,我们每天总会喝四五杯饮料,不知不觉地,居然把咖啡给戒了。这是个意外的收获,用果汁戒咖啡,一点痛苦也没有,一点也不犯困。

于是,我们两个在清迈街头随意逛着、喝着,天气凉快了就走,炎热了就找

2012 年
10月7日

8 日

9 日

10 日

11 日

12 日

13 日

14 日

15 日

16 日

17 日

个地方歇脚。有时候也去吃吃路边摊,和当地的小贩老板聊聊天。

在古城呆了几天,就这样挥霍着时间,挥霍着阳光。

常常走着走着就迷了路,走着走着又看到了不同的风景。不管是大王宫,还是路边摊,峰回路转之处,都会给我们同样的惊喜。

就这样,我们安安静静地感受着古城,感受着一次又一次的迷路,感受着蓦然而过的惊喜。

就这样,感受着古城,滴水的光阴。

2012.10.11

泰国的美食   一个思乡的落日黄昏

10 日

11 日

12 日

13 日

14 日

15 日

16 日

17 日

到了清迈,一定要说说那里的美食,否则,便如同到了中国不去长城,到了西安不吃那里的肉夹馍。须知泰国的美食,也是泰国旅游中极其重要的一环。

泰国的美食,以酸辣海鲜的冬阴功汤而闻名。还没去泰国呢,许多朋友就提醒我:"冬阴功汤! 一定要去喝哦!"还有几个去过清迈的好朋友告诉我,某个宾馆对面有个厨师学校,味道很美,要我去尝尝。

旅游中若没有美食,那是煞风景的。

美食不必精致,美食也不必昂贵,但须得美味,须得吃得舒服。否则,和苦行僧有什么两样?

泰国美食

于是,到了清迈,就开始一路吃,一路逛,吃到悠闲,吃到眉开眼笑。

泰国的早餐是最好吃的,通常是一碗当地的米线,然后配一些鱼丸,加上一点淡淡的鱼汤。看似简单,然而味道鲜美异常,糯糯的,滑滑的,味道不逊于任何一道中国早餐。也许因为同在亚洲,所以才有如此相近的美味感觉吧?我在其他国家旅游的时候,从来没有哪国的早餐让我如此折服,一般都是咖啡鸡蛋面包,看着漂亮,然而在味道上,泰国的鱼丸米线却一下就把我打倒了。

泰国的正餐,以冬阴功汤为代表,呈酸辣味,海鲜在其中,味道非常东南亚。我们几乎每天都会点一个冬阴功汤,有时候酸辣正好,颇有甜味;有时候辣得会呛出眼泪;然而越辣越有味道,据说泰国地处热带,冬阴功汤中有许多麻辣成分,会驱除身上的湿热,正是东南亚的特殊气候,才有如此特殊的食物啊!

除了冬阴功汤,还有酸甜味的菠萝饭,也是这里的主打美食。我和 Jolia 有一次在一家大排档,偶尔尝到了一种菠萝饭,香甜可口,软软滑滑的,当时吃了就赞不绝口,一连点了两盘,看得店家有些吃惊:你们吃得下这么多吗?

但是,泰国美食实在太好吃了,我们就慢慢吃,慢慢逛。

几天在古城,留恋在古城的街头巷尾。有时候,吃着街头的烤玉米、烤肉串,有时候,喝着街头的芒果汁、菠萝汁、猕猴桃汁。这些小吃和水果汁都很便宜,均价都在 20-30 泰铢,折合人民币 4-5 元,便宜得让人不敢相信呢!于是我们两个一边美食,一边担心:要胖了吧? 算了,胖就胖吧,回去再减吧!

有时也会去吃一两家环境很好的地方,但是价格就很贵。第一天中午刚到的时候,我们饿得不行,于是让酒店的工作人员推荐饭店,当我们走到那里的时候,才发现,环境果然好,是在绿树白花中的,然而价格也贵得惊人,两个人就要 500 多泰铢,最后还要收我们 17% 的服务费。不过后来我们算了算,就算 500 多泰铢,折合人民币也就 100 多,我们这么想想,也就心安理得了。

我们也享受了酒店安静优美的下午茶套餐。非常精致,看着他们的摆盘如同在画中,有时候都舍不得吃,唯恐破坏了画面。吃环境的时候味道倒在其次,最好的是欣赏美景,可以坐在顶楼远眺清迈远景,欣赏那里的落日黄昏。

在清迈,平常到路边摊,精致到星级酒店的下午茶,我们都品尝了一遍。没有什么特别的分别,路边摊和贵族餐,对于我们来说,都是一样的。各样的人生,都可以认真品尝、认真品味。这就是我们对于美食和旅游的态度。

2012 年
10月7日

8 日

9 日

10 日

11 日

12 日

13 日

14 日

15 日

16 日

17 日

有一天,我和 Jolia 逛了大半个下午,感觉逛断了腿。走了一个小时,挥汗如雨。突然眼一抬,发现了一个绿树如荫的地方。信步而进,是个小茶馆,是个歇脚的好地方。

慢慢,已近黄昏。太阳已下,渐感凉意。这里是热带,还是夏天,我们那里已经深秋了吧? 看着眼前的绿阴,想起了远方的故乡。

就这样,在遥远的泰国,在绿树成荫的地方,慢慢想起了中国,想起了故乡。

2012.10.13

当我们是外国人的时候

到了泰国,我们自然就成了外国人。在清迈的外国人,其实也融入了清迈的景,日子慢慢悠悠的,入乡随了俗。

泰国当地人对于中国人很友好,也许到当地旅游的中国人很多,也许到了泰国,我们的感觉一下子阔气起来,大家都成了大款了吧?

人民币对泰铢的汇率是 1∶4.5,所以我们到了泰国,立刻觉得自己成了有钱人。在泰国 10 天,除去机票酒店,我和 Jolia 平均每人就花了 3000 人民币出头,包括所有的美食、用车、门票、火车、旅游景点和小礼物等各项费用。

泰国的消费很低,通常比较小资的地方吃饭,人均 30 - 40 人民币,泰铢200 左右,路边摊更便宜,20 - 50 泰铢不等,折合人民币 4 - 5 元。满街的椰子,20 元泰铢一个,折合人民币 4 - 5 元,但是到了国内立马翻数倍,人民币 20 - 50 元不等。

所以我们在泰国,基本上不去计算费用,只要不在酒店用餐,通常我们就能随心所欲。

有一天,我们决定包车去野外走走。那天我临时做计划,打算一天之内去四五个地方,包括看大象,看王太后宫殿,再去老城新城逛逛。找到了一位当地的司机,第一天从机场送我们到酒店的一位老师傅,名叫"泰"。那天他说可以用半天时间带我们去看大象和坐马车,所有的费用两人 800 泰铢。我们觉得价格挺便宜,于是就打电话给他,打算包一天的车,让他带我们去野外,把所有的地方都走掉。

但是价格就不对了,泰开始说带我们去这些地方,包括看大象等两个地方,再加上所有的门票,收我们每人 1500 泰铢的费用。后来我和 Jolia 商量,觉得太贵,于是大家又商量来商量去,泰最后说:600 泰铢包他的车,可以带我们去所有我们想去的地方。

于是泰就开车带我们走出了城外,一下子开了一两个小时,到了很远很远的郊外,有山有水,非常村野的感觉。那里可以看大象表演。那天下午,大象让我们震惊了。从来没有看到会画画的大象,就在几百人的注视下,在表演场上安安静静地,用它的长鼻子画了一幅小鸟图。

这是我亲眼所见。大象真的会画画,它已经具有创造性思维,应该可以和人类媲美了!

当时我很想买下大象画的那张画,后来觉得实在太不可思议,看了一会儿,拍了照片做纪念。还是决定不买了,因为买回来后,怎么挂在家里,然后告诉自己,这是大象画的画?

那天下午,我们在野外,骑着高高的象车,又坐着牛车,在清迈的乡村山野闲逛。有时在村间小路悠然而行,有时在崎岖的山道上蜿蜒而上。当地的牧童驾着象车和牛车,我们一路的笑声飘荡在山中。

坐牛车的时候,碰到了两位从中东伊兹密尔来的男子。他们很热情地问我们从哪里来,我们说中国。但是中东的英语听起来很累,我们稍稍聊了聊,然后他们告诉我们:"我们是从中东来的,和美国一样,它也是自由国家!"

我和 Jolia 听了偷偷笑,他们倒一点也不客气。一路还是美景——象车、牛车,又是一路溪水竹筏,清迈也有世外桃源,只是这样的桃源,也不多见了。

那天上岸以后,我们就完成了野外项目。于是让泰继续带我们去看王太后行宫和新城老城,可当时泰告诉我们,他生病了,不能再带我们去逛。他好像是发烧了,于是我和 Jolia 临时压缩了行程,泰去医院,我们各自行动。

第二天晚上,泰在酒店大堂找到了我们。当时我和 Jolia 商量,如果泰身体好了,就让他第三天再带我们去王太后行宫和其他地方。但是泰告诉我们,他在医院挂了一天盐水,恐怕不能去了。当时我们就面有难色,你没有带我们去完所有的地方啊?后来泰说:这样吧,他不去了,给他 300 泰铢就好。我们想想,一来那天路上来回 4 小时,泰又等了我们 2 个多小时,也不容易了。二来清迈街头打个车就 100 来泰铢,6 个多小时的工作只给 300 泰铢也说不过去。但是泰确实没有完成我们所有的景点,于是我做主了:就给泰 500 泰铢,300 泰铢是他自己的要求,还有 200 泰铢就算我们给他的医药补贴吧。至于 100 泰铢没

2012 年

10月7日

8 日

9 日

10 日

11 日

12 日

13 日

14 日

15 日

16 日

17 日

2012 年
10月7 日

8 日

9 日

10 日

11 日

12 日

13 日

14 日

15 日

16 日

17 日

给足,是因为泰确实没有完成预定的工作量。当时我问泰这样可以接受吗?泰很高兴地谢谢我们。清迈的时间就这么悄悄过去了! 转眼到了离开清迈的时候,有点惆怅,这是邓丽君歌《小城故事》中的地方,是不是因为这里的人情很浓的缘故呢?

2012.10.15

泰国的火车

在清迈的时间一晃而过,转眼就是五六天。

我们就在那座古城,慢慢悠悠地晃。最后一天晚上,华灯初上的时候,走到了那条熟悉的护城河,河边摆满了长长的夜排档,夜色浓郁。

我们两个走不动了,就坐在护城河边的石阶上,看着车子来来往往,闻着夜排档上飘来的香味。

等了好久,来了一辆出租车。

上车后,发现车上正飘着邓丽君的歌声,不记得唱的是什么了,只是邓丽君的每首歌都是那么熟悉。

清迈,这座古城,和邓丽君还是极有渊源的。据说《小城故事》的地点就在清迈,而邓丽君最后的时光就是在清迈度过的。传说很多,有人说她是为爱所困,有人说她是间谍。不管是哪个版本的传说,邓丽君的歌声,永远那样温婉动人,一如其人。

有一次,我在从上海到杭州的火车上,外面下着大雪,火车上放的就是邓丽君的歌声。那首歌词我记得很清楚:任时光匆匆,我只在乎你。当时,车窗外,江南岸,一片雪白。满车的寂静,永恒而唯美。

我最喜欢的是她那首《又见炊烟》:又见炊烟升起,暮色罩大地。想问阵阵炊烟,你要去哪里? 歌声不似她的其他歌曲那样凄美,似烟霞中之明亮,村庄里之安详。我喜欢那样的感觉,一切是那么简单、干净。

就那样,我们在清迈的夜色中,听了一首又一首邓丽君的歌曲,整个夜色是那么温柔。

第二天,我们就背着行囊,离开了清迈。我们将坐一夜的火车去曼谷。原以为泰国的火车会很脏很破,然而到了清迈火车站,才惊诧于泰国的火车站如此干净。火车站并不大,小小的,几分钟就可以走完。然而古色古香,坐落在热带绿色植物中。站台很干净,也是小小的,但木质长椅随处可见,人也不多,可以很容易地找张椅子坐着。居然连检票的工作人员也不见,我们很轻松地找到了那趟开往曼谷的火车,就自己上车了。

泰国的火车很古老

泰国火车有些古老,刚上火车,我居然找不到进门的地方,在车厢口晃了半天,后来才发现有个隐形小门,往里一推就是过道。过道和中国的火车很像,但是泰国的火车比较旧,然而干净程度要远远高于国内。我们找到了自己的位置,两个都是上铺。这里的每节包厢只有 4 个上下铺,感觉比国内的卧铺空间要大很多。而且每个卧铺都有厚厚的床帘,就像我们大学时代用过的那样,只要一拉,整张小卧铺就围了起来,与世隔绝。

真喜欢那样的火车包厢,一下子让人有了安全感,又像回到了昨天,回到了大学时代。

后来我们爬到上铺才知道,这里的空调冷得让人无法承受,幸亏了这床帘,否则根本无法抵御寒冷,估计当天晚上就要生病。

火车慢慢开了。突然之间,我想到了俄罗斯的火车。

那天也是晚上,我在从莫斯科到圣彼得堡的火车上,火车慢慢地开,我看到了深深的深深的北极光。泰国的火车,和俄罗斯的火车不同,虽然寒冷,但有一种温暖,不似俄罗斯火车那样的清冷孤绝。也许是因为那围床帘,也许因为这里是热带,也许什么都不是,就是因为简单。

火车开了,我们慢慢离开了清迈。

2012.10.17

曼谷的灿烂烟花

到了曼谷,才发现曼谷的城市感觉和上海如此相似。三天时间足够,只有在曼谷城里的大小街道感受着浓郁的泰国风情时,才觉得来到了《西游记》中

2012 年

10 月 7 日

8 日

9 日

10 日

11 日

12 日

13 日

14 日

15 日

16 日

17 日

的宝象国。

　　我曾经异想天开过两条西行线路：一条是马可·波罗线路，沿着丝绸之路一路西行到意大利；另一条就是《西游记》中唐僧取经线路，从长安出发，过火焰山一路南下到女儿国、宝象国到天竺。

　　曼谷应该就是《西游记》的女儿国、宝象国吧？

　　曼谷最值得一去的是大王宫。果然金碧辉煌，泰国的历史全在里边了。泰国是个政教合一的国家，所以王宫里寺庙与大殿并存。玉佛寺里的玉佛当年供奉在清迈，后经数次战争几次辗转几个王朝最后供奉在此。泰国与中国和印度的渊源都很深，亦有人称：泰国以中国为父，印度为母。

大王宫

　　大王宫里的壁画，有些是泰国的神话，有些则是他们的历史。这和西方壁画和西藏壁画都有许多相似之处。大王宫里壁画中有一则故事，有位国王看中了邻国一位美丽的贵族女子，但女子丝毫不为所动。于是国王就发动了战争——这与西方神话中海伦的故事有些相似呢，冲冠一怒为红颜。

　　大王宫逛完，我们随意漫步在曼谷街头。泰国虽然是一个小国家，比较穷困，但是看得出人民安居乐业。若一个国家的人民安居乐业，社会就比较安定，幸福指数就会比较高，不管这个国家富有或贫穷。泰国这点做得挺不错——除了人妖。我见不得人妖，这种以催残人性为娱乐的产业，坚决抵制。

　　水上市场是曼谷郊区当地人最热闹的集市。清晨刚来到这里，岸边排排的小吃摊就开始热闹起来了。船上的阿公阿婆,开始了一天的吆喝。他们的小船就是集市,卖米粉的,卖小吃的,卖水果的,划着小船过去就可现场买卖,还可以讨价还价。邻水的河道,也是一排排天然集市,什么都可以在这不费力气地找到。在水上市场,看到一位买水果的老阿婆,划着小船在河道上,应该有八九十岁了。不忍心和她还价了,买了一串香蕉,味道真不错。

水上市场的精华时间在清晨。九点半的集市正是好时候,一点集市就准时结束。回程时,先坐了当地的招手蓬蓬车,很便宜,才10泰铢,就是在太阳底下等了很久。当地的蓬蓬车很好玩,后座有两排,可以坐十几人。当我们问到哪里可以坐车回曼谷时,他们开始不懂。后来有一个人懂英语,他很热情地说:我知道!并用当地语翻译给大家听。结果当我们到站的时候,所有人都提醒我们:你们到了!

到了公交车站,那里有回曼谷的中巴。等了一个小时后,中巴出发,一路到曼谷。路上两个半小时,中巴最后居然停在了酒店附近!

临行前一晚,我们去了考山路。背包客云集之处,水果到处都是,小吃随处可见。许多路边摊,聚集着各个国家的人们。突然想起来,我们也是老外。我们在路边的一家小店坐下,随意点了两三个小菜,美味而又市井。这是接地气的地方——然而满街爵士味儿飘荡,又让人觉得有些恍惚。

那天晚上身体不舒服,对着满满的食物,没有了前两天的胃口。和Jolia一边聊天,一边看着天上飞舞的蓝色焰火,一朵一朵地在空中绽放。对着烟花,我又有些出神,恍恍惚惚,突然对Jolia说:今天的烟花太美了,我怎么突然之间就构思了一篇小说?

我们就这样坐在考山路的街头,抬着头,看着头顶上飞舞的烟花,很久很久。烟花总是很美很美的,可人生,是否有永远不灭的烟花?

2012年
10月7日

8日

9日

10日

11日

12日

13日

14日

15日

16日

17日

东门之池

冬季到台北去看雨

东门之池 在什么地方?

在那遥远的台湾

在那遥远的恒春古镇

东门之池 在什么地方?

在那遥远的《诗经》时代

在那遥远的蓝天白云下

2012.11.16

那一种穿越　那一种消失已久的乡愁

　　短短的 10 天,我在台湾慢慢地走,慢慢地逛。去了台北、垦丁、台南,最后又回到了台北。

　　第一天从上海浦东机场到台北松山机场,只用了一个多小时的时间。那天起了个大早,早上九点的飞机,十一点半就到了台北街头。

　　没去之前,我的感觉,台湾,只是台湾而已。然而我到了台北,出机场的那一刻,顿时穿越。

　　此后的 10 天,我的感觉如在梦境:并不是因为台湾的繁华。台湾的街道很破旧,甚至不如国内的二线城市;也不是因为台湾的国际化,台湾的国际化远远不如香港。

　　那是因为台湾的文化,从台北故宫博物馆、国父纪念馆,到台南的赤坎楼、成大博物馆、台南安平古堡,到处都有中国最深的文化,到处都有中国最深的民俗。

　　因为台湾的人情味儿,那浓浓的人情,仿佛让我回到了从前。回到了很小很小的时候,甚至回到了几千年前:白发垂髫,怡然自乐。

　　我在台北的时候,饭店的服务人员一直给我出主意,下面的行程应该怎么走,应该去哪里买票最方便,并且帮我找了一堆花莲的客栈;我在垦丁的时候,垦丁的客栈老板花了半天时间带我去看了那些游人不太去的地方,还带我去吃了垦丁最古老的小吃;我在台南的时候,成大博物馆的老师和我素昧平生,带我参观成大,并带我去了国际文化交流处;再次回到台北,最后一天的回程,司机大哥也帮我看着行李,让我做一些零碎事情;在机场的时候,工作人员帮我出主意,怎样可以最好最轻便地带着行李去登机,好像家人一样温暖和热情。

　　这一桩桩、一件件的事情,组成了我对台湾的整体印象。在这里,我看到了 5000 年来中华民族最古老、最传统的美德。很奇怪,在台湾这样一个地方,我居然找到了一种接近于前世的乡愁。

　　有一天晚上,在台南,在赤坎楼,在广场上,有人在唱歌,是一个不知名的歌手,唱的是罗大佑的《光阴的故事》:

春天的花开秋天的风以及冬天的落阳

忧郁的青春年少的我曾经无知地这么想

风车在四季轮回的歌里它天天地流转

风花雪月的诗句里我在年年地成长

流水它带走光阴的故事改变了一个人

就在那多愁善感而初次等待的青春

2012.11.6

台北的微笑

糊里糊涂地出关,我提醒自己要去买张台湾的 3G 电话卡,可以方便自己随时随地上网。接待我的是一个"中华电信"的小帅哥。我和他说我想买一张电话卡,可以上网就好,用 10 天。小帅哥向我推荐了一种"中华电信"7 天加 3 天的套餐,先充 500 台币,后充 300 台币,可以自行决定是先充 500 元还是一起把 800 元都冲进去。我和他说我什么也不懂,就把 800 元台币全部充进去,然后怎么操作?他拿出了一个小本本给我,把我在台湾的电话号码、台湾的服务热线都圈起来,告诉我到了第 7 天应该打"928"的电话热线去求助自动语音服务就好。然后我就让他把我的电话卡换成了台湾卡。换好之后,他又很小心地拿出一张电话卡片包,小心地帮我把原来的电话卡包好,然后说:"这样你的电话卡就不会丢了!"

这样的服务,我在大陆从来没有碰到过。通常,如果我以一个电话白痴的身份去要求帮助的时候,最多的就是遭遇白眼,好像说:这个你都不知道?

电话卡落实之后,我该去饭店了。但是我查了查自己的饭店确认单,发现确认单上并没有写上饭店地址。我又问这位小帅哥,能不能帮我查一查饭店地址?原以为这位小帅哥会不耐烦,但是他非常友好地帮我查询了,并且帮我把地址写在确认单上。而且告诉我:如果打车去饭店,大概 100 多块台币就够了。

整个流程花费了不到 10 分钟时间。我就这么糊涂糊涂地,在饭店地址都忘了的前提下,办好了台湾电话卡,查到了饭店地址。

11 点多钟,我就出现在了台北街头,晃晃悠悠地开始写随笔。

台北书房

十几分钟后,我就到了酒店。台北有些古老,甚至有些破旧,但是感觉很安静,古老的街道上总有一种说不出的朴实。就像原来 10 多年前的杭州火车站,虽然也很破也很旧,但就是让人那么喜欢和留恋。

这家饭店很小,坐落在一条不起眼的窄窄的街道,但是很干净。两位前台姑娘笑得很温暖。随意问了她们几个问题,我在台北可能先待三天,下面还要去垦丁和花莲,请她们推荐最好的线路。两位小姑娘觉得我应该去买张捷运票——也就是我们的地铁票,这样可以随意玩台北,而且很省钱。至于垦丁和花莲的高铁票,很方便,7-eleven 的自动售票机上可以买! 7-eleven 在台北到处可见,一条短短不到 100 米的大街上通常有两三家。

这家旅馆看上去很不起眼,楼下小小的,只有 10 来个平方。但房间豁然开朗,感觉很古老,是 20 世纪 30 年代的感觉,家具都是沉沉的,厚厚的,书桌给人的感觉特别好,书桌上的灯是墨绿色的,打开就有温暖的光。案上还有一本徐志摩的书,让我感到很意外。

房间的整体感觉,不像酒店,倒像一间书房。有书桌,有书本,还有沙发,可以随意靠着看书。虽然一切都很古老,但是只要打开那盏昏黄的灯,心就会沉静下来。

古老的城市,配上古老的房间。

我把她称为"台北书房"。

随意翻了那本诗集,随意就翻到了一首诗,是徐志摩的《一星弱火》:

我独坐在半山的石上

看前峰的白云蒸腾

······

但这惨淡的弱火一星

却只如昙花一现

······

很有意思的书房,我就这么安下心来。

2012年
11月6日

2012.11.7

初识诚品书店

7 日

去台北,当然要提诚品书店。记得一好友数月之前去台北,在诚品书店发出感慨:这里居然可以 24 小时营业,可以在这里看书吃东西,还有免费无线网络!

8 日

她去过诚品一两次,有一次在诚品书店发了一条微博,大意是:看唐朝,去日本京都;看民国,来台北。

我对台北,对诚品书店一下有了好奇之心。

9 日

到了台北的第一天,安顿完毕,第一站就是诚品书店。台北有数家诚品书店,沿地铁的忠孝新生和市政府站各有一家。在地铁里,一位路人很热心地推荐我去市政府站的诚品书店,因为据说那里的书最多,是台北最大的诚品书店。

10 日

到了市政府站,出地铁,有一条美食廊,然后有一个自动电梯,第三层就是诚品书店。

11 日

一到诚品书店,我才知道这家书店有多大,像迷宫一般,分为文学区、电影区、时事区、科教区等等。有人推着小推车在走,里边放满了书,有人坐在过道上看书,手上一堆,身旁一堆。

12 日

13 日

14 日

15 日

16 日

台湾诚品书店里的书

我也拿了一个小推车,来回走了两圈,看到喜欢的就往里边扔,没到半小时,小推车里就堆满了书。书单如下:《我在底层的生活》、《董桥小品(上下卷)》、《威尼斯日记》、《台北人》、《IS TAIWAN CHINESE? 》、《三毛撒哈拉岁月》、《1 个人 16 张餐桌》,等等,拿了不下十五六本。

当场犯愁,这才开始呢? 怎么带得回去。于是在网上求援。

微博上有好友纷纷献策:《我在底层的生活》,董桥的,去当当上买,送货上门,还可以打折。阿城的文章写得好,但是大陆也有卖,你就在书店看看吧。《台北人》大陆有好几个版本，*Is Taiwan Chinese* 你带得回来么？三毛撒哈拉，当年我们看了很多很多，你就别浪费了。《1 个人 16 张餐桌》，属于畅销书，你就在那边看看吧。

又有好友说：你先看看吧，到最后一天再来买下。又有人说：帮我带书！又有好友说：我要周梦蝶！

居然还有人说：我要《圣经》！中英文版的！

原来大伙最喜欢的也都是诚品书店啊！我偷偷乐了！

趁着还有点时间，我在诚品书店又翻阅了好多书，许多书都是我们平时看不到的。我对历史、时事感兴趣，于是在那里随便找了一个角落坐着，一边看一边默记，真有当年考试的劲儿。

看到晚上近 11 点。因为后面还有很长的路要走，我不能拖着这些书去垦丁去花莲。于是把一筐子的书全部还掉，只买了一本《威尼斯日记》，当做路上的消遣。

其实，那天我更想买董桥，因为随意翻到一篇文章："巴黎总是没完没了，可是这是很当年的巴黎。我们很穷也很快乐的那些年。"这是海明威的巴黎。很淡，很有味道。只可惜装帧太美，书价太贵，上下两本要 1000 多台币，折合人民币两三百。我一时舍不得。而《威尼斯日记》要便宜得多，我随意一翻，是阿城对于文学的一段调侃：每个字都好，便算不得好文章。须得从一些古朴的句子开始，看上去无奇，然后便有了好句子，好文章。

我想想，还是阿城的文字我更觉得亲近。而且那本书只要 300 多台币，我还买得起。当天晚上，我捧着阿城的书，有一种成就感。

为了诚品书店，我后来改变了行程，提早两天回到了台北。最后第二天晚上，跑到原来这家市政府诚品书店，基本上把那天看中的书都买下了。除了董桥的那套小品已花落别家。当时我就自责懊恼，为什么当初嫌贵没买下呢？这下好，买不到，成绝版了。后来运气还算不错，最后一天在台北，我在台大的诚品书店找到了这套书，毫不犹豫地就买下了。这世间，只有买书是不会让人后悔的，尤其是当你失而复得的时候！

2012.11.8

我曾经去过北京的故宫博物院，应该是个秋天，那天我在故宫待了一天。

我只觉得里边像迷宫一样,待着待着就失去了方向。那天在故宫,买了一堆漂亮的书签,回来以后因为太精致太可爱,被一抢而空。虽然自己也喜欢,却一枚都没留下。

那年的北京秋天,枫叶红了,层林尽染,故宫的红墙也因为秋天的缘故而特别美丽。

每一个去过台北故宫博物院的朋友都告诉我,那里很好。去之前我还问过饭店的两位小姑娘:台北的故宫博物馆很大吗?她们摇摇头,一点也不大,就三层楼,一会儿就逛好了。

但结果是,我在那个三层楼待了整整一天,中午12点多到,晚上近9点,他们快闭馆了才出来。

让人震撼的台北故宫博物院

台北故宫博物馆,果然与大陆的博物馆不太一样。我在大陆也去过很多博物馆,每次去不同的博物馆,也都是心存敬仰的,大陆的博物馆通常会把那些文物分门别类,标上日期,从史前开始,从公元前100万年算起,然后到旧石器时代、新石器时代,再到夏商周、三国两晋、汉唐,然后再到宋元明清。

基本上以时间顺序来排:某文物,某时间,再对文物进行名词解释,如此而已。

所以在大陆看博物馆基本上有些惯性思路,我从来没觉得有什么不妥。包括我在大英博物馆曾经看到的中国的大堆瓷器,除了激发了我的爱国热情和爱国愤怒之外,也没觉得大英博物馆的介绍有什么不妥。

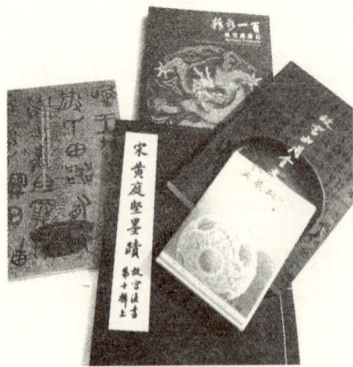

台北故宫博物馆的书

但是到了台北故宫博物馆,我确实有些吃惊甚至震撼。每一件文物都是有出处的,每一件文物都有他的主人。那些遥远的历史,从远古时期开始,都变得鲜活生动起来。以前读过的古文,读到的古人名,读到的历史事件,突然之间就有了生命,原来周朝的时候确实是有过26国来朝觐见,原来商鼎是用来炙烤食物并用来祭天的,那些加进的香料是为了有浓重的味道让天神闻到,这才有了中国最早的烹饪;原来公子晋文公重耳的故事是真实存在的,那八个编钟就是明证。中国最早的书法就是那些鼎铭,后来也刻在甲骨上;我在台北故宫里迷失了,我在台北故宫里穿越。穿越了上下五千年,因为那里的历史都是那样的真实,那里的历史都是那么富有生命。

台北的故宫历史博物馆很现代,上下三层,也许随意走走,十几分钟就逛完了,但是那里有着中华民族文明的瑰宝。我觉得,就是让我逛一个月我也愿意不出来。

因为,我知道,在那里,我可以看到中国每一个朝代的变迁。在那里,我可以看到中国文字的起源和书法的变化。在那里,我可以看到中国的各种古典文献。还有各种书画、各种古玩、各种玉石、各种瓷器。

这些都是中华的瑰宝。

迷失在"故宫博物馆"

"故宫博物馆"的镇馆之宝为毛公鼎和宗周钟,均为西周出土文物。毛公鼎记载着周宣王年间,国之有难,临危授权毛公辅国。全文 500 字,是最早的历史文字参考。

宗周钟,镇馆国宝之二。据说是周厉王的时候外夷来侵,厉王欲征战,四方 26 国来朝拜称臣。遂筑宗周钟礼乐记之。

每一件文物都是有主人、有典故、有历史、有灵魂的。这里的文物,不是死气沉沉的年代陈列,也不是满堂满屋的宝物陈设。这里的每一个甲骨文字、钟鼎铭文,都记载了古时的祭祀、战争、封疆和礼乐之治。我在这里看到了中国文化的灵魂。而大英博物馆的那些文物,也许更好,但无人能识,没有灵魂,暂放英国吧!

还有八只编钟,记录的是公子重耳的故事,也就是后来的晋文公。这些在书上看到过的人物原来都是有出处、有典故的,这些已经久远的出土文物,就是明证。在不懂它们的俗人面前,它们也许一文不值,但是若遇上了几千年后的知音,那个遥远的年代便又会重新回来。

还在故宫博物馆里看了王羲之、王献之的字,《清明上河图》原画,唐三彩、各种官窑、各种瓷器、各种玉器。在看雕刻的时候,对一个核桃壳制成的工艺

2012 年
11月6 日

7 日

8 日

9 日

10 日

11 日

12 日

13 日

14 日

15 日

16 日

品爱不释手,它的艺术成就丝毫不逊于那些刻在玉石之上的珍品。所谓文化的最高成就,就是在最普通的材质上,也见不凡的功力。

文物与相识的主人

这些文物,若放在寻常街头,我一定不知道它为何方文物,就算放在国内的博物馆,我也就知道它是公元多少年用于哪个朝代,如此而已。但我一定不知道它的典故,也一定不知道它的主人。

然而此时此刻,许多谜团便这样解开了。

突然之间想到了《京华烟云》那本书。高一时就喜欢看,里边我最佩服的
人居然是木兰的父亲姚老爷。他对女儿说过这样的一段话:物各有主。在过去 3000 年里,那些周朝的铜器有过几百个主人了呢? 在这个世界上,没有人能永远占有一件物品。拿现在说,我是主人。100 年之后,又轮到谁是主人呢?

这些东西,只有在真正的主人面前,它们才是文物。否则,遇上不相识的人,它只是普通的物品而已。

我很欣慰,此时此刻,对于我来说,看着那些密密的文字介绍,我认识了它
们。这些文物,一下子有了生命。

我甚至已经不痛恨大英博物馆了,因为那些瓷器,对于英国人来说,只是
中国古代的一堆瓷器而已。他们又怎么知道那些瓷器真正的主人是谁? 他们
又怎么知道那些瓷器背后的典故?

所以,我心安了。只有真正的主人来了,那些瓷器才具有生命力。

2012.11.9

国父纪念馆

在台北前面的三天匆匆而过。第一天我在街头闲逛,去了诚品书店。第
二天就去了"故宫博物院",第三天去了国父纪念馆和中正纪念堂,晚上坐地铁
去了淡水小镇。

我到国父纪念馆的时候,纪念馆前有一堆孩子在广场上排练舞蹈,很阳光
很灿烂。我觉得有点像街舞,他们跳得很欢乐。后来我问他们的老师,为什么
在国父纪念馆前跳舞呢? 他们说:全岛正在进行一个比赛,所有的中小学都参
加。他们有时候就会到这里来排练。

这些孩子们都很快乐,他们的笑容很纯真。

国父纪念馆分为四层。一楼为公共大厅,二楼有一个货币展,二楼和三楼有一个民国时期的一位革命烈士展,四楼是历史博物馆。去四楼看了一下,博物馆从 1911 年 1 月 1 日开始记录,从辛亥革命开始,一直到北伐战争,有一些珍贵的照片,配以简短的文字说明。然后另一边就是画廊,经常有一些著名画家的作品在这里展出,我去的那天也有一位旅欧画家的画展,我看了一下,甚是柔美。

二楼到三楼的走廊上正有一个民国时期一位革命家的生平展览,又让我增加了一点见识。然后就是二楼正在进行的一个中国货币史的展出,据说是中国人民银行和台湾银行共同推出的一个展览,我觉得很好奇,就进去转了转。哪里知道一转就出不来了,又是几个小时。

2012.11.10

从台北到垦丁　台北的高铁和火车

台北三天,临行前一天的晚上,下起了雨。淅淅沥沥的,并不大,听了一夜的雨,看了一夜的书。那家被我称为"台北书房"的酒店很安静,那几天从诚品书店和故宫博物院买了不少书,这倒好,就这样听雨看书,也不寂寞,时间一晃而过。

第二天整理出四五个大大小小的包留在了饭店,里边全是带不走的书。然后我就背着行李拖着拉杆箱奔赴台北车站。台湾的高铁很发达,我买的是去左营(高雄方向)的火车,每 15 分钟就有一趟。等了 15 分钟,提早 15 分钟进站,进去之后才发现,高铁上寥寥数人。

火车慢慢开了,一路奔驰。窗外风景很美,11 月的台北,窗外不见黄叶,全是一片绿色。这和江南的春天很像,和秋天萧瑟的意境,似乎沾不上边。

看了一会儿风景,继续看书,还是阿城的《威尼斯日记》。只带了一本书出来,算是路上解闷。阿城的文字很好,很幽默,我一直在想,他为什么要在《威尼斯日记》中穿插两本很重要的书,一本是《教坊记》,一本是《扬州画舫记》? 后来想想,阿城也曾研究电影文学,《教坊记》和《扬州画舫记》又可谓是中国古代的戏剧书籍。在威尼斯,用中国戏剧书籍解闷,既专业又中国,阿城很是有趣。

阿城的文字很好,他是那种把吃都能写得很入味的作家。阿城属于拿着

2012 年 11月6 日

7 日

8 日

9 日

10 日

11 日

12 日

13 日

14 日

15 日

16 日

作者在台北车站

2012 年

11月6 日

7 日

8 日

9 日

10 日

11 日

12 日

13 日

14 日

15 日

16 日

猪肉可以包馄饨、拿着米线可以做阳春面、拿着西瓜可以找朋友一起吃的那种作家,很食人间烟火。所以他的文字有烟火味,让人觉得很亲近。

在台北到左营的地铁上看阿城的书,是种享受。

两个小时以后到达左营,出了高铁站就看到去垦丁的大巴。我买了来回票,很便宜,650 台币,除以 4.5 就是人民币的价格。

大巴上居然有免费 WIFI,一路玩过去,又过了两三个小时,到了垦丁。

那一天的行程,在路上,匆匆。而那一天的行程又是那么让人不能忘怀,也许是因为那本书,也许是因为那天黄昏的大海,也许是因为那座希腊风格的"垦丁小径"?

垦丁小径　阳光和岁月

垦丁之行,源于美国同行的一位姑娘阿文的推荐,她告诉我,年初去了台湾,在垦丁呆了几天,感觉非常非常好,她向我推荐了那里的"垦丁小径"客栈,据说那里的风格是希腊式的蓝白客栈。然后她告诉我:那里的老板也是走了好多好多国家的背包客,客栈是他和夫人一起开的,很有传奇色彩。

另一位美国之行的小姑娘莹莹则取笑:她从台湾回来以后就像变了一个人一样,天天嚷着台湾怎么好。

后来又有一位好友去了垦丁,她和我说:垦丁真的很美,海水那么蓝,很值得去!

到了垦丁的那天,已近黄昏。下了垦丁专线大巴,我又叫了一辆出租车。出租车先是沿海开了一段时间,然后就转向了一个小山坡。又在山间小径绕了一会儿,就在一家绿树白花的小蓝屋前停下了。

有些山野人家的味道,田园味道是中国式的,而房屋的建筑,又是希腊式的,果然很不同。

然后敲门,主人打开了小门。

客栈老板姓吕,闲聊几句,安顿下来。当天晚上我住的是一个家庭房,我原来以为家庭房可能比普通房间略大点,后来一进去就傻了,居然一个房间有三张床,都铺在地上。我这才知道家庭房是什么意思。后来我和老板商量,我一个人也住不了这么大的房间啊,能不能给换个小一点的房间? 后来老板说:因为他们的房间太紧张,今天晚上只能住这里了。明后天争取给我一间小一点的房间。

垦丁小径客栈

那天黄昏,我跑到海边去看了一会风景。那里实在太野外,交通又不方便。当天晚上的晚饭,我就在 7-11 吃了些关东煮。然后回客栈,赤着脚在房间里走来走去,其实打地铺的感觉也不错,我带的《威尼斯日记》才看了三分之一,接着慢慢看。一直看到书掉在地上,什么时候睡过去的也不知道。

2012.11.11

那天应该是双十一,第二天一睁眼,看到满屏的阿里信息:交易额过 100 亿。简直是神了!

早上运气不错,居然有希腊房,马上换了房间。我和老板说:这两天就不用换房了,我一直住下去就好。

在垦丁,最大的问题应该是交通。其他物价都很便宜,唯独交通,不似台北,台北的捷运和公共交通都很方便,这里打车的起步价就要 200 台币,又很少

2012 年
11月6 日

7 日

8 日

9 日

10 日

11 日

12 日

13 日

14 日

15 日

16 日

有公共交通。客栈老板建议我租辆电动车慢慢逛，我有点担心，我只会骑自行车，电动车这辈子还没骑过呢。老板说，没关系，会有人教你的，一学就会。

　　然而事实证明，我在试骑电动车的时候差点把自己飞出去，如果不是车老板死拉着，估计后果不堪设想。当时我就改变主意，既然垦丁只有两天时间了，交通费又那么贵，索性这一天包辆车，把垦丁走一走。

　　包车还是很贵的，一天2600台币，折合人民币500多。也许是我本次台湾之行中最奢侈的一次挥霍。但是事实证明我的决定还不错，沿着垦丁的海岸线跑了一圈，看到了大海，也看到了草原，看到了晚上的日落，傍晚时分还在出火一带看到了当地沼泽地的喷火。在猫鼻头一带，也如同南非一般的壮观，左

边是巴士海峡，右边是台湾海峡，左边气吞万里如虎，右边安静若处子。

　　我的运气很好，那天下午，居然还到恒春古城去待了两三个小时。那个古城很少有游人，我让司机他们等我，从东门走到了西门，又从西门走到了东门。
一路上的古迹，当地人在安静地生活着。我轻轻地走，就怕吵醒了他们的宁静。

　　运气也不好，最关键的时候没电了，恒春古城，一张照片也没留下。

　　但我想到了《诗经》里的一首诗：《东门之池》。很奇怪，在这样一个下午，我
一人逛古城的时候，居然想到了这首诗。也许是从东门走过的原因？

东门之池 在什么地方？

在那遥远的台湾

在那遥远的恒春古镇

东门之池 在什么地方？

在那遥远的《诗经》时代

在那遥远的蓝天白云下

我从东门走过

那里有个美丽的姑娘
她的背影灼灼灿烂

她在哼唱一首美丽的浣纱之歌

我从东门走过

那位姑娘突然不见了身影

为何突然不见了那位姑娘？

是否已经不见了那位姑娘？

　　那一天，如果没有恒春古镇，所有的地方如果用助动车，估计需要三四天的时间才能全部逛完。如果加上恒春古镇，我觉得又是几百年的历史。所以，2600 台币，很值得。况且，一路上，我还带着司机的孩子玩，那个小孩子，只有三岁。一开始的时候，小孩子还很腼腆，到了后来，他干脆跑到了后座跟我做伴。过吊桥的时候，他说：要跟阿姨一起走。我哈哈一笑，牵着他的手，慢慢地过了吊桥。

　　告别的时候，还是挥挥手。小孩子天真地以为：明天还是可以见到阿姨的。可是他怎么知道：天下没有不散的宴席。

2012. 11. 12

　　时间似乎多出来了。我不能再奢侈到糊涂，再去包一天车。

　　客栈老板说：中午我带你逛逛吧，早上你先自己逛。

　　于是，在空闲的时候，我又跑到海边转了一圈。然后又去 7-11 吃了点东西。我从来没觉得 7-11 的东西有多好吃，但是在垦丁，我却觉得，那味道确实很不错。我每天都会去吃一点关东煮，然后捧一杯咖啡坐在外边，对面就是大海。

　　中午，客栈老板吕先生带着我，从垦丁小径出发，沿着山路慢慢开。

　　一路上我们开始聊天，当然先从他的小径客栈开始聊。吕先生也是一个背包客，也去了世界上的很多地方。这家客栈，是当地的第一家希腊式客栈，所有的外观和细节都是他和太太亲自设计的。小径已有 10 年的历史了，就像岁月，就像阳光，在海边成了一种传奇。

　　他和太太一年要出去度假几次。回来的时候，吕先生就在这里，看着人来人往的游客。

　　我突然问他：你的客栈能够赚出你所有的旅费吗？

2012 年
11月6 日
7 日
8 日
9 日
10 日
11 日
12 日
13 日
14 日
15 日
16 日

吕先生笑笑:可以,但是我并不把它当做纯粹赚钱的手段。这里有我的一点点理想。

后来才知道,曾经有人找吕先生,据说要包下他的客栈,像三亚那样卖出高价房。一个晚上卖个万儿八千的。吕先生说:这种事情我绝对不做的,三亚就是让那帮人给做坏了。

这个客栈老板,很让人尊敬。

他的客栈,所有的房间加起来只有六间。每一间的风格都不一样。他把客栈租给了别人,然后,他想走的时候,带着家人,一起到别的国度。也住客栈,也打地铺。他们也去法国,也去瑞士,每次时间大概在半个月到一个月。他们也有很多很多的故事,也有很多很多的朋友。我问他,生意这么好,为什么不开连锁店? 他说:为什么要开连锁店? 我现在不就很好? 有很多时间,钱够花了,不就可以了?

中午,吕先生带我到了一个叫车城的小城,去了当地一家有着 100 多年历史的小吃摊,吃了当地的一些点心,果然是外边的游人吃不到的。然后又去了当地人才去的海边,还去了当地人的小学。垦丁居然还有一个牧场,大片大片的草原。

垦丁大街上的 7-11 和美食

到了垦丁,不能不提垦丁大街。

记得我在垦丁的时候,有一天晚上在垦丁大街吃小吃,顺手发了一条围脖:我在垦丁大街! 马上有以前的同事回复:他以前曾去过高雄,有一天晚上听歌,歌手问台下:垦丁大街什么最好吃,台下答曰:Seven! 刚巧,我正路过 7-11,顺手又补发了 7-11 的图片!

7-11 是垦丁大街最好吃的地方?

其实不是的,哪里的小吃,味道其实都差不多,何况 7-11,基本上就是关东煮,还有一些饭团和快餐。但是,7-11,成了台湾平民小吃的一种象征,到处可见。无论什么时候进去,你都可以吃到热乎乎的关东煮,还有随时可加热的饭团、快餐饭盒。味道差不多,但是温暖随意,你感觉到的是这里浓浓的人情味儿!

7-11 成为了垦丁大街的一种标志,来来往往的小吃摊太多,吃了也记不住名字。但是 7-11,就这样很安静很朴素地伫立在街道上,凡是去过的人,必定记忆深刻。

所以才有了上面的答案，垦丁大街什么最好吃，答曰：Seven！

7-11 的好处还不在于小吃，而是在每一个 7-11 都有 ATM 取款机。每当弹尽粮绝的时候，只要找到了 7-11，那个很普通的小机器，就可以吐出一叠台币。银联卡在这里的 ATM 取款机上可以自动转换成台币，非常方便，所以，只要找到了 7-11，你就可以应付一切的困难！

我在垦丁大街，曾经弹尽粮绝，花光了所有的零钱。但是运气好，找到了 7-11，找到了 ATM 机，所以，我的肚子就永远不会饿，我的明天就永远有希望。

7-11，在垦丁，在台湾，随处可见。有时一条小小的大街上会有两三家。除了温暖的食物，在 7-11 还可以买到捷运卡，有的高铁票也可以在 7-11 买。它就像一个小小的食堂，小小的饭厅，小小的银行，小小的便利店。

我在垦丁去过两家 7-11，一家在垦丁小径附近，大海对面。那里还是一个比较偏僻的景点，只有这家 7-11 可以买到小吃。在垦丁，每天早上去那里吃早饭。另外一家就是垦丁大街的 7-11，每天晚上都会去垦丁大街吃小吃。垦丁大街花 10 分钟就能走完，我能来来回回路过 7-11 好多次。

然后说说垦丁的小吃。台湾的小吃夜市，哪里都很有名，我一路从台北吃到垦丁，几乎每天晚上都会去不同的夜市。看着自己的照片，明显一天比一天胖，在台北的时候看着自己的脸蛋感觉还不错，到了垦丁已经圆圆的了，自己都觉得不好意思。但是既来之则安之，索性就美美地吃下去，回去以后再减吧。对于食物我一直是这样的态度，人生得意须美食，不能让自己有一丝一毫的遗憾。

2012.11.13

成大博物馆的几个展览

在台南，住在成大校园内。

第二天清晨，在成功大学里乱逛。11 月的台南，仍然是盛夏。而江南，应该已是寒意阵阵。

信步走到成功大学博物馆，那里正有若干个展览：一是校园历史展览，二是民国初期才女苏雪林的生平展，三是台湾美食历史展。

2012 年
11月6日

7 日

8 日

9 日

10 日

11 日

12 日

13 日

14 日

15 日

16 日

2012 年
11月6 日

7 日

8 日

9 日

10 日

11 日

12 日

13 日

14 日

15 日

16 日

苏雪林展览

苏雪林一生,与五四新文化运动紧密相关。她与胡适等人为至交,与冰心等人同为民国第一代女作家,与方君璧、孙多慈等人为至交画友。她一生坚持写作,最后一篇日记尚未完成,让人感叹不已!

民国五大才女之一苏雪林,与成大源远流长。她的一生可用小诗形容:满地残红绿满枝,霄来风雨太凄其。荷锄且种海棠去,蝴蝶随人过小池。

我在苏雪林的展览前有些恍惚,民国才女,果然与众不同。

让人感动的成大之行

成大之行好感动。碰到了素昧平生的廖老师,一位典型的台湾老太太。我在苏雪林的展览前发起了呆,后来廖老师就帮我拍了照。我们聊了很多很多中国文学、成大历史。廖老师还带我去对外交流部转了转。我们聊起了台湾小吃,感觉如是:其实你说台湾小吃多好吃,也未见得。其实各地小吃味道都相差无几。然而最大的味道在于这里浓浓的风俗,浓浓的人情味儿。各地旅游,其实风景都大同小异,最大的不同是什么? 就是当时当地当日的人文,这才是旅游的灵魂所在。而在当地吃什么怎么吃并不重要,味道也不是最重要的,只有融合了当地的历史人文,你吃到的才是不同的味道。

2012.11.14

台南的赤坎楼和安平古堡

台湾的历史,是从赤坎楼和安平古堡开始的。

夜观赤坎楼。明永历年间,荷兰人在此建城。汉人称此"赤崁楼"或"红毛楼"。经历明清两朝,又经日据时代。夜景极其美丽,白天的赤坎楼,只是一幢古建筑,而夜间游玩,突然之间便增添了灵气。

赤坎城,原名普罗民斯城,被荷兰人以 15 匹花布从当地平埔人手中购得。后郑成功为反清复明大计攻占台海,从金门出发,占领赤坎城,决战热兰遮城,最后攻克台湾。

连着两个晚上去赤坎楼。第一个晚上纯属无意,为了节约时间,便在晚上夜游。但是那天的广场让人惊叹,罗大佑的歌曲让人蓦然回到了青春时代。

那天晚上的赤坎城,杨柳依依。

昔我往矣,杨柳依依。而今,雨雪并未霏霏。

然而,我却惊诧于这样的杨柳,我却惊诧于这样的夜色。

在赤坎楼顶楼,换歌了,下面的歌声悠扬:赤足走在窄窄的田埂上,听着脚
步瓣啪瓣啪响。一曲老歌,世若浮尘。

第二天晚上,原本就去小吃街,但是逛了一会儿小吃街却心中惦念赤坎
楼,又重新回到赤坎楼。又买了张门票进去。不知为什么,就是喜欢那里。门
票很便宜,50 台币。所以可以任性地一去再去。晚上换节目了,很奇怪,现在正
在吹一支内蒙调子,是《草原上的歌声》。想起了我的中国旅程,也是从草原开
始的。

坐在大殿的石阶下,看着远处,听风赏月。突然之间就安静了。

最后到了谢幕的时间。众人散尽,而告别的声音如一支远箫,清冷,悠扬。

2012.11.15

白天的安平古堡

两三天的时间匆匆而过。临行前的上半日,匆匆去了安平古堡。

安平古堡,原为热兰遮城。原被当地人称为大员,后被荷兰东印度公司占
领,建城,称为热兰遮城。后又被称为王城、台湾城、红毛城或砖城以及大航海时
期的大员岛。这是是个多元化的地区,荷兰人、日本人和中国人都来这里做生意。

匆匆而过的安平古堡,匆匆而过的台湾历史。然而,当看到那些古老的红
色的斑驳的城墙依然留着当年的痕迹,让人真是不觉感叹世间沧桑、历史沉浮。

而这里郑成功的遗像,名垂千古。

又是台北

原本计划提前一天回到台北,再去一次诚品书店,把当日看上的书都买
上,然后第二天一早就去机场回上海。后来想想第一次去中正纪念堂还有很
多历史资料没有拍,为了让台北假期没有一点遗憾,我提前两天回到了台北。

最后两天,细雨绵绵。台北下雨了。满天的飞雨,我的心情却很轻松。最
后两天,撑着雨伞,漫步在台北的大街小巷。

原来的那首歌:《冬季到台北来看雨》,是有点忧伤的。而这个冬天,这个台

北,却有点温暖。

最后两天,又去了几次诚品书店,包括市政府站的诚品书店和中正纪念馆边上的诚品书店。说来有趣,两家诚品书店,一家是台北最大,一家是台北最小。

在诚品书店补了很多书,第一天看中的书全都补下了。除了一套精装本董桥小品缺货,后来又跑了两三家诚品书店,终于在台大旁边的一家诚品书店找到。

朋友们相托的几本书也买到了。台湾最值得买的就是书。

又去了两次中正纪念堂。中正纪念堂前面是一个自由广场,前面有歌剧院和戏剧院,很壮观。

最后两天的台北,雨下得很大。我就在台北的街头,漫步。

重游美国

落霞与孤鹜齐飞

落霞与孤鹜齐飞

秋水共长天一色

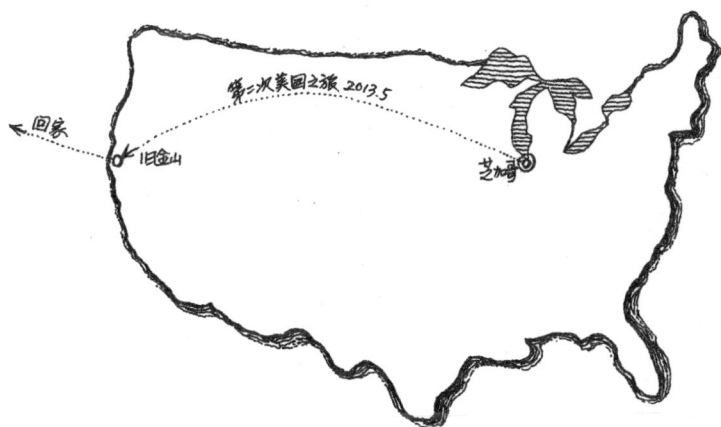

第二次美国之旅 2013.5

回家

旧金山

芝加哥

夏威夷

2013.5.25（中国时间）

因为签证还有几天就到期了，趁着还可以自由出入美国就买张机票去吧。如果可能，我还可以去阿拉斯加逛逛，如果还可以从美国签到去加拿大的签证，可以把加拿大也走一走。

也不多想，订了来回机票我就出发了。

但前几天开始，我就病了，而且病得不轻。昨天更甚，去医院急诊，断不出所以然。冷汗、呕吐、发烧，到家就趴下了。这样的状况怎么可以去美国呢？

今天早上 11 点，略感元气恢复。想一想，不去的话机票损失大半，酒店费用也将全部损失，实在可惜。又不知下次的改签时间是否可确认，麻烦一堆。还是出发吧，带上一堆药！

匆匆收拾了行李，赶到机场。UA 航空下午 5 点 40 的飞机。安检顺利，3 点办完了所有的登机手续。

要出发了，想着这几天的行程安排和身体状况，有些恍惚。大不了去美国看病吧，再不行就中途折回。

一切准备妥当，我已出发。此时此刻，已在飞机上。

UA 航空有许多空嫂，今天我还看到了一位白发苍苍的空奶奶。她们都很神气，很自信。这和中国航空只招空姐的策略大不同。由此可见，中国 35 岁以上的职业女性职场环境险恶，与之相对，美国 50 多岁左右的职业女性也有良好的发展空间。从这一点就可看出两国之间的文化有如此之大的差别。

飞机上空调太冷，无法入睡。于是打开头顶上的小灯，看书，写字。此时此刻，我很安静。在灯下，慢慢阅读。

这次带出来的书很简单，《诗经》《唐诗》《宋词》《曾国藩家书》。还有一本孤独星球的美国游记。

粗粗阅读芝加哥部分，后面几天的行程大致成形了。孤独星球是一本随手可读的旅行札记指南，不必从第一页开始阅读，类似于旅行目录，随意挑选一个城市或一个景点，即可阅读。有些类似于百度的搜索工具，我觉得网上旅游的搜索信息太泛，远不如这本专业经典。

到了吃药时间，我问空奶奶要了杯水。空奶奶还是很和蔼可亲的，许多人曾经告诉我 UA 航空的空奶奶很厉害，去年我去美国的时候也见识了她们的厉害，但是许多时候礼貌和尊重都是相互的。所以，我们首先要尊重别人的文

2013 年
5月**25 日**

26 日

27 日

28 日

29 日

30 日

31 日

6月1日

2 日

3 日

4 日

5 日

6 日

化,同时也需要理直气壮要求别人尊重自己的文化。微笑和真诚是最简单的语言,要求服务的时候语言和礼貌也同样重要。个人外交只要做到不卑不亢就好。

空奶奶微笑着端了水过来,我也微笑着接过了水。

第一站去芝加哥,还为了去看好友丽佳。她是我们曾经的同事,2005 年的时候她从法国回上海,当时我们同在一家教育公司共事。那家公司我一直很喜欢,因为有一群很好的同事和朋友。许多年过去了,大家各奔东西,但大家都保持着很好的联系。一晃 8 年。

去年我去美国,因为时间匆忙没见到丽佳。后来丽佳说:以后来美国,一定要来芝加哥,一定要见面哦!

所以,第一站去芝加哥。临行前给丽佳发 E-mail:一定要见面哦!

飞机正在穿越俄罗斯上空,飞往白令海峡。

想象着:头上是一望无际的星空,脚下是一望无际的海洋。

我是如此渺小。

2013.5.25(美国时间)

初到芝加哥

今天是到达芝加哥的第一天。下飞机的时候,我有点担心,我的护照 5 月 31 日就到期了,会不会入关的时候就给我那么几天的时间?

查我入关的是个帅小伙,问了我几个问题:来美国干吗? 我说:旅游。后来又加了一句:看我在芝加哥的一位朋友。他又问我:来多久? 我说一个月。那小伙很疑惑:一个月? 你一个人? 去几个城市? 我说:是啊,去两三个城市。他又问了几个问题,然后就给我敲章了。我一看大印,居然给了我半年的逗留时间。运气真不错!

然而刚出机场,就是一阵寒风。我离开上海的时候是夏天,也记得去年六七月的时候,美国比中国都炎热。然而五月底的芝加哥却是阵阵寒意,让人觉得季节变幻莫测。

打了一辆车,出租车在二三十分钟后在一条漂亮的河流对面停下了,后来才知道,那条著名的河流就是密歇根湖。客栈很漂亮,在一个美丽的圆角广场,有露天咖啡座。我安全到达。

黑人司机很好,还帮我提了行李,提醒我看他的账单是否正确。

机场到酒店 37 美元,价格很公道。我刚上车时还以小人之心度君子之腹,没想到这位黑人司机是个好人。

入住客栈,一切顺利。安顿好,觉得房间异常寒冷,然后开始研究空调,又研究怎样烧热水,看着他们的说明书一一调试。结果空调温度上去了,咖啡机不能烧热水。作为中国人是不能不喝热水的,而且又在病中,天又那么冷。于是打电话到前台求援,来了一位服务生帮忙。他很认真地试验,结果确认,咖啡壶只能烧咖啡而不能烧热水。但我必须喝到热水。于是服务生说二楼大堂吧有热水机,可以带我去。

我跟着他去了二楼,他先给了我一杯热水就离开了。可我还不会用他们的机器。大堂吧里有四五个人,一对欧洲老夫妻在下棋,两个年轻人在聊天,另外一位看上去像东欧人的在看书。我想最保险的是请老夫妻帮忙,所以和老先生打了招呼,他们非常热心地答应了。结果那位老先生也并不会使用那机器。我们正一起研究,那位看书的小伙子说:我知道怎么用!自告奋勇跑来,教我怎样使用按钮,并指导我倒了一杯。都是好人啊!连连向他们道谢。然后我又倒了一杯热水回房间,这样就可以安心休息了。

到了房间就接到了丽佳的电话。她看到我的邮件就和我联系了。太高兴了,终于找到组织了!丽佳第二天要上班,约好 27 号去她家做客,她来接我。这是最高待遇!于是安心了,这个城市,让人感到很温暖。

挂了电话,一转头,就看到了微波炉。为了节约费用,我特地订了带厨房的房间。结果发现厨房设备就是咖啡机和微波炉。好像没什么用,也不能做什么吃。后来觉得自己很傻,水可以用微波炉热啊!

就这样折腾到半夜。

2013.5.26

失而复得的钱包

早上醒来已是 10 点了。饿得不行,叫了送餐服务,两个鸡蛋加培根,十几个小时没吃东西了。我怕出去也找不到吃的,饿昏在路上。一杯咖啡,一个鸡蛋下去,顿时有了力气。

这次出来一直病着,所以也很辛苦。

2013 年
5月25 日

26 日

27 日

28 日

29 日

30 日

31 日

6月1 日

2 日

3 日

4 日

5 日

6 日

今天的主要任务是休整,倒时差,补一些未带的小零碎。列了清单,有一堆东西要买:隐形眼镜药水、厚风衣、旅游鞋、食物,等等。

刚想出门,结果发现钱包没了!

我几乎不敢相信自己的眼睛。这样的低级错误在旅游史上也没发生过,自己的钱包能在自己的房间内不翼而飞?

我基本上就没出门啊!

想了半天,昨天晚上就出去了一次取热水。也就十几分钟的时间。钱包是在房间的,但我确认房门是紧锁的!

我觉得不可能有小偷,但钱包确实不见了。于是开始翻箱倒柜地找,找遍了每一个大包小包,就是不见钱包的踪影。找了几遍之后,我开始心里发凉:

钱包确实丢了!钱不多,但我所有的卡都不见了!我放在其他地方的现金根本不够原定的行程计划,估计只够买回去的机票!

我想了很久,终于接受了事实:钱包是丢了,下面需要解决方案。

首先,我给前台打了电话,向他们求援。然后,又在微信的同学群里求助。一会儿,前台派来了一位很资深的女经理,我和她说:我的钱包不见了,不知道

什么时候丢的,但我确认钱包一定随我进了房间。因为如果我不刷卡,饭店不会让我入住。女经理说:是的,这点确认无疑。我又和她说:我进了房间后基本

没有外出,一直在这里待着,钱包不可能自己消失。她也认为没错。我又分析:这家饭店很正规,我不相信有人会进来偷东西。女经理点头。我又疑问:如果

钱包没了,唯一的可能性是我昨天出去拿热水的时候有人进来。女经理也表示赞同。可我又推翻:如果是小偷,他为什么只拿钱包而不拿其他东西?钱包

里没多少钱,但桌上的手机、IPAD更值钱。但我钱包确实不见了,钱不多,但我里边的卡全不见了!

女经理叫我别急,她说所有的东西都是非常重要的!于是她先帮我找了一圈,连床都翻起来了,就是没找到!然后她说叫我等等,她再去请同事一起上来,帮我报警。

这时候,微信中同学群老傅同学也帮忙回复了:第一要挂失所有的卡。我手忙脚乱地打了一气国际长途,一个都没打通。那时我真急了,同学让我别急,他问怎样可以帮我。我突然想到了法子让同学给我家打了电话,然后让我

妹妹联系上我。我让妹妹帮我和银行一个一个打挂失电话,结果才放下心来。

那时芝加哥时间白天十一点半，北京时间应该是半夜。

这时那位女经理又带了两位同事来，我们决定报警。我以为要去警察局，她们说不用，直接电话报警。于是在电话里说了一些基本状况。

就在这时候，家里告诉我：第一张信用卡已顺利销号！

报警完毕，饭店工作人员正要离开。那位女经理说：要不再找一次吧！于是大家又一起找。突然在角落里找到了钱包！

当时我是一阵欣喜地要跳起来，大家也很安慰。

我连连向女经理道谢。她们也为我高兴。

然后我们取消了报警。

我向她们一再表示感谢，她们又安慰了我一番。在异国他乡，碰到这样的好人，真不容易！

下午就非常顺利了，在 7 - 11 买到了一些小食，又发现饭店所在的 Wacker 地区是芝加哥最美丽繁华的地方。逛了一下午，觉得这个地方和外滩相似，常常能听到湖畔上钟楼音乐般的钟声。这里有 1870 年就留下的建筑群，也有代表着美国品牌的商业街。还有许多艺术展览厅，密歇根湖温柔地从中穿过。

近黄昏时分，我在饭店前的露天咖啡馆坐了一会儿，空气很好。

2013.5.27

做客好友家

早上，和丽佳约好，10 点她来酒店接我去她家做客。

果然 9 点 50 分，我们就在酒店门口会合了。

丽佳出了车子，两人拥抱一下，8 年未见了。2005 年她离开上海后，就来美国结婚了。后来看到她在博客上告诉我们，她养了狗狗。她家房子很漂亮，后面有个大湖。再后来，她有宝宝了。自有宝宝后，她的博客频率就下降到一年一两篇。

见面后我们叽叽咕咕说了一气。先是那么多年的经历。然后我和丽佳说，这次出门病着，让她带我去看医生。丽佳想了想，和她朋友联系了，明天带我去唐人街看老中医。

丽佳的家在郊外，一路从高速上开过去，就是大片大片的公路。美国人民真幸福，郊外的公路一望无际，大片绿地，偶尔可见长长的平房。这里很少看

2013 年
5月25 日

26 日

27 日

28 日

29 日

30 日

31 日

6月1 日

2 日

3 日

4 日

5 日

6 日

到两层以上的房屋,真让人感到太奢侈了。

车子在一个绿树成阴的地方左拐,丽佳告诉我,这里一片都是飞机俱乐部。每户人家都有飞机跑道,这个区域的人家大部分都有飞机。我听了吓了一跳。飞机?我从来都没想过丽佳家里会有飞机。然后她又来了一句,他们家老虎正在自己造飞机,我听了更吓了一跳。

车子停下,她们家是一层平房,很宽阔,坐落在绿树间。往左就看到他们家的机房,参观了一下,房间有一大间一小间,大间有两架飞机,一架成型,一架未成型。小间是个工作台,还有一些未完工的小零件。

丽佳告诉我,这是一个老小区,有许多二战时期的飞行员。因为他们家老虎喜欢飞机,他们就把原来的房子卖了搬到这里来。他们家男主人从 2006 年开始造飞机,已经造了很多年。完成一家飞机制作大概需要 2000 个工时,现已完成了 1500 个工时。计划明年中完工。

若是有钱的大户砸钱买飞机,我们也许会说:真有钱。但若是飞机是自己造的,那真的只能说:太厉害了,可以自己造飞机呢!

老虎自己造的飞机

然后就参观丽佳家。欧洲中世纪古典风格,很古老的感觉,又很漂亮。她家最漂亮的是厨房和客厅,中世纪胡桃木的家具,暖暖的白羊毛毡子,感觉好像在欧洲过冬天。

丽佳的小女儿 Nicki 是个很爱笑的小姑娘,她一见到我就笑。拉着我的手带我走到客厅,然后拿了一把坚果给我吃。小姑娘一点也不认生,和我特别亲。丽佳的妈妈也是这个月六号来的美国,大家见了都很高兴,一路聊天。然后男主人老虎出现了,很书生气的一个人,聊了几句就回书房了。我们几个人在客厅继续聊,这时候

和小姑娘已经很熟了。

我跟丽佳继续参观她家的浴室和卧室,突然听到他们家的钢琴声。我问丽佳是小姑娘弹的吗?这么好听。丽佳说:也许是老虎弹的。

爱笑的 Nicki

2013 年
5月25 日

26 日

<u>27 日</u>

28 日

29 日

30 日

31 日

6月1 日

2 日

3 日

4 日

5 日

6 日

然后回到客厅,看到父女两个在做游戏,很温馨。

宾主尽欢。到了午餐时分,老虎开车,拉着一群人去了一家台湾餐馆。看得出丽佳一家同台湾老板娘很熟,大家彼此问候,有说有笑的。大家点菜,正要吃饭,丽佳妈妈带着大家一起祷告,原来她们一家是基督徒。吃饭的时候大家随意聊,聊了大家都很熟悉的人,聊了丽佳的妹妹,又聊了他们在美国的生活。丽佳到美国换了几份工作,现在在一家奢侈品公司工作。她也在家待过一阵子,最后觉得不快乐,还是出来工作。

中国人要在这里站稳脚跟,必须比美国人更努力。

丽佳一向很勤奋,对人很好,是个温柔的女强人。

然后聊了一堆旅游的事情。大家问我最喜欢哪里,我说好像不是美国而是新西兰,因为我喜欢与世无争。然后大家又聊北京、西安、西藏、台湾,我说我特别喜欢这些地方,尤其是台湾。感觉中华民族的传统在那里,虽然台湾很破旧。大家聊着聊着,都觉得台湾很好。

饭后,大家又一起逛奥特莱斯。周末的人很多,丽佳他们买些日用品,我补些小东西。结果 Nicki 小姑娘对泡泡玩具感兴趣,许多不同肤色的孩子们在那里打肥皂泡泡仗,满天飞舞的肥皂泡,童话一样。

大家分头行动,各有小收获。我的消费观是日常衣物不超过 50 美元,否则

2013 年
5月25 日

26 日

27 日

28 日

29 日

30 日

31 日

6月1 日

2 日

3 日

4 日

5 日

6 日

就是浪费。丽佳他们的消费观也很平民化。后来老虎给我们看他的收获：两条牛仔裤，每条 79 美元。大家都是尽兴而归。

黄昏时分，告别老虎和丽佳妈妈。丽佳又带我去逛了他们家附近的瑞伯小镇。据说这个小镇全美排名第三，环境优美，人均收入在 12 万美元。小镇如同欧洲童话，花花草草。我们在一个长满鲜花的摇椅中拍了不少照片，还在一家好吃的餐厅吃了一种味道鲜美的牛肉汤。

碰到一个台湾女子，带着一个五岁的男孩子，混血儿，长得完全欧化。我们聊了一会儿，男孩子和 Nicki 小姑娘彼此看着，很想一起玩，又彼此不好意思。然后大人们开始聊天，美国家庭式的聊天都是从小朋友开始的，很有意思。

不觉已是晚上。丽佳再送我回城。Nicki 已在车上沉沉睡去。

2013.5.28

唐人街

丽佳一大早又来接我，今天的行程是唐人街，主题是看病。

出发前两天就感觉不舒服，前一天晚上还去看了急诊。原来打算取消美国之行了，但出发的那天稍感好些，又想放弃实在可惜，于是硬着头皮出发了。最坏的打算是到了美国看医生，再不行就回国。

昨天碰到丽佳，原来打算让她带我去美国医院。丽佳觉得中医更好，于是她打电话给朋友联系，第二天去唐人街看一位老中医。

我们过了 20 分钟左右就到了唐人街，先找丽佳的朋友文娟，把车停在文娟家楼下。文娟家是公寓，但丽佳告诉我文娟家的房价比他们家还贵，因为在城区的缘故。

文娟是个很朴实的女子，带着我们找到了唐人街的老医生黄老。

运气很好，没人排队。去了就看，黄老望闻问切之后，就症断出了我的病情，连病根都找到了。国内好多医生都看不出所以然的病，到了这里，居然看出了门道。

然后开药方。原来我想让黄老给我开中成药，我带着走，一路吃下去。但黄老说最好吃中药，先开 5 天的量。我想想也没什么，这次旅程本来就没定下详细的旅程，在芝加哥多住 5 天也没什么，先养好身体再说。黄老可以帮我煎药，第二天一早他家人送到酒店。这才是真正的医德啊：治病救人。

然后和黄老聊天,他已年近80,是五六十年代的上海医科大学生,学西医,后又转中医,退休前在上海是有名的中医权威。因女儿在美国工作,退休后他也来了美国。因在家无聊,就在唐人街开诊所。他觉得唯有工作,他才快乐,生命才有意义。他在唐人街一带小有名气,许多中国人都找他看病。价格很公道,我这病才看了77美元,连症状、病根、药方和煎药都一一在里面了。在国内,不知道要跑多少次医院才能看到这个效果,常常看病看到后来就是一肚子气。

黄老和我说:在美国的中国人都不容易,很多人没有医疗保险。美国医院看病很贵,许多人就来找他。我觉得黄老的医德才是最让人尊敬的,这一点,许多国内的医生大为不如。然后继续聊,黄老的孙子考上普林斯顿大学了,但学费很昂贵,一年七八万美金。丽佳说,她也在为Nicki开始准备昂贵的学费了,每年都存一些,要一幢房子的价格啊。

居在美国,也不容易。

看完病,我们俩在唐人街点了两碗面,中国口味,分外亲切。

正吃着,文娟夫妇来找我们。他们也点了两碗面,然后随意聊。文娟夫妇是潮州人,在唐人街做海鲜生意。文娟的先生J先生每天早上四五点钟就起来送货,讨生活实在不容易。J先生告诉我们他刚盘下了一个超市的店面和地皮,花了210万美元。当时我听了又吓了一跳。丽佳后来告诉我,唐人街就是这么藏龙卧虎的地方,许多人看着很不起眼,但是就是会做出让人意想不到的事情。J先生的为人很诚信,夫妇俩老实本分,所以大家都很相信他们。

唐人街的中国人,也会互相照顾。大家在美国,都不容易。

丽佳告诉我,最近她看一部片子:《温州人在法国》。感觉很亲切。我没看过,但故事应是海外华人的生活。应该很不容易吧!

美国生活,也并不如想像中的光鲜亮丽,中国人要在美国有尊严地生存,必须比别人更努力。当然,官家子弟和富家子弟移民者除外,他们才是挥金如土的典型。

下午,和丽佳告别。她去上班,我自由活动。我才发现酒店就在密歇根湖旁边,非常漂亮,有露天咖啡馆,蓝天白云,空气异常清新。酒店附近就是著名的密歇根大桥,大桥边上有芝加哥观光大巴。

我就买了一张票上去,穿越在芝加哥的大街小巷。

2013 年
⁵月25 日

26 日

27 日

28 日

29 日

30 日

31 日

⁶月1 日

2 日

3 日

4 日

5 日

6 日

2013.5.29

城市的感觉

早上,等到黄老的中药。总觉得像得了救命稻草般,人在异乡,倍感温暖。

中午,在楼下露天咖啡馆又补上昨天的游记。风很大,但有阳光。

找到那位帮助过我的经理,赠了一份小礼物:一盒巧克力,感谢她帮我找回钱包。

下午四点多钟就步行出门,沿着密歇根湖散步。又随意漫步在大街小巷。芝加哥的建筑乃当世一绝,1871 年的一场大火,烧毁了当时城市的主要建筑。现在的城市到处可见那场大火的痕迹,倒似历史留下的艺术品。

这个城市的感觉很怀旧,又很时尚。有当年工业革命留下的痕迹,到处可见纵横在空中的铁轨和在头顶上空呼啸而过的地铁。

文化广场上街头流浪歌手在歌唱,悠然自得。时间就这样慢下来。

傍晚时分,回到酒店。从窗外望去,夕阳西下,湖面温柔。

2013.5.30

飞涨的房价

昏睡到中午。起来发现头很沉,更不舒服。

昨天吃的中药似乎不管用。

下去吃了中饭,居然不适,吃了一半,另一半打包。老外的菜谱无非是汉堡、三明治、匹萨,让人亲近不起来。

因为身体的缘故,又吃中药无效,所以我只能再在芝加哥停留几天。

到总台问他们,可以续订吗,居然价格飞涨,是平时的一倍还不止。问他们为什么,理由是周末,房价飞涨。

没法子啊,飞涨也得订,总不能露宿街头。又这么病着。

然后又想着尽快赶到加州旧金山,阿拉斯加是不能去了,这样的身体,加州的阳光好,或许可以休整一下。万一身体受不了,提前飞回上海。就忙着这些琐事,一下子到了下午四点。冷汗直出。

晚上稍稍歇了歇。

月色已斜照在密歇根湖上。很幸运,从窗子往外望去,就是静静的密歇根湖。

病号也有幸福的时候——随遇而安。

晚上有些饿，想出去买点吃的。晚上的 Wacker 有些清冷，路上有三两个黑人，微微有些害怕。一溜烟跑回酒店，我安全了。

2013.5.31

芝加哥印象　旅人乡情

清晨醒来，感觉身体稍好。

也许是一天一天好起来了，我终于有些安心下来。窗外的湖水清澈，阳光灿烂。

早上出去散步，Wacker 地区是芝加哥最具特色的地方。身体稍稍好些，立时感觉到了阳光的温暖。1871 年的那场大火，据说是因为一头奶牛踢翻了一根蜡烛。整个城市在一片火海之中。现在的芝加哥有许多当年古建筑，许多可见当年大火的痕迹，那些灰黑的焦灼的印记，告诉着世人当年发生了怎样的故事。

有许多老街道，隐藏在现代建筑之间。所以，芝加哥的主色调是灰黑色的，还有古铜色的地铁铁轨，横亘在天空，列车就这样轰隆轰隆而来，轰隆轰隆而去。

艺术中心也在这里，文化广场也在这里。

街头艺人快乐地弹唱，美国中部的爵士乐，轻松、快乐，有阳光中的肥皂味儿。

还有路边的乞丐，看上去也很自如，有坐的，有站的，有拿着杯子的，但都不卑微，安然自得。偶有路人经过，也彼此坦然。有人点头致意，有人走过，有人会说"Sorry"，也有人会给钱。

每个人都是值得尊重的。

路过一家面食店，感觉太亲切了。这几天一直吃着美国食品，实在想念中国味道。挑了一碗泰国面，就口味来说，已经接近乡情了。然后，一扫而光。

那家店的服务生很好，是个黑人，见我吃得狼吞虎咽，问我要不要喝的。我说想要杯热水，她很快就端来了。我在芝加哥碰到若干个黑人，有服务生、售货员、司机等，他们都很友好，热情、幽默而努力工作。我觉得他们很好，并不

2013 年
5月25 日

26 日

27 日

28 日

29 日

30 日

31 日

6月1 日

2 日

3 日

4 日

5 日

6 日

如想象中的可怕。

下午,回酒店休息后,又到河边小坐。

那里,密歇根湖温柔地横亘着。水草蔓延,鸽子飞舞。

傍晚,在露天咖啡馆小坐。周末的 Wacker 人声鼎沸。因为生病我留下了,欣赏到了他们的周末。

夜已很深。窗外一缕月色。月色下的密歇根湖,银光闪闪。

2013.6.1

芝加哥的最后一天

今天是在芝加哥的最后一天。仍然吃中药。

下午去坐船,丽佳说,老芝加哥的游船一定要去坐坐。果然,美得让人不敢相信。回来之后躲过了一场雨。

晚上又出去,只是随便逛逛。结果,又淋了一场雨。淋得有些狼狈,只能折回去,再买一把伞。再出来时,天已黑。

我就这样,撑着伞在芝加哥的大雨中漫步。

要记一下我在芝加哥的客栈,我在那里住了 8 天。

原计划住 5 天,因为生病,多待了几天。这间小屋很小,10 个平方不到,只有一榻一桌,还有一个小厨房。

但因为人在客旅,又是病中下榻的地方,给了我很多温暖。

每天晚上,可以透过窗户看到斜对面的密歇根湖。月色如洗,常常就一边喝药一边翻着旅行札记。有时便昏昏沉沉地睡。

这家客栈的服务生都和我熟了,楼下的门童都认识我,每次出去他们都会对我笑。楼下的餐厅,老板娘是个金发女郎。有一两次我病得不能外出买小食的时候,我就在楼下的餐厅吃饭。那一两次可能我的脸色很差,当我坐在角

落的时候非常无力,体力不支,这位金发女郎过来问了我好几次:你还好吗?要不要帮你点什么? 倍感温暖。

还有一天,我在病中,整天都在昏睡。他们到晚上才打扫房间,等我回来的时候看到房间打扫得很干净,还画了一个笑脸祝福。

真是一个让人感到温暖的客栈。

今天是最后一天。

近黄昏的时候,雨停了。我决定出去逛逛,吃顿好吃的,因为明天就要离开这里了。

芝加哥的大街,雨后清亮,非常漂亮。街上人很少,马路似被清洗过一般。我在转角,看到坐在地上行乞的乞丐。也许是丢了工作吧,但他们的神情很淡然,一点都不悲伤。

我就在街上停停走走,忽然听到此起彼伏的声音,像在喊口号。再看远处,过来了一列队伍,他们手中举着五颜六色的旗帜,不知道在喊些什么。游行队伍在马路右侧,并不在中间,马路中间有几辆缓缓开着的警车维持秩序。我站在游行队伍的对面马路上,这条马路上人很少,只有两三个人停下来看他们游行。我问身边拍照的一位女生:他们为什么游行?那个女生说:他们在和政府对话。芝加哥的游行也有意思,游行和商业生活,彼此不干扰。

近傍晚就下起了小雨。我随意进了一家商场,希望在里面找点吃的。结果很悲惨,所有的餐厅都关门了,后来才知道,因为是周日,美国的餐厅晚上不营业。大家都在家里团聚。

饿得不行,最后在星巴克喝了一杯咖啡,要了一块蛋糕就算晚餐。回去的时候,雨下得很大。于是再折回去买伞。找了半天找不到卖伞的地方。看到身边有同样避雨的老外,就对他说:下雨了,不知道哪里可以买到伞呢?老先生边对我比划边用很生硬的英语说:他不太懂英语,是从东欧来的!很有趣的经历,我也碰到了不懂英语的外国人呢!后来我问一位服务生:哪里可以买到伞?那位服务生很好,他说,我带你去。带着我在迷宫般的商场里转来转去,终于找到了买伞的地方。

芝加哥是个移民城市,有各种人群。白人、黑人、亚裔都很多。我觉得他们都很不错。尤其是黑人,他们很自信,很幽默,很职业,很有服务精神。白人也很不错,他们很绅士,很有礼貌。如果你有需要,大部分人都会很快乐、很真诚地帮助你。

但也有例外的。我碰到过一两次,在某家超市有一位售货员,我在付款的时候,他对本地人和对中国人的态度是不一样的。我看出他的眼神有淡淡的傲慢,那又如何?一笑罢了。90%的芝加哥人都是非常友好的,这就够了。

拿着在服务生的帮助下买到的伞,就这样一路撑回去。芝加哥大雨,别样风情。

2013 年
5月25 日

26 日

27 日

28 日

29 日

30 日

31 日

6月**1日**

2 日

3 日

4 日

5 日

6 日

2013.6.2

久违的加州阳光

一早告别芝加哥,匆匆赶往机场。

早上的芝加哥微微有些小雨,很冷。加了件厚风衣。

开车送我去机场的是位巴基斯坦老人,很会唠叨。我原想在车上看看芝加哥的风景,老人一个劲地和我聊天:芝加哥漂亮吧?你从上海来?上海发展很快啊。我是穆斯林,我和孩子们住在一起。在中国你们和父母住一起吗?

这位老人的英语有着严重的印度、巴基斯坦的口音,听他说话其实非常累,但也不好意思不理老人,于是进入练听力状态,还得很认真地回答老人的问题。

给这位老人的评价是:可爱的唠叨老人,具有国际视野。

到了芝加哥机场,在一位工作人员的帮助下顺利完成登机,因为芝加哥机场有许多自动登机的机器,我不会使用。我发现出门在外,如遇难题,最好的方法就是直接找他们工作人员,也不必不好意思,本来你就是新手,问他们是理所当然。

帮助我的是一位很职业的地勤工作人员,皮肤是咖啡色的,她教我怎样使用登机机器,并帮我进行自动行李托运。

非常感谢,挥手道别的时候,大家彼此微笑。

芝加哥机场,此去经年,再次见面。其实这个机场并不现代,也不时尚。甚至有些旧,连星巴克都是那么简朴,和去年此时一模一样,甚至连个座位也没有。但芝加哥机场,让人感觉亲切、有人情味。

挥一挥手,告别芝加哥。

再一睁眼,就是旧金山。

马上蓝天白云,阳光起来。

当飞机从海面经过、慢慢降落的时候,我才知道,为什么我那么喜欢旧金山,是因为那一望无际空旷的大海。

顺利出关,出机场,这次载我的司机,也是一位老头,应该是美国人。

他的英语听起来就省心多了,老人65岁,结婚40年,有四个女儿,一个孙女。老人觉得有生活压力,他的老伴常骂他,但他们依然恩爱。

这也许就是灰太狼和红太狼的故事。

一边听老人的故事,一边看加州公路旁飞驰的景色。加州阳光,天色蔚蓝,树木苍翠大气,远处是大片大片的房子。

是美西的特色,粗犷而不拘小节,一望无际。

然后,车子慢慢进入了一片海港,原来这里是渔人码头一带。我最喜欢的渔人码头,空气中有海水的味道。

旧金山也称作三藩市,和中国人有很大的渊源。和孙中山先生也有很大的渊源。

就在这里安顿下来。晚上有叮铃叮铃的风车在夜色中摇曳着,又不知道是古代哪艘船上的水手去找寻他的旧时光?

2013.6.3

懒散的一天

一早醒来,阳光就洒满了房间。整个房间雪白的,像临时的家。

休息得很好,虽然起得晚了,也吃到了早饭。两个煎蛋,一杯咖啡,还有面包。自生病起,我第一次觉得自己那么饿,也许快恢复了,狼吞虎咽。

旧金山的阳光很好,但稍稍有些冷。需要穿厚风衣。记得去年此时,天很热了,都是夏装。这次我的衣服又带错了,好在临时在芝加哥添了两件厚衣服。

在饭店的天井里,发现了若干个篝火,可以坐在那里取暖。五月在那烤火,有些怪,但旧金山确实很冷,在阳光下烤火,很舒服,有些冬天的意境。冬天来了吗?

下午,去渔人码头逛了几圈,很熟悉的感觉。又是大海,蓝天白云。我对景点并不敏感,因为都去过。后来在码头边闲逛,发现了几个黑人在跳舞,很快乐,很阳光。

我想,就算他们身无分文,他们也会很快乐。

晚上回到饭店,又在篝火边坐了一会儿,很安静,这时,又想起了那首诗:《当你老了》。

2013 年
5月25 日

26 日

27 日

28 日

29 日

30 日

31 日

6月1 日

2 日

3 日

4 日

5 日

6 日

2013年
⁵月25日

26 日

27 日

28 日

29 日

30 日

31 日

⁶月1日

2 日

3 日

4 日

5 日

6 日

2013.6.4

坐着大巴逛旧金山（上）

对于旧金山的记忆，是欧式风情。

去年第一次来旧金山，就非常震撼。这里是个山城，有着来自西班牙、墨西哥、中国等各地的移民。整座城市建在山坡上，充满了浪漫的欧式风情。彩色的大巴古老而具有童话色彩，穿越在这个城市的大街小巷，风过处，就是叮铃叮铃的声音。

早晨，也是在叮铃叮铃的声音中醒来，然后，就是卡拉卡拉，像火车开过的声音。

这个城市，因为大巴而充满了梦幻色彩。

所以我一定要去坐坐这个城市的大巴。

下午买了观光大巴票，24小时之内有效。于是我就跳上了车，跟着大巴穿梭在旧金山的大街小巷。

大巴穿越他们的整个城市，从渔人码头开始，然后是教堂区、唐人街、联合广场、无家可归者的穷人社区、富人区、嬉皮士发源地、加州高速公路、隧道、金门大桥，然后再原路返回。典故太多，如城市之光书店、唐人街、西部牛仔、淘金故事、大地震、1967嬉皮典故、剧院、修道院，等等。

今天的风很大，我坐在二层露天座位，穿着厚厚的风衣还觉得冷。风过处，长发飞舞。

车子出了嬉皮士区域，就是一望无际的加州公路，我没有想到，观光大巴会有一半的路程在加州高速上开。大巴行驶在高速公路上，沿着太平洋穿行，穿过了山顶隧道，穿过金门大桥！我不知道，旧金山的观光大巴如此壮观，气吞万里如虎！

今天的天气不太好，有雾霾。但金门大桥像在云中，大巴好像在云雾里穿行！

大巴的费用才38美元，来回穿越两次，然后，原路返回。我从第一站坐到了第20站，穿越了整个旧金山！两个小时后，回到了第20站，渔人码头第39号码头。

非常累，随意进了一家咖啡馆歇脚。不料是当地著名的咖啡馆

Hardrock——感觉很艺术。又渴又饿,于是问服务生:有咖啡吗? 有吃的吗?

服务生见我很疲惫的样子,带我去了一个角落的位置,很舒服。她是印尼小姑娘,笑起来很温暖。给我端来一杯咖啡,两美元。这样的地方,两美元,很值得。

小姑娘见我累,又给我端来热茶。然后我觉得饿了,让她推荐有没有好吃的海鲜。她推荐我吃烤三文鱼饭,果然,很公道,价格10美元出头。

这里的餐厅,大多数都这样,价格公道。服务生非常好,不会因为你是外国人而排斥你。小姑娘很温暖,招呼完我又招呼别的客人去了。

这里的饭很好吃。

温暖。

2013.6.5

坐着大巴游旧金山(下)

第二天早上,在叮铃叮铃的大巴声中醒来。旧金山,果然如梦。

无所事事,去海边走走,一片蔚蓝的色彩。然后在码头上发现一家画廊,里面都是油画。

再回到篝火边坐了会儿。6月,已是夏天,可这里,还是穿着厚厚的衣服在阳光下烤火。

在海边,适合无所事事,发呆。

下午,我在想着,是否去中国城逛逛。又觉得好像城区还没逛过瘾,想再去一次加州公路。干脆,再坐一次观光大巴吧。

于是,我又从渔人码头开始,跳上了大巴。与昨天不同,今天的导游是个美国帅哥,一口纯正的英语。旧金山的大巴很有意思,你可以在任何地方下车,又可以在任何地方上车。

大巴慢慢在城区穿行,先从渔人码头出发。这里是西班牙人航海的时候发现的,后来墨西哥人也来了这里。自金矿发现后,许多国家的人都来到这里淘金。中国人也从19世纪四五十年代开始来到这里,有许多沧桑和血泪。

大巴再往前行驶就是中国城。如今的中国城美食林立,而与中国城紧邻的一条马路是著名的城市之光书店,淡绿色的,并不起眼,但这家书店曾因垮掉的一代而赫赫有名。

2013 年
5月25 日

26 日

27 日

28 日

29 日

30 日

31 日

6月1 日

2 日

3 日

4 日

5 日

6 日

2013 年
5月25 日

26 日

27 日

28 日

29 日

30 日

31 日

6月1 日

2 日

3 日

4 日

5 日

6 日

大巴再缓缓往前走就是金融区,这片地区曾经在大地震的时候化为灰烬。再往前就是繁华的商业区联合广场,应是旧金山最繁华的地区。代表美国品牌的 Macy 百货、大型购物中心在此都可找到,价格却也不菲。

穿过繁华的商业区,就是一片破旧的穷人区。这儿也曾是著名的无家可归区,治安并不好。但这里有一些教会,可以帮助无家可归的穷人,所以这也可以看出美国政府的人性化管理。

再往前绕几个弯,豁然开朗,出现在眼前的是童话般的建筑,粉白、粉绿、粉红,藏在绿树白花间。这片建筑极具欧洲特色,如在梦境中,配上加州阳光,在山坡般的道路上,是旧金山最美的建筑,也是赫赫有名的富人区。

再往前穿行几道弯,建筑的风格又变成了彩色,有浓郁的艺术风情。这里是著名的嬉皮士发源地,有些墙上画着 1967 的字样,有些墙上画着彩色脸谱和各种图案。嬉皮士运动是 20 世纪 60 年代美国的非主流文化运动,是一群理想主义者在理想主义和理想破灭之间的文化反抗与对立。著名的《加州饭店》(*Hotel in California*)也属于这个时期的歌曲,曾经传唱几十年而经久不衰。

然后穿过嬉皮士区,在一个拐角处停下,进入野外加州公路区。在交界处的草坪上,一群嬉皮士打扮的年轻人,背着吉他,牵着小狗,在那里悠闲地弹唱。

大巴继续往前开,这次是在一望无际的加州公路上穿行。

然后继续,穿过山顶隧道,再豁然开朗,来到海边。

再继续穿行,穿越金门大桥。两边都是一望无际的大海。金门大桥云雾缭绕,我们似在大风和云雾中穿行!

金门大桥是最后一站。再原路返回。一路壮观无比。

旧金山,唯有坐大巴穿行,才能体会出这个城市的精华。

有历史,有景观,有人文,有传奇。

当叮铃叮铃的声音,穿行在旧金山的大街小巷时,你是否有一丝恍惚,回到了 200 多年前,你是否就是那个,年轻的水手?

2013.6.6

美丽的下午

加州最美的,莫过于那片蓝,那条海岸线。

最后一天,寄了张蓝色的明信片给自己。

美国旧金山给自己的明信片

2013 年
5月25 日

26 日

27 日

28 日

29 日

30 日

31 日

6月1 日

2 日

3 日

4 日

5 日

6 日

然后，又去 I hop 吃了一顿午餐。很简单，一杯咖啡，两个煎蛋，两片面包。

不是什么美味，但它是旅途中的餐厅。每次去那，服务生都会问：你好吗？今天怎么样？喜欢我们这里的味道吗？如果你想聊天，服务生会很热情地和你聊下去。

海边的咖啡

旧金山美食

它和麦当劳不同，麦当劳是标准化服务，这里是个性化服务。会有一种温暖。

第一次来这里，有一个老先生闷闷地在喝咖啡，服务生也陪他聊了很久。

下午随意闲逛。阳光下的感觉很好。一切都是蓝色的，蓝天、大海、路边的流浪艺人、蓝调歌曲、爵士乐、黑人的爵士鼓。一切都是那样随遇而安。我喜欢这样,不刻意寻找。无论旅途、行程,都这样,随遇而安。

这个下午,很完美。随遇而安的快乐。

下午,原想去坐当地大巴,坐一两站就好。走到一个拐角处,是一个小店,我问他们有没有当地的大巴票卖,我不要观光大巴,就是当地的那种公共汽车。老板说自己是阿拉斯加人,然后告诉我有他这里有当地的大巴,也要38美元。我奇怪怎么和当地观光大巴一样的价格,他说就是这个价格。我觉得最后一天也不用太考虑价格,买了就买了。结果买了票跑去坐公共汽车,别人告诉我那是观光巴士票。这是我在美国第一次被骗,因为多次和那位阿拉斯加老板确认:我要坐的是当地大巴而不是观光大巴。

于是我理直气壮地折回去,找到那老板理论。

其实我心里也没底,但我最讨厌别人骗我。不是为钱,是为论理。

那老板没料到我会折回去找他,他解释说:为了我的安全,特别给我观光票。我告诉他,我觉得旧金山非常安全,我只想坐当地大巴。

后来他问:你要去哪里?

我说:我就是要坐当地大巴,随便走走。

他说:你坐观光大巴安全。

我说:不需要,我只想坐当地大巴。

他终于把钱退给了我。维权胜利,但我觉得这位老板也许并不是阿拉斯加人。

美国人不应当这样。

但又有什么关系?我还是喜欢这里的蓝色,这里的阳光。

中午,我在昨天观光大巴的地方碰到了一个当地的促销人员,我告诉他,坐了两天大巴了。他说:大巴很美,也许我可以坐晚上的观光大巴,比白天更美,景色不同,只要20美元。

我说:我要考虑一下。他说没关系,欢迎我随时回来。

下午在海边的广场上,一位流浪艺人在吹萨克斯。鸽子纷纷起舞,多美的意境。他又唱了一首自编的歌曲:为什么我们要困在城市里?我在这里,我很快乐。我听着好听,直接翻译成中文。

又在码头上慢慢行走,看各种表演,听各种歌声。看着一对对老年夫妇悠闲地手牵手,看着小狗跑来跑去。

阳光很好,蓝天白云。我在阳光下坐了很久。

这就是我喜欢的加州阳光,自由而快乐。

落霞与孤鹜齐飞

最后一天中午,在海边悠闲地逛。

最后一天下午,也在海边悠闲地逛。

无所事事,蓝天白云,阳光灿烂。

听艺人唱歌、击鼓、弹琴。

在海鲜市场看人家卖螃蟹。

我想着,晚上一定要找个地方吃海鲜,否则对不起我万里迢迢来到这里,对不起我这一路的病情,一路的奔波。

近黄昏时分,在39号码头的二楼露天茶座咖啡,有阳光,又有一个火炉可以烤火。

后来我问服务生:这里有晚餐吗？小姑娘说:有啊,很好吃呢,里边就是餐厅。

我让他们给了我一份菜单,果然很丰盛。决定晚上来。

再次回到39号码头餐厅,已是傍晚。这家餐厅生意很好,我等了10分钟才有位置,而且不是靠窗的,稍稍有些遗憾。进去以后,才发现这家餐厅环境很好,有些英式古典风格。下午做过功课,价格并不贵,均价在20－40美元之间。这么好的环境有些让人出乎意料。

一个络腮胡子的小帅哥给了我一份菜单,当时我吓了一跳,这里的服务生穿着正式,打着领结,像电影里的明星。而吃饭的游客,倒显得休闲多了。不过既来之则安之,这些吃饭的礼仪当年学生时代学过,就是从来没用过。于是我也就点了一份螃蟹大餐和一份饭后饮料,络腮胡子便冲我笑笑,拿了菜单就离开了。

松了口气,还好,皆大欢喜。

过了两分钟,络腮胡子端来了水和餐前点心,又加了一些小餐具,刀子叉子一大堆,在面前摆好,居然还有一只夹螃蟹的小镊子。当时我倒吸一口冷气,这也太讲究了。管不了那么多了,该怎样怎样。

络腮胡子问我:要不要把大餐巾挂在脖子上？因为要吃螃蟹。

2013年
5月25日

26日

27日

28日

29日

30日

31日

6月1日

2日

3日

4日

5日

6日

2013 年
5月25 日

26 日

27 日

28 日

29 日

30 日

31 日

6月1 日

2 日

3 日

4 日

5 日

6 日

我笑笑说:好啊。餐巾就挂上了。

然后络腮胡子风一样地走了,一会又风一样地回来,送来了餐前小点心。

小点心还吃不下,我就看风景。

隔桌就是窗外,已近傍晚,彩霞满天。云朵下就是船坞和大海,红透了半个海面。

当时我就看傻了,这么美。

这时,络腮胡子端了一大碗海鲜餐过来了,那么大一盘,看上去很诱人。我冲他笑笑,于是开吃。螃蟹和贝壳真好吃,这是我到美国吃过的最好吃的一顿。那些大叉子小叉子也管不得那么多了,想怎么用怎么用。

真是好吃,天下美味。吃得眉开眼笑。

络腮胡子经常会跑过来问:好吃吗?

我笑着回答:太好吃了。

他就很开心地笑,又去招呼别的客人去了。

风卷残云,吃得一点不剩。

络腮胡子很开心,他觉得我是真的喜欢他们的美食。

喝咖啡的时候,那个留位的窗口位置来了一对老夫妻,满头银发。

我就看着他们点菜,吃饭,看风景。

窗外彩霞已是满天,与远天连成一片。

窗内的老人亦成了风景。

中间去了一次洗手间。回来的时候,发现另外一位服务员正在收拾我的座位。这里是寸土寸金的地方,可以理解。

但我有点委屈,是欺负我一个人吗? 这时,络腮胡子马上过来,先和那位服务生说:这里还没有好呢。那位服务生马上向我道歉,然后看着络腮胡子。

络腮胡子说:没关系,我再重新给你一杯咖啡。

我觉得很温暖。他们的服务,真的是很人性化。我并没有因为是一个小小的异乡客而得到冷遇或忽视。

我记住了,这家渔人码头 39 号餐厅。

络腮胡子又彬彬有礼地端来一杯咖啡,我冲他笑笑。然后又看风景,老夫妇不知什么时候离开了。窗外,空旷一片。天空深紫,白鸽闲闲。落霞与孤鹜齐飞,秋水共长天一色。

欧洲的冬天

冰天雪地的东欧之旅

君不见，土国之曲天上来，异域妙舞美淇淋。

君不见，奥国之云泼墨画，小城蜿蜒明月光。

一日踏破千万里，只疑身在万里行。

朝在中原暮为客，回头不见故乡月。

2014.1.1

写在 2014 的新年旅行第一天

2011 年 5 月,俄罗斯。那年春天开始旅行。到了莫斯科,仍是当地的寒冬。我的衣服带得少,一件薄风衣哆哆嗦嗦跑完了莫斯科和圣彼得堡。俄罗斯是我真正意义上的旅行,因为秉承着父辈的心愿,因为老爸有着浓郁的俄罗斯情节。他们那个时代的歌曲是《莫斯科郊外的晚上》。

从小被教育:苏联的美术和文学要远超欧美,是现实主义之宗主。所以第一站,理所当然的是俄罗斯。然而去了以后,感觉大不同,俄罗斯的物价令人瞠目结舌,俄罗斯的贫富差距比中国更甚,但我还是佩服俄罗斯的老太太,非常神气而傲视一切。在红场,在涅瓦河边,我都能感觉到俄罗斯的冷冷气质。

最让人感动的是俄罗斯火车,虽然破旧,但好像遥远的历史。在火车上,我看到了很深很深的北极光。

2012 年,源于 POPO 的一张电脑合成的明信片——其中包含着十来位好友来自世界各地的明信片,我们愿意以自己的微薄之力一起去走一走看一看这个世界。自己的脚印当然到不了世上每一个角落,但好朋友们的足印加起来,必然能到达许多许多我们向往的地方。2012,从埃及开始到菲律宾、美国、英国、法国、意大利、瑞士、泰国、中国台湾,等等,十几个国家和地区。印象至深的,一个是埃及,一个是欧洲。最后一站,台湾完美收官。

2013,第二次去了美国,虽在病中,但收获颇丰。

半年之前,我刚从美国回来不久,一直在生病,在家歇着。有一天,柿子在网上和我说:有一个姑娘很想去欧洲,你愿不愿意和她一起去?

当时我觉得太离谱,我的原则是拒绝和陌生人同行。这在我的旅行史上是从来没有的事,后来柿子说:去吧,这姑娘很友好的,她做得一手好咖啡。

大概一两天后,一个很卡通的姑娘在网上和我说:你觉得我们的行程该定几天? 从哪里出发? 我想去几个城市:瑞士、法国、意大利等,居然就系统默认我和她一起去了。

当时我很想打击她:妹子,我还没答应你呢?

几分钟以后,这位姑娘给我发了一张非常精致的欧洲地图,圈好了几个地方。我一下子觉得这位姑娘非常专业,后来翻了一下她的资料,是位高材生,

2014 年

1月**1 日**

2 日

3 日

4 日

5 日

6 日

7 日

8 日

9 日

10 日

11 日

12 日

13 日

14 日

15 日

16 日

17 日

18 日

19 日

20 日

21 日

22 日

2014 年
^{1月}**1日**

2 日

3 日

4 日

5 日

6 日

7 日

8 日

9 日

10 日

11 日

12 日

13 日

14 日

15 日

16 日

17 日

18 日

19 日

20 日

21 日

22 日

正在某著名大学读研究生。

又和她聊了半天,我故意说:其实瑞士、法国、意大利我都去过了,但我想去布拉格、维也纳、西班牙、瑞典。

意思是:妹子,我们想去的地方不一样,你就知难而退吧。这位姑娘很有意思,她说:行,我们就定这里吧! 她想去的地方,正是我想去的地方。有些心动了。我又说:可是冰天雪地呢! 去欧洲要冻死了! 这位姑娘说:我有二十几天毕业假期,最后一次假期了,我想去!

我就这样,突然想起了我的学生时代。这位姑娘好可爱。柿子又和我说:机票好便宜啊,来回就 4000 多。差不多等于白送的机票。我就更心动了。便宜的机票,有趣而专业的伙伴,在旅程中都是可遇而不可求的事情。我心动了。

两天以后,我决定和这位姑娘结伴,在冰天雪地的寒假去欧洲。

于是,订机票,做攻略,定行程。几乎每天都会和这位姑娘聊聊天。越聊越觉得这位姑娘很有趣,很幽默,很卡通,像一个卡通人物。因为她在网上的名字叫大头,我就开玩笑叫她大头妹子。

有一天我们讨论这次行程的主题,我和她说:我想去看看二战的地方,也想去看看冰天雪地的维也纳,那里都是《音乐之声》的地方。大头妹子说:她一直有个愿望,想在新年的时候去维也纳听新年音乐会。

这是一个很简单的愿望,我和她说:面包会有的,愿望一定能成真。突然之间,我就有了一些灵感:就叫做南瓜公主的水晶之旅吧! 一个是本朝的公主,一个是前朝的公主。于是我们哈哈大笑。有个那么投缘的好伙伴,可遇而不可求。

后来,为这个行程陆陆续续准备了好多天。我们每天都会胡说八道一番。每次都对行程充满了期待。

11 月底,12 月初,开始签证。每次签证都很烦,一堆表格。每次签证我都有些头大,中国人签证为什么那么烦,每次我都有牢骚。但牢骚归牢骚,反正我知道最后总是签得出来的,就是麻烦。签证的时候可以看到许多势利,有时候看到势利我就会冷笑。

但我知道,结果总是签得出来。

但到了 12 月中下旬,大头妹子和我说:她签证碰到了难题,被拒了。我当时觉得不可能。因为我们送的内容基本上都是一样的。于是我问她,拒签的理由是什么？大头妹子说：在欧洲的行程不对。怎么不对啊？很对啊，没人质疑我的行程啊。然后又问：是不是押金不够。后来知道，押得比我还多，排除。又问：所有的都符合规定吗？回答：都符合。后来排除了很多原因，只一个原因：因为是白本。

但是白本能证明什么呢？大头的行程做得比专业还专业，英语比专业还专业，各方面的财务表格都在平均线之上，只因为白本就被拒了吗？作为一个旅游网站的产品经理，大头有着理直气壮外出旅行的理由，作为一个中国著名学府的高材生，大头也没有理由在国外不返，国内的机会要远远大于国外。为什么许多有着大把大把钞票却不懂英语的土豪们可以在国外狂欢购物，而一个对欧洲文化充满期待的姑娘却这样受打击？这是怎样的签证制度？

大头问过我好多次，我的路线有问题吗？我说：没有问题。大头又问：那么我的问题在哪里？我说：妹子，你一点问题也没有，是他们的问题。是中国某些签证官的问题，是德国大使馆的问题。

我只能为大头妹子写这些。大头妹子还在不屈不挠地等待德国大使馆的回复。我这边箭在弦上不得不发，否则半年多的心血将付诸东流。我临时调整了计划，把布拉格的三天延长到五天。在那里我会继续等大头妹子。如果签证出来，我们继续前行，如果签证不出，我只有带着大头妹子的梦想，独自走完整个行程。

谨以此篇送给大头妹子。

2014.1.5

此刻，夜已很深。我在布拉格。窗外冬雨绵绵。布拉格的老城宛在中世纪的夜，古黑色的身影，古石板的路，在漆黑的夜色下泛着莹莹的光。

今天一天如同穿梭在几个世纪。

北京时间 0 点 50 分，飞机起飞。经伊斯坦布尔转机飞往布拉格。

飞机穿过浓浓的夜。

土耳其时间凌晨 4 点 50 分，到了伊斯坦布尔机场。

伊斯坦布尔是个神奇的地方，欧洲亚洲，穆斯林的异域风情。机场到处弥漫着穆斯林的欢快歌曲。

布拉格时间中午 12 点，我来到了弥漫着欧洲童话色彩的布拉格。

2011 年
1月1 日
2 日
3 日
4 日
5 日
6 日
7 日
8 日
9 日
10 日
11 日
12 日
13 日
14 日
15 日
16 日
17 日
18 日
19 日
20 日
21 日
22 日

2011年
1月1日　　　一天不到,穿越三种时空。

2日　　　　有恍惚,也有震撼。

　　　　　　到达布拉格,立刻进入幻境。

3日　　　　入住老城广场。顿时回到几百年前的欧洲。

　　　　　　撑在伞走在雨中,老城的石板路晶莹泛着月光。不到6点,天色已黑。

4日　　　　欧洲的冬天,好似沉睡的公主。

5日

2014.1.7

6日

布拉格的温暖人情

7日

　　　　　　深夜,刚从戏剧院看《天鹅湖》回来,在欧洲,在布拉格,别有一番意境。

8日　　　　冬夜沉沉。然而,布拉格的冬天并不寒冷。外面是简单而透明的冷,但是

9日　　　屋内温暖如春。我甚至找不到空调在哪里,只觉得房间内穿单衣也很舒服。

　　　　　　明天就要离开布拉格去柏林,这几天的行程匆匆而过,做一些匆匆而真实

10日　　　的记录。

11日　　　　初到机场,顺利进关。入关工作人员非常友好,见我行李笨重,主动帮我

　　　　　　进行安检,非常绅士。入关后兑换当地货币,原来我只想兑200欧元,工作人员

12日　　　是个很典型的东欧小伙子,他说兑换600欧元就可以免税,我说不需要那么多

　　　　　　捷克克朗。结果两人绕来绕去,最终以400欧元成交。东欧小伙不太懂英文,

13日　　　我不懂捷克语,他不懂中文。绕得非常累,结果他给了我一张中文版翻译卡

14日　　　片,我算看懂了不收税。不过我确实花不了那么多欧元。然后东欧小伙又从

　　　　　　电脑调出捷克与中文互译软件,但翻出的中文我都不知道是什么意思。

15日

16日　　　　他很苦恼地摇头,觉得我这人这么顽固不化,辜负了他的好意。

17日　　　　不过终于成交,也不容易。

　　　　　　第二个碰到的是一个五六十岁的老司机。他非常绅士,英语不错,在车上

18日　　　还给我现场当起了导游。他告诉我捷克有1200多年历史,我所在的饭店位置

19日　　　不错,到一些著名的景点步行即可。他还告诉我布拉格分几个地区。我所在

　　　　　　的客栈位置属老城,是布拉格01地区。

20日

　　　　　　安全到达后,司机给了我一张名片,如果返程也坐他的车,他给我打折。

21日　　　折扣是不错,不知有没有机会。

22日　　　　相比憨厚的东欧小伙和绅士的老司机,客栈的女前台有些势利。也许不

习惯为中国人服务吧,她们总让人觉得有些冰冷。入住还算顺利,但问及上网密码,她们总是推三阻四,前两天不得不到大厅上网。今天终于无师自通,把密码给解了,我真佩服自己。

布拉格老城是个很小的小镇,中世纪风格,半个小时就可来回走一遍。因为客栈没有正餐,所以我会跑到斜对面的餐厅去吃,非常有古老的艺术感觉。同学们在网上看到这家餐厅的照片,调侃为布拉格的"花样年华"。那家餐厅的服务生很好,给人的感觉很温暖。第一天我随意路过,下雨了,跑进去躲雨,顺便饱餐了一顿。有个女服务生,一直跑过来问我好不好吃,就怕我吃不惯她们的菜。后来我又一直问她们要热水,她们一点都不嫌麻烦。结账的时候,觉得价格并不贵,白开水没要钱。

那天晚上,下着细细的雨。一个异国他乡的客人,行走在布拉格的老城:

> 古城黄昏已日暮,夜色挥洒石子路。
> 朦朦路灯凄凄雨,渐渐古墙字画冷。
> 小店美食避风寒,天涯独行逢温暖。
> 热茶一杯迎客意,笑问客从何处来?
> 　我自中原来,行走欧罗巴。
> 　故乡渐已远,风中不相忘。
> 布城原为波西地,中古自有好客风。
> 请君一杯热饮耳,半为接风半随意。
> 若是天冷暂停留,且听风雨且观人。
> 不觉沉沉钟声至,敲碎茫茫老古城。
> 月色已笼冷雨夜,辞别小二归客栈。
> 雨中撑伞缓缓行,不觉月华淡淡影。

一来二去的,这两三天,每天我都会去他们家吃一顿正餐,好像认识了一样。

餐厅的右后方有一个玻璃艺术店,不知道老板是哪里人。昨天我去买欧铁票,找不到车站就去问路。问过了几个人,客栈服务生只画了一张地图,便去忙别的;有家杂货店老板不知所以然,未果。我总觉得东欧人民比较排外,

2011年
1月1日
2日
3日
4日
5日
6日
7日
8日
9日
10日
11日
12日
13日
14日
15日
16日
17日
18日
19日
20日
21日
22日

不知是语言问题还是其他问题。但我运气好，总是碰到好心人。玻璃店老板很仔细地告诉我，向左直走再向左再直走，穿过城堡再向右，再绕几个弯。我想就这么先走吧，到了关键路口再问。

于是一路走一路问，有不懂英语不能回答的，有不知道路的，有热心指错路的。有街头艺术家，颇为热心，但最靠谱的，通常是年迈的老年夫妇。给我指对路的两次都是很绅士的老年夫妇，他们英语很好。我怀疑是游客。

就这样，一路问到欧铁总站，顺利买到了去柏林的车票。回来的时候，在火车站大厅看到一位流浪艺人在弹琴，许多人都在那里听。后来和身旁一位年轻女孩子聊天，相谈甚欢。女孩子的笑容很温暖，一下子就吹散了那些无聊的冷漠。

今天在观光大巴上碰到一位奥地利老太太。每个城市的观光大巴都差不多，到了重要景点都会停留足够的时间用于游览和观光。在捷克城堡广场有半小时的停留时间，我发现老太太一个人在等车，就问她："奶奶，你一个人？"老太太很高兴地告诉我她一个人。我留了个心眼多照顾这位老人，怕她误了时间或赶不上车。后来我们一起到了终点站，老太太孩子般地拉我去看钟楼——具有巴洛克风情，用马赛克雕琢而成，精美异常。每到整点钟声就会响起，奏着音乐。钟声响起的时候，古色古香的钟盘里还有卡通小人舞动，特别可爱。如果不是这位老太太，我就不会知道钟楼的这些秘密。要离别的时候，老太太身边不知怎么来了一位老先生，他谢谢我替他照顾了老太太。原来这是一对老夫妻，他们居然像年轻人那样各自活动，到了时间再重新相聚。

握手道别，互道珍重。这是一个温暖的午后。

2014.1.8

一日行程数百里，朝辞古城布拉格。

欧铁横穿乡野渡，暮色斜照古城邑。

忽而沉沉赴南柯，不知浮生在梦中。

月色笼纱挂疏桐，窗外暮色山朦胧。

不觉夜半到柏林，街头冷落影无踪。

孤身忐忑寻客栈，一波三折终平安。

安然入住灯火明，眼看窗外夜阑珊。

柏林历险记

今天是布拉格的最后一天。

早晨去补些小东西。随意去逛了逛超市。结果结账的时候发现这里的东西奇贵。一包湿纸巾25片，国内最多十几二十元，这里99克朗，除以3就是33人民币。昨天看了这里普通的鞋子，四位数。一瓶水20克朗。感觉只比俄罗斯略低些。怪不得这里的人们冷淡得多，实属生活不易。

赶火车的时候有点小插曲。司机带我到了一个天桥上停下，叫我坐电梯到地下一楼坐火车。但我看了地形与昨天的探路记忆严重不符，以为司机开错了。但司机确认在这里，他说要么我在这里下，要么把我开回酒店。回去是不可能了，只有硬着头皮往前走。我预留了两个小时的时间。如果错了，再出来打车。如果误了火车，大不了重回布拉格。到了地下一层，完全陌生，以为自己错了。然后我去找总服务台，他们告诉我再往下走一层。再到了下面一层，豁然开朗，就是前天买票的地方。工作人员告诉我来早了，要我自己去查月台。

无奈中，只得在一家有电脑显示屏的咖啡店歇脚。我在大屏幕下找了个位置，时时可以看月台信息。

在捷克火车站，感觉自己就像文盲，什么字都看不懂。这里懂英语的人也少，幸好咖啡店里有个姑娘懂英语，她教会我怎样查找月台。

直到开车前半小时车次信息还没有出现。等车的时候，碰到一个来自乌克兰的大学生，陪我一起等。不过他和我不是同一车次，先我10分钟离开。于是我只有耐心地继续等待。还有15分钟火车就要开了，可仍然没有一点消息。好在有一对去柏林的老夫妇，他们也是同车次，在大屏幕下和我一起等，我这才感到安心很多。最后10分钟月台信息出现，一路奔跑，2分钟到站台。没人检票，但我的行李沉重，怎么也提不上车。一位东欧男士在旁，很绅士地帮我把行李提上了车。然后一阵忙乱找位置，安顿行李。又是一位小帅哥主动帮我放好行李。慢慢感受到了这里的温暖，继续出发！

就这样，终于坐上了从布拉格去柏林的火车。

一路美景。山川，树林，平原。黄昏，晚霞，一直到黑夜。

五点多钟，火车到了德国境内的第一站，我的对面上来了一位商务客。他上来就开始处理电子邮件，我也开始打瞌睡。一觉醒来，看见对面的这位商务

2011年
1月1日
2日
3日
4日
5日
6日
7日
8日
9日
10日
11日
12日
13日
14日
15日
16日
17日
18日
19日
20日
21日
22日

2011年
1月1日
2日
3日
4日
5日
6日
7日
8日
9日
10日
11日
12日
13日
14日
15日
16日
17日
18日
19日
20日
21日
22日

客还在工作:正在批复厚厚的一堆文件,四五种不同的夹子夹着,用各种不同的颜色笔回复。我顿时心生敬意,德国人的敬业精神可见一斑。

快到柏林的时候,我反复询问了这位商务客:是否到了柏林?他停下手中的工作,很认真地帮我查了一下,然后两次确认:是的,柏林到了。

晚上7点15分,到了柏林。德国火车站让人震撼,我却在这里迷路。

一波三折,终于找到了路,打到了车。累得快透支。

原以为到了柏林,只要打到车找到公寓就算安全。我在网上找到一家性价比比较高的公寓,想着在柏林也许可以自己做饭,住得也宽敞些。到了公寓前台八点多,以为马上可以安顿。但是前台给了我钥匙和地图让我自己沿着马路找,那房间找不到楼层,后来才知道在顶楼,电梯到顶还得往上爬一层。只好折回去换钥匙。第二次又换了公寓和楼层,但要经过一片停车场。晚上近九点拖着那么大的行李在大街上走,真是心有余悸,连连怪自己干吗订公寓。最后经过若干个弯弯后,终于找到房间,又是一阵手忙脚乱,找电灯,找热水,检查每个房间是否安全。

现在,我终于安全了!

温暖的房间,但我已累得不想动了。

2014.1.10

东柏林和西柏林

雨霖铃　柏林

晨雾淡淡,菩提森森,冷风潇潇。犹太石碑呜咽,风过处,宛见当年。多少孤魂饮泣,无处说愁怨。又见细雨蒙蒙,人在柏林深深处。

遥想当年尽成空。不忍顾,何必提二战。蓦然又到何处?柏林墙,东西两岸。八十余年,是非成败过眼云烟。不觉风雨更涩涩,柏林寻归处。

坐着大巴游柏林,是我喜欢的旅游方式。大巴上有详细的讲解,可以对这个城市的历史、文化、风光有大致的了解。大巴经过使馆区、联邦幼儿园、联邦议会图书馆、西柏林、柏林火车站、格兰登广场等重要城区和景点,穿梭在城市的大街小巷。

大巴开着开着,柏林就开始下雨了。

柏林是个让人有时空交错感的城市。有古老的教堂、普鲁士的议会大楼,也有铁轨穿空的古老地铁、二战时期世盖太保纳粹策源地。

这个城市冷峻而又充满沧桑,有让他们引以为傲的神圣罗马帝国,也有让他们无法言说的二战伤痛。普鲁士时期的俾斯麦曾经带领德意志走向强盛,而希特勒时代的法西斯政权让这个国家多灾多难。

这个城市的古建筑,有中世纪遗留下来的古教堂,而绝大多数的建筑都是二战以后重建的。所以和欧洲其他城市不同,柏林是钢筋水泥为主体,偶尔可见中世纪的建筑点缀其间。

大巴慢慢地转在大街小巷,有时从一片片紫藤色的树林中经过。这是原中世纪的古树林,从这片深邃的古树林中,才能感受到硬汉一样的德意志,也有古代女子般的柔情和慈悲。有人专门把其中的一片林阴道,翻译成为菩提树大街——真是美丽而符合柏林气质。

而柏林墙,无疑是这个城市的象征。柏林墙,东柏林所建,曾经作为冷战的象征。柏林因此分为东、西柏林,而德国因此为东、西德国。东、西柏林曾经一墙之隔,而彼此相望老死不相往来。曾经有多少人想越过那道城墙,曾经又有多少武力在那里剑拔弩张。就连盟军中的苏联和美国也差点在此发生冲突。西柏林说:这道城墙可以阻止东柏林的人过来,而东柏林说:我们可以抵御对方的入侵。

但是,又有多少人想到彼此的地方去看一看?

就连三毛,也曾写过一篇文章。大意是在西柏林的时候去东柏林玩一天,结果爱上了东柏林的一位军官。但她当日就要回去,所以一直等,一直等到最后一班回程时间,但最终还是与那位军官擦肩而过。

三毛对于德国对于柏林,只是过客。过客尚且如此,何况本是同根生的东柏林和西柏林?

下午三点多,在格兰登广场上有一个募捐活动,主题是伊拉克难民被杀的控诉和要求国际支援。这是一个非常敏感的话题,但在柏林这样一个曾经策源过二战又被战争所摧毁过的城市,格兰登广场的重新开放是一个和平象征。所以这样的沉重话题,在柏林在格兰登广场特别有意义。

看着广场上的海报,那些惨烈的难民难景,让人无法不动容。我捐了20欧

2011 年

1月1日

2 日

3 日

4 日

5 日

6 日

7 日

8 日

9 日

10 日

11 日

12 日

13 日

14 日

15 日

16 日

17 日

18 日

19 日

20 日

21 日

22 日

2011年
1月1日

2日

3日

4日

5日

6日

7日

8日

9日

10日

11日

12日

13日

14日

15日

16日

17日

18日

19日

20日

21日

22日

元。虽然很微薄,但我在尽自己的一点点心意。

　　柏林突然下雨了,又突然起风了。下午一下子降温10度,我能感觉到这个城市突然变灰了。一下子很冷很冷,连忙一路跑回公寓,一到房间,马上就与外面的严冬隔开。而此时,窗外寒冷似铁,窗内,虽远在天涯却感觉温暖。

　　这是否是冬天,感觉到幸福的最大意义?

2014.1.13

欧洲的冬天

　　下午三点多钟,到达萨尔茨堡,住在火车站附近。原来还想赶去城里,可是四点多钟天就黑了,于是放弃。

　　有点可惜,冬天的欧洲真是黑夜漫长。白天的时间只有从早上9点到下午4点。短短的七八个小时,才有些许阳光。

　　这才知道,阳光多么可贵。

　　只有在冬天到过欧洲,才会真正了解欧洲。

　　记得前年有一位台湾导游曾经告诉我:冬天的欧洲是多么阴郁,有许多人在寒冷的欧洲冬天绝望。所以欧洲人才那么喜欢夏天,喜欢阳光,喜欢海边。

　　但如果不来到冬天的欧洲,你就看不到《格林童话》的真正意境,格林经常会写:在冬天的晚上,小姐姐和小弟弟或小哥哥和小妹妹,手拉手走在银色的森林里。那样的画面我想象过无数次,到了这里,才恍然大悟,原来如此。

　　如果不来冬天的欧洲,也想象不出卖火柴的小女孩是怎样的寒冷,虽然我还没有去过丹麦。

　　如果不来冬天的欧洲,我不会明白:《当你老了》那首诗的真正含义和背景。

　　冬天的欧洲,是寒冷的,安静的,万物冬眠。

　　所以只要有一点阳光,一点温暖,就很幸福。

　　所以,我很幸福。因为我在安静地过着欧洲的冬天。

　　每隔两三天,我会背着重重的行李,坐着火车,从这个国家来到另一个国家,从这个城市到达另一个城市。一路的村庄、城堡、麦田,各种不同颜色的蓝天,或明或暗。今天,我从德国的慕尼黑来到了奥地利的萨尔茨堡。

　　此刻,我在奥地利的一家小店,吃着不习惯的当地餐。晚上人并不多,我隔壁的一位老太太在喝咖啡,看着一堆文件。她的小狗趴在她的脚下。

小店的老板娘很好，尽量做着合我胃口的菜肴。我点了茶，她特地端来了绿茶——接近中国感觉。

窗外，夜色已浓。欧洲的冬天，我在这里。

2014.1.14

踏莎行　萨尔茨堡

晚霞如织，麦浪如纱。古城深夜渡月霜。不知街头寂寥影，何处飘来雪绒花。

绿草如锦，古堡如雾。依稀又闻雨中曲。便是音乐无国界，回首犹见小白屋。

报了一个《音乐之声》的小团，6个人。3个来自伦敦，2个来自德国，我来自中国。一路非常愉快，在《音乐之声》的音乐中，我们度过了难忘的一天。同行的一个姑娘是大学生，她说她喜欢这部电影，她妈妈也喜欢。两位60岁左右的老太太也说：她们非常喜欢这部电影，因为有她们少女时代的梦想。另外一对年轻的小情侣，因为女孩子喜欢，男孩子就陪过来了。《音乐之声》确实是部伟大的电影，不分国界，不分老少。二战时期的奥地利，因为《音乐之声》而永恒。

中巴行驶在萨尔茨堡的老城、山谷、林阴小道和山峰，一路的音乐之声。从Do、Re、Mi开始，一首接着一首，《从十六岁到十七岁》、《雪绒花》、《晚安曲》，等等等等，每一首都非常经典。

高一的时候，第一次看到《音乐之声》，顿时震撼。

今天居然美梦成真。

《雪绒花》最安静，但是最直达内心深处。二战时候的奥地利，一首安静的歌，能唤起最崇高的爱国之心。

同行的几位小朋友

2011年
1月1日

2日

3日

4日

5日

6日

7日

8日

9日

10日

11日

12日

13日

14日

15日

16日

17日

18日

19日

20日

21日

22日

2011年
1月1日
2日
3日
4日
5日
6日
7日
8日
9日
10日
11日
12日
13日
14日
15日
16日
17日
18日
19日
20日
21日
22日

这就是艺术的力量。

走了大半天时间,看了多处拍摄实景之地,教堂、宫殿、草坪、河流,甚至影片中大女儿雨中跳舞的白色小屋,都是那么熟悉,只是它们并不在一处,分散在萨尔茨堡不同的地方。

《音乐之声》之小白屋

这一天非常忙碌:《音乐之声》、莫扎特、老城、教堂、城堡、音乐,等等。马不停蹄,不觉已过下午四点。

萨尔茨堡,古城。晚上四点半,天就暗了。我在老城的古桥边等出租车,非常非常寒冷。来来往往匆匆行走的人们,好似黑白电影中的镜头。有的穿着深灰色的长风衣,有的神情肃穆,有的是匆匆而过的背影。他们都赶着回去和家人团聚。我更明白了冬天的欧洲,为什么街上行人那样稀少,家里是最温暖的,谁愿意在晚上出来吹冷风呢?

这就是萨尔茨堡的冬天。

我也要赶紧回去,躲过寒冷的冬天。站在河边等候,基本上没有空车。旁边有一家小店,我进去询问老板娘到哪里可以打到车。老板娘很热情地说:哦,没什么,我为你打电话叫一辆吧。

我连声道谢。这里的人都那么好,很温暖。

5分钟后,我在河边打到了车。10分钟后,我回到了酒店。酒店就在火车站边,我在我住的那一层电梯口,可以清晰地看到晚上的火车在月台上来来去去。

夜深了。

2014.1.15

路上的风景 童话般的哈尔施塔特

疏影 哈尔施塔特

碧波如镜。有白云缭绕,群山随影。半壁古村,画壁石岩,野渡蒹葭自亭亭。白水苍苍临小舟,又听见,教堂钟声。何时偷,如此光阴,人间恍若一梦。

晚来江边凭栏,群岚交辉映,又见星星。远处犬吠,近处无声,便若无人仙境。信步古村寥落处,却不见,路上行人。但又见,晚风瑟瑟,忽闻钟楼深深。

今天转车有点麻烦。第一站是从萨尔茨堡转车去Attnang-Puchheim。然后再从Attnang-Puchheim转车去哈尔施塔特。

在第一站的火车上碰到了一对从韩国来的小夫妻。他们和我一样,也去哈尔施塔特。结果临时搭伴。火车在一个不知名的小站停下,三人一下火车就查车次,结果从二站台迅速跑到五站台。然后火车就开过来了,当时我们都没看车次,跳上车就走。结果没找到自己的车厢。于是随便找了个地方,我对面是个六七十岁的老人,拿着书本看书。我连忙给他看车次,问他对不对。老人很好,很仔细地看了车票,然后说:没错,过几站就是哈尔施塔特。

于是放下心。火车就开了。

一路上,美景不断,从村庄到树林,再到一个美如仙境的湖泊。

老爷爷自始至终在看书。

我中间打瞌睡,放在包上的帽子掉在地上,老爷爷居然放下书本帮我捡起来还给我。我很不好意思,连声道谢。然后就和老爷爷聊天,他是奥地利人,在看一本厚厚的德文书,还谦虚地告诉我:他的英语并不好。怕我坐错站,还特地帮我去问列车员,然后到站,看着我们三人一起下车,挥手道别。

看着他手捧书本的背影和慈祥的笑容,我就想起了那首诗:《当你老了》。

2011年
1月1日
2日
3日
4日
5日
6日
7日
8日
9日
10日
11日
12日
13日
14日
15日
16日
17日
18日
19日
20日
21日
22日

2011年
1月1日
2日
3日
4日
5日
6日
7日
8日
9日
10日
11日
12日
13日
14日
15日
16日
17日
18日
19日
20日
21日
22日

火车上的老爷爷,当你老了是否也如此安详?

就是冬天的围炉,手捧着一本书,回忆当年。感觉就是这位老爷爷的意境。

下了火车就是船坞。我和那对韩国小夫妻一起坐船。很方便,一路美景,让人感动得说不出话。

终于到了,挥手道别,各自安顿在不同的地方。

下午四点多钟,哈尔施塔特并没有像萨尔茨堡等其他几个城市那样马上天黑,趁着天亮,我在岛上转了一圈。如同仙境:雪山脚下,临湖,古老的屋子,偶尔走过的小狗。还有各种古老的房子杂花碎草间隔其中,衬着身后渐渐升起的月色和蓝色山脉。

天就这么慢慢黑了。湖面如雪,路灯星星点点,如童话。

这是一月的欧洲——哈尔施塔特。

2014.1.16

今天太幸福了。在邻水之处,在人间仙境,无所事事。

闲逛了一天。

看清晨,看薄暮。看阳光,看雪山。

甚至午后小睡了一会。

小镇很小,半个小时就可逛完。来来回回逛了好几遍,路上行人很少,听得到走路的声音。

还有在水边,听得到天鹅游水的声音。

每一个路过的行人都会笑着和你打招呼,好像你是他们村里人。

我在这个小镇闲逛,来来回回碰到一对小夫妻不下四五次。

他们说:要来上海找我。

这里很少看到亚洲面孔。下午游客又多了一些,有日本人、韩国人,中国人很少。

船坞就在不远处。每天都有人进来,每天都有人离开。最后一声鸣笛响起,又有人离开。

我很幸福。因为此时此刻,我就在此地。雪湖之边,月色之下。

2014.1.17

今天一天在路上。

换乘了一次船三次火车。

从早上到晚上。

终于在晚上赶到维也纳。

因为误船又误车,路上居然折腾了八九个小时。

见识了欧洲的小乡村。不守时的时候也挺不守时。

不过我终于赶到了维也纳。

万家灯火。

2014.1.19

维也纳的新年音乐会

早上去著名的斯蒂芬大教堂。这里有 850 年的历史,经历过二战、火灾等历史创伤。莫扎特在此生活了三年。莫扎特的遗体也在教堂存放,成为这个城市的象征。他也在此举行了著名的婚礼,其名作《费加罗的婚礼》也在此诞生。

教堂前有许多中世纪的马车,一下子把人拉回到了几百年前。这里的马车也称为菲亚克,源自巴黎圣菲亚克大街。马车夫狂欢节是这里著名的节日。许多欧洲著名的文学和歌剧里都有维也纳的马车,可是坐一小时要 80 欧,只得

2011 年
1月1 日
2 日
3 日
4 日
5 日
6 日
7 日
8 日
9 日
10 日
11 日
12 日
13 日
14 日
15 日
16 日
17 日
18 日
19 日
20 日
21 日
22 日

2011年
1月1日
2日
3日
4日
5日
6日
7日
8日
9日
10日
11日
12日
13日
14日
15日
16日
17日
18日
19日
20日
21日
22日

作罢,放弃。

然后去著名的沃尔采乐大街闲逛。

沃尔采乐街大街最具古老的穿堂风格,因马车马匹堵塞街道,为了方便行人行走,房屋主人允许行人从自己的堂屋走过。久而久之,许多咖啡馆、饭店聚集于此。像最负盛名的图格拉斯咖啡馆,具有悠久的历史。文人墨客在这里会找到如家般的感觉。维也纳有许多文人和艺术家喜欢在这里寻找创作灵感,他们有一杯咖啡一个苹果卷儿一份报纸的早餐习惯。许多名著产生于此,许多场景也来自这里的大街小巷。维也纳咖啡和苹果卷,可以代表维也纳文人的一种生活风尚。

穿过英格兰庭院风格的城市公园,小施特劳斯、舒伯朗等墓地都在此。维也纳河贯穿其间。

只有到了这里,才能感觉到维也纳的艺术和浪漫。这里有贝多芬旧居,小约翰·施特劳斯故居,音乐家们常与朋友在此聚会。据说小约翰·施特劳斯指挥音乐会的时候从来不用指挥棒,而是用小提琴来指挥。在那个悠远的岁月里,库尔沙龙音乐会曾经辉煌一时。

王宫贵族、银行家、实业家在此,散发着19世纪初的华美宫廷光泽。所以这里的宫廷建筑那么美,如梦如幻。这也是霍夫曼王朝的伟大,维也纳如此,布达佩斯和布拉格也都是哈布斯王朝的遗产。

下午三点多,去了让人震撼的金色大厅维也纳音乐会。

现场两个多小时的音乐会果然震撼。上半场是欢乐的音乐,也许是春天,森林中鸟儿歌唱,泉水叮咚。下半场是凛冽的冬天,万物萧瑟,万物肃杀。然而这就是人生,没有冬天,哪里来的春天?

音乐会现场有两个感人瞬间。其中两位小提琴手,感觉像祖孙。老太太年逾古稀,看得出年轻的时候是美人。小帅哥不过20余岁,已是首席小提琴手。但祖孙组合非常完美,非常和谐。令人想到无数背后的故事。这样的和谐场面在中国几乎看不到。

更让我感动的是维也纳音乐会上的老人。今天来听音乐会的有80%是老人,不到10%的年轻人,不到5%的小孩。老人年岁均在80岁左右,白发苍苍。然而让我震惊的是:每一位老人都是正装出席这样隆重的音乐会,妆容精致,神色优雅。有许多老太太戴着最珍贵的珠宝项链。老爷爷一样的男士们也均为正装,西装革履加笔挺的呢大衣、小礼帽。虽年华老去,但风采尤胜年轻人。我想,那是属于他们的年代。三四十年代是属于他们的黄金年代,他们以这样的方式,追忆自己的似水年华。

　　不到七点的维也纳街头,夜已很深很深,然而并不寒冷。我就这样在街头慢慢走,慢慢看着这异国他乡的夜色,来来往往的车辆。

2014.1.20

一个寒冷的雨夜

　　又是从一个城市到另一个城市。

　　从一个国家到另一个国家。

　　早晨很早就起了。原本想9点就去坐马车,遂了自己的心愿。可是早起以后就发现自己身体不舒服,有点昏昏沉沉的。早饭吃到一半就全部吐掉了,感觉是急性肠胃炎的先兆。于是折回去喝了许多热水,再躺下休息。我想着如果实在不行就晚一天去布拉格。

　　只是又是一个不可逆转的订房,晚一天去就损失一天的房价。若真身体不行了,也只能浪费了。

　　运气还不错,10点多醒来,感觉好了很多,也不晕了。连忙起来整理东西退房。然后把行李存在总台。我和他们说再去逛一圈,行李存在他们那里。

　　我的维也纳,不能有遗憾。

　　到了教堂,12点不到。于是找到马车夫。马车夫说:要80欧元。我说太贵,能不能便宜一点。马车夫很犹豫,最后说:55欧元,20分钟。

　　确实贵,心疼。但是来到维也纳不坐中世纪的马车,就像到了威尼斯不坐贡朵拉,都会有遗憾。所以,咬咬牙,也就上马车了。果然精致,马车后是一个玻璃车厢,很古老,还有毛毯,冬天坐在里面很暖和。和电影里中世纪的场景一模一样。

欧洲的马车

2011年
1月1日
2日
3日
4日
5日
6日
7日
8日
9日
10日
11日
12日
13日
14日
15日
16日
17日
18日
19日
20日
21日
22日

2011 年
1月1日
2 日
3 日
4 日
5 日
6 日
7 日
8 日
9 日
10 日
11 日
12 日
13 日
14 日
15 日
16 日
17 日
18 日
19 日
20 日
21 日
22 日

马车就这样慢慢地、滴滴答答地徘徊在中世纪的大街小巷。慢慢经过一条条的老巷,经过一个个的路人。时间就这样静止,又回溯,又慢慢往前流淌。

不经意时光流淌在声声马蹄间。

果然和埃及的露天马车是完全不同的感觉,一个是伊斯兰风情,一个是古欧洲风情;车夫也不尽相同,一个是伊斯兰老汉,一个是维也纳小伙;背景也不同,一个是黄沙漫天的埃及,一个是寒冷萧瑟的欧洲。

然后,经过回程的小路,发现了那家著名的迪格拉斯咖啡馆。迪格拉斯咖啡馆,源自 1875 年。著名的咖啡文艺沙龙,许多文人墨客喜欢逗留在此,以此作为自己的早餐室或会客厅。许多著名作品就出自于这里。进去随意点了一杯咖啡、一个苹果卷儿和几片面包,权当体验一把当时的场景,也顺便把午餐解决了。结论是:咖啡和苹果卷太甜,不如面包来得实在。

这家咖啡店生意很好,至今保留着看报的传统。咖啡馆为客人准备了大量的报纸,如果你愿意,待上一天也没关系。

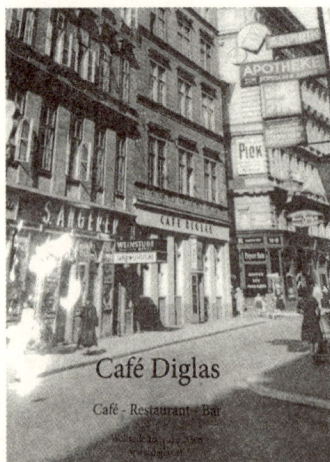 

迪格拉斯咖啡馆

但悠闲是属于他们的,我只能匆匆而过。赶回酒店拿了行李匆匆打车去火车站,赶上了 14:31 去布拉格的火车。

上了火车我就开始沉睡,实在太累了。醒来 4 点多钟,窗外已渐黑。这趟火车居然有免费 WIFI,在火车上,我在网上甚至做起了实况转播,又和同学现场聊天,报告了本次出行的感受。

窗外下起了小雨,火车疾驰在夜色中。但那时,只是下午 4 点多钟。

> 这是下午四点十二的欧洲火车
>
> 天色已暗
>
> 窗外下起了小雨
>
> 在不知名的车站
>
> 火车又慢慢离开
>
> 开向了雨雾茫茫的深处

又一觉睡去,再醒来时,已是布拉格。

布拉格又是深夜,夜雨纷纷。出了火车站,我撑起了伞,拖着一堆行李走在布拉格的茫茫夜色中。

幸好,不远处就有一辆出租车,在雨里。

打到了这辆车。当在寒冷的雨夜进入这辆出租车的瞬间,我觉得非常非常温暖。这大概就是幸福的意义。

2014.1.21

完美和不完美的旅程

近些天太累,在一个又一个城市中行走。到了布拉格,终于到了最后一站,有些松懈下来。早上睡到 9 点多钟,中间一直没怎么醒。然后匆匆吃了早饭,就决定去老城逛逛。

如果天气好,再坐船逛逛。

但一出门,就觉得异常寒冷,再一看,天空中飘起了细细的雪花,下雪了!

非常欢喜,因为一直期待,这次旅程应该有一场大雪才完美。原以为这次的冬天旅程,是冰天雪地的一种极致,但是今年的欧洲冬天,并不算非常寒冷。那件厚厚的滑雪衫,甚至都没怎么穿。这次笨重的行程,一大原因就是因为背着这件滑雪衣跑了大半个月。

终于下雪了。雪花飞舞,突然之间就觉得本次行程非常完美。

我曾在维也纳街头,那么期待有一场大雪。

因为快乐,因为感激,所以在雪地里走了很久。布拉格的街头,雪花飘飘,

2011年
1月1日
2日
3日
4日
5日
6日
7日
8日
9日
10日
11日
12日
13日
14日
15日
16日
17日
18日
19日
20日
21日
22日

古老而浪漫。

布拉格，一片童话世界。

走累了，走冷了，又去音乐厅旁边的一家街头玻璃咖啡店烤火取暖。那家咖啡馆非常有特色，有几处巨大的火炉可以烤火，在这样的冬天，又是这样的雪天，尤其让人觉得温暖。

今天咖啡店里人很少，也许是下雪的缘故。只有寥寥的几个客人，见了面也微笑着打个招呼，是不是也是因为下雪的缘故？

就这样，烤着火，躲着雪，看着街上的行人在雪地里来来去去。

在咖啡馆里烤了一个多小时的火，暖和了，然后继续逛。逛了一会儿他们的商场，感觉物价奇贵，尤其是服装。有件大衣居然标出了六位数，除以三也是人民币的五位数。以人均收入1500美元的捷克，这样的消费显然不合理。真要庆幸自己背了一个月基本没穿过的厚滑雪衫，否则今天临时买衣服，不知得浪费多少银子呢。总体而言，捷克吃饭、打车尚可，还算公道，但服装等贵得离谱，有些接近于俄罗斯的消费体系。怪不得相对于其他欧美国家，这里的人们过得并不是很快乐。

然后发生了一段小插曲。我在这将近20天的欧洲行程里，基本上每天都会碰到各种不同的老外，男女老少，每天至少十几个。我并没有感到任何的排华，95%的人都非常善良友好，充满绅士风度。几次在车上，那些笨重的行李让我觉得很狼狈，但总有陌生人主动帮着我把行李提上或拿下车。个人觉得德国朋友最绅士，绝大多数人都会主动帮助你。他们是属于外冷内热型的。奥地利人非常友好，非常真诚善良，我碰到许多让我感动的故事都是在奥地利发生的，虽然他们的英语并不算太好，但许多回答会让你感动，比如火车上的那位老爷爷。相比之下，捷克稍稍生硬了些，但是基本上只要他们明白了你的意思，还是会为你解决问题。

但是今天有些不愉快的经历。下午雪下得很大，我在广场上喝完咖啡烤完火，继续向老城深处闲逛。走了一会儿觉得又冷又累，正好那时路过第一天去过的那家咖啡馆，想起来该去补几张照片，顺便再去看看第一天相遇的服务生——一个姑娘和一个小伙子，那天他们和我聊了很多关于这个老城的故事。结果他们不在，也许不是他们的上班时间，是另一对姑娘和小伙子。当时我也没在意，还是进去找位置。那位当班姑娘在忙着招呼另一对东欧客人，没时间招呼我。

我等了一会儿,就自己找了一个位置。

我又等了好久,才等到这位姑娘忙着招待完了其他客人才来接待我。

我也没有太在意,点了一壶茶。

然后又等了很久,这位姑娘把茶端出来。放下了就走,又去不远的地方向那对东欧人满脸微笑献殷勤去了。

当时我感觉隐隐不快,也没说什么。自责了一下,也许是我多心了。

于是开始补拍一些照片。我想拍些透过窗玻璃的雪景,但没拍出来。不过也没太在意,拍得不亦乐乎。

后来觉得自己也应该留个雪中的纪念,就请那姑娘帮我拍一张。

那姑娘神色冷漠地说:"不好意思,我没有时间。等我有时间了,我再给你拍。"

当时我愣住了,这是这么多天来,第一次发生这样的事情。我在欧洲 20 多天,没有碰到一次拒拍的事情,无论男女老少。而且大街上的陌生人,也会很友好地给你拍,问你满意不满意。

然后看着那姑娘又笑容满面地去招待那对东欧客人了。

我很清楚地确认,我确实是被歧视了。

确认无疑。

但我能投诉吗? 投诉这位姑娘的眼神? 投诉她不给我拍照? 这也太小儿科了!

但我必须讨个说法。

我看了看那位远处的小伙子,向他示意请他过来。他很友好地过来了,然后问我需要什么帮助。我说可不可以帮我拍几张照? 他说可以,马上给我照了几张,我还挺满意的。于是笑着谢了他。

20 分钟以后,我又招手请这位男生过来,示意要买单。

那女孩子此时正空,但我没理她。

账单是 85 个捷克币,我给了那位男生 100。然后说:不用找了,剩下的是你的小费。然后我对那位男生笑笑,就离开了。我看到了那女孩尴尬的神色,貌似说不出话。

当我走出那家咖啡店,终于觉得透了口气。雪花更大,对面匆匆而过的行

2011年
¹月1日
2日
3日
4日
5日
6日
7日
8日
9日
10日
11日
12日
13日
14日
15日
16日
17日
18日
19日
20日
21日
22日

人，还是很友善。

但我并不就因此而认为：这次的行程不完美了。相反，因为这个小插曲，我更全面地认识了东欧。至少我所知道的捷克，是立体的。

突然之间想起了捷克小说家米兰·昆德拉的那篇小说：《生命中不能承受之轻》。老实说我并不很喜欢这种类型的著作，总感觉生命没有意义。我喜欢看的是中国古典文学，或者西方的一些经典小说，如《傲慢与偏见》、《简·爱》、《战争与和平》，诸如此类的。俄国作家和英国中世纪作家我都喜欢，但米兰·昆德拉这样类型的应该不算。当年流行他的作品，我翻来一看，看了大概就丢开手，因为不赞同这样的生活方式。

但此时此刻，正在捷克，不能不提米兰·昆德拉，也不能不提这本书。这本书的背景是1968年的捷克，布拉格，有一个著名的运动，布拉格之春。是捷克针对于当时苏联的红色革命的一种反抗，结果被苏联所镇压。而书中的男主角采取的是一种玩世不恭的生活方式，最终和女主角经过了一番悲欢离合，双双在一次车祸中丧生。另一重要女配角在美国得知了他们的消息而唏嘘不已。故事就此戛然而止，而我觉得那个故事就是把捷克放在一种乱世之中的一种反应。这应该是捷克的一种寓言，它既不属于共产主义的苏联，也不属于纳入北约秩序的西方国家。它只属于迷离地带的波西米亚，所以它的文化，既不像苏联那样厚重，也不像瑞士那般完美和与世无争，也不像美国那样理直气壮。

米兰·昆德拉的这部小说，其实是政治寓言小说，所以才得了那么多奖，虽然我还是不喜欢这样的风格。在文化上，我和波西米亚没多少共鸣。我更热爱我们自己的传统文化，我喜欢中国的古典诗词，也喜欢欧洲古典主义的理想主义和完美主义。

但是，捷克仍是一个非常美丽的国家。虽然她有创伤，她不完美，但她确实有一种奇异之美。

雪，下得更大。房间里，很温暖。

2014.1.22

布拉格的最后一天

晨钟暮鼓流云，石桥疏林斜阳。

冰河玉带，寒鸦点点碎黄昏。
广场又闻旧乐起，不见故人来。

飞雪渐行渐舞，落入寻常巷尾。
倏尔街头烤火处，弹落一身飞絮。

今天是在布拉格的最后一天，也是这次欧洲行程的最后一天。

早上又出去逛了一圈。积雪掩城，银装素裹。走了一圈，迷路三次，但最后终于走通了。今天迷路的地方和昨天迷路的地方全部连在了一起，原来就是向左走向右走的问题。

如果再来布拉格，我可以当导游了，许多路都走通了，脑子里都有了一幅地图。

下午换房，住了公寓。原来在德国的时候想着先订最后一天布拉格的房间，然后还有两天时间是布达佩斯的。但后来旅途太疲劳，没去布达佩斯，提前回到了布拉格，就订了其他房间。这家公寓很干净，厨房特别美，若大头妹子同行，一定可以做一些美味，现在我只能看着厨房想象一下。今天根本没时间在公寓，在外逛了一天。明天最多煮杯咖啡，烤个面包片。我都没找到超市，连鸡蛋都没有。

不过通过此次出行，感觉公寓是个不错的选择，但一定要人多，才可利用空间，做出家乡美味。

现在，我真的已经非常非常怀念中国菜了。蛋炒饭、小笼包子、馄饨、水饺，我都想念。

明天中午我一定要找个地方吃中餐。

我的爱国心，如同我的中国胃，无法改变。

从公寓出来，走了15分钟，突然就到了似曾相识的瓦茨拉夫广场。雪还在飘，我没打伞，就这样慢慢地在雪里走。今天错误估计形势，衣服穿少了，可真够冷的。不过瓦茨拉夫广场上也有烤火的地方，我决定烤一会儿，喝点茶暖暖胃。下午1点48分，又有好多游客聚集在此，等在钟楼下看两点的敲钟。我就坐在他们后面，烤着火，感受着布拉格的冬天。鸽子飞来飞去，可惜原来那些唱歌的人不在。我还记得那首歌词：夏天已远去，可我还在这里，怀念心爱的

2011年
1月1日
2日
3日
4日
5日
6日
7日
8日
9日
10日
11日
12日
13日
14日
15日
16日
17日
18日
19日
20日
21日
22日

2011年
1月1日
2日
3日
4日
5日
6日
7日
8日
9日
10日
11日
12日
13日
14日
15日
16日
17日
18日
19日
20日
21日
22日

姑娘，怀念逝去的岁月。但他们的歌唱得并不悲伤，我想他们应该就是在怀念夏天的阳光。但今天的老城广场没有音乐，只有漫天飞舞的雪花。

我就在那里烤火，一边寒冷，一边温暖。

两点的钟声就这样响起，广场上的人群在钟声中雀跃：

> 两点的钟声响起
>
> 我在人群后面
>
> 听着古老的钟声四起
>
> 钟声四起
>
> 所有的音乐摇曳
>
> 广场的鸽子飞舞
>
> 我在人群之后
>
> 我在下着雪的冬天
>
> 烤着炉火
>
> 钟声响起
>
> 群鸽飞舞

烤了一个多小时的火，看了一个多小时的雪，继续闲逛。然后又到了老城最漂亮的地方，是我第一天就觉得美到震撼的地方，又是昨天让我不愉快的地方。大家在网上教了我很多好办法，我也不怕遇到那女孩。但今天运气很好，居然碰到了第一天的服务生，他们居然还认得我，满脸灿烂的微笑。我一下子就觉得非常温暖。

他们接待了我以后，让我随意，我就看雪花看行人看风景，从下午到黄昏。黄昏与傍晚交替，窗外还在下雪，光阴交相辉映，那是老城最美的时候。

点了碗面，不敢相信，居然有中国的味道。

然后继续在夜色中逛，逛到老剧院附近。天很冷，我又去烤火。点了饮料也没喝，只是为了那堆炉火。

还是那个绿色调的玻璃房，晚上全部是红色调了。但是炉火还是那么温暖。

布拉格咖啡馆

　　我就在这个下着雪的晚上,坐在路边的玻璃房内烤火。而此时,布拉格正在飘雪,路人匆匆。

　　这个布拉格的冬天,那么完美。

　　正是寒冬。

雪落布拉格

君不见

雨中又回布拉格

夜有冷风日飘雪

君不见

街头零落异乡客

露天烤火避风寒

城外桥头树挂冰

城内古堡起飞絮

广场落日狂风起

却见新人婚纱舞

2011 年

1月1 日

2 日

3 日

4 日

5 日

6 日

7 日

8 日

9 日

10 日

11 日

12 日

13 日

14 日

15 日

16 日

17 日

18 日

19 日

20 日

21 日

22 日

2011 年	落日何处是旧谣
1月1 日	仲夏何处有旧影
2 日	且听歌声且烤火
3 日	只疑身在梦里行
4 日	
	何处是归程
5 日	雪落长短亭
6 日	回首自辞去
	风雪夜归人
7 日	
8 日	君不见
9 日	万里江山万里行
	故乡明月照我还
10 日	
11 日	
12 日	
13 日	
14 日	
15 日	
16 日	
17 日	
18 日	
19 日	
20 日	
21 日	
22 日	

再次出发

从北欧到南欧

我没有坐过这么美丽的火车

有时峥嵘的怪石在天边

有时淙淙的瀑布在身旁

天空的云彩是淡紫

永不黑暗的也许正是北极光

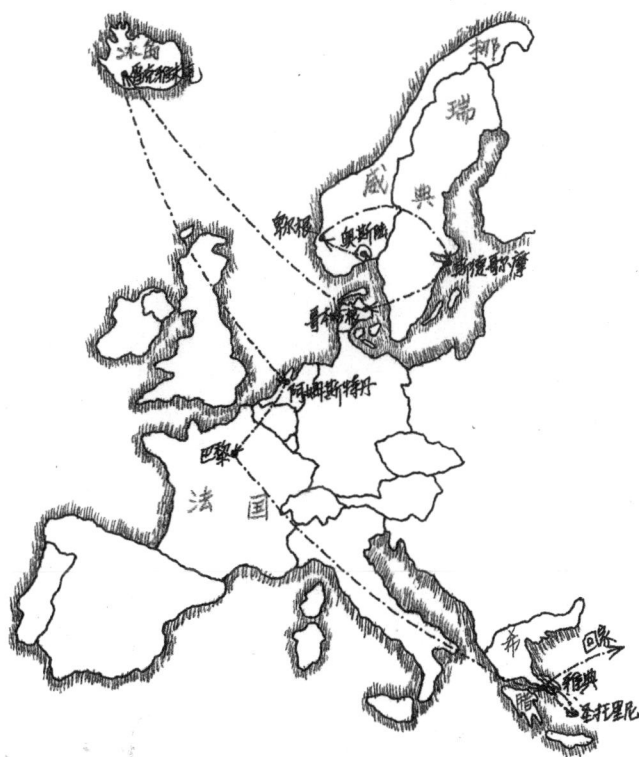

　　8月5日,从早上9点开始到晚上,16个小时连轴转,终于把表格上的21件事情统统划完了。基本上准备工作都完成了,下面的旅程倒是可以随遇而安了。前几天星燃就问我:还是决定去吗?枫枫今天也打电话来:你还是决定去吗?这次的旅程有些纠结,做了一个多月的功课,机票酒店行程路线都设计好了,四分之三的费用都在网上支付,突然之间欧洲局势很不明朗。基本上好友们姐妹们都劝我不要去,后来我又问了几个同学,他们说欧洲应该还可以。如果不去有遗憾,损失严重,去了又有些不安。怎么说呢?今年事情实在是太多了。近期梦梦同学也先去了欧洲,我还说我们可以在荷兰会合。所以想想也没有回头的道理。后来PP也安慰我,好人有好报的!我也只好天天祈祷,但愿此行平安!真有什么事,我只好到那里做战地记者去了!想起了两年前去埃及,当时那里局势也不稳,穆巴拉克引起民众不满,当时我倒并不太害怕。但今年局势实在有些错综复杂,所以心情倒是没有两年前轻松。但既来之,则安之,我相信这次也一定能够平安归来!我的死党们一定要在网上,万一我碰到什么难题,现场网上求助!

　　这次的行程起源于去年9月的一首诗:

　　翻出去年9月的一首诗:

　　如果有一次天马行空的旅程/我想这样走/坐上北京去莫斯科的火车/穿越亚欧大陆/从白桦林看到北极光/北纬72度/然后度过波罗的海/去安徒生的故乡/那边应该大雪/还有悲伤的卖着火柴的小女孩/然后沿着阿尔卑斯山/来到奥地利/看看欧洲的公主/在音乐之声的乐曲中/穿越二战的柏林墙

　　再一直往南/来到意大利/看看罗马假日的喷水池/看看古欧洲的竞技场/然后一路往南到希腊/看看雅典娜/西班牙的里斯本/对面就是摩洛哥/就这样/一路穿越到非洲

　　今年一月完成本首诗歌的东欧和中欧部分。现在继续,完成本首诗歌的北欧和南欧部分。

2014年
8月5日
6日
7日
8日
9日
10日
11日
12日
13日
14日
15日
16日
17日
18日
19日
20日
21日
22日
23日
24日
25日
26日
27日

2014年
8月5日

6日

7日

8日

9日

10日

11日

12日

13日

14日

15日

16日

17日

18日

19日

20日

21日

22日

23日

24日

25日

26日

27日

2014.8.6

旅程就这样开始了。

从浦东国际机场到莫斯科,再从莫斯科到奥斯陆。从北京时间2014年8月6日早上7点开始,一直到挪威时间2014年8月6日晚上11点30分,一共20来个小时。

这次我坐的是俄罗斯航空,在这样的时局下坐俄罗斯航空要有多大的勇气?反正我一直忐忑不安,上飞机前祈祷一下,每次飞机安全着陆的时候,都要暗自感谢一下上苍。

飞行9个多小时后安全降落在莫斯科机场。顺利过转机安检,一抬头就是熟悉的莫斯科机场。

我觉得莫斯科机场的消费是天价,莫斯科是世界上消费最贵的地方。普通的矿泉水折合人民币28元,咖啡折合人民币40元出头。为了这里有WIFI可以报平安,我从这里转机去奥斯陆。找到了信息处,但这里的工作人员并不愿意告诉你确切的信息,他们说:你去看信息牌啊,我们不知道。我说:我看了,就是要和你们确认一下啊。他们说:我们不知道。俄罗斯确实是一个骄傲的民族,他们对于任何国家的人都这样。这是我第二次到莫斯科机场,有些亲切有些陌生。

再匆匆转机,3个小时以后来到挪威首都奥斯陆。

当时奥斯陆是晚上8点多钟,但仍若白天。想起了今年一月来欧洲,白天只有五六个小时。到了夏天,这里却相反,晚上9点多钟才有近黄昏的感觉,连绵起伏的麦田,绿色的森林,在黄昏下可以看到有时连绵的红色小屋。真是童话中的感觉呢。

这里的人民超出想象的单纯和朴实。和俄罗斯机场的工作人员相反,我在机场得到了若干工作人员的帮助。有个帅小伙帮我兑好了挪威币,并用并不流利的中文和我说"你好"和"再见";7-11的超市服务员为我推荐了当地的电话卡并帮我放进了电话卡;最让人感动的是:碰到了机场大巴上的一位雷锋姑娘,20多岁年纪。我本来想打车,她说大巴可以到。我说不认识路,她说她可以带我过去。最后这位名叫Sofia的姑娘还帮我提行李,真是感动死了,我说我碰到了雷锋姑娘。她问什么是雷锋?我说那是中国家喻户晓的一个好人,我怎么运气这么好,在北欧奥斯陆这样一个陌生的城市里,居然会碰到活雷锋。

　　北欧的第一天遭遇让我觉得有些近似于童话中的不真实。

　　夜慢慢深了。北欧森林公路温柔地横亘着，从黄昏到黑夜。而我也累得终于没有力气，居然不出五秒钟就进入了梦乡。

2014.8.7

　　一大早去中央火车站。原本也想买欧铁通票。但本次行程并不以火车为主，结果工作人员建议我分开买会便宜好多，否则就要走六个国家。我听得头都大了，后来这里有一位胖胖的工作人员带着我去买票，第一段在售票机上买的，第二段在大厅完成。第三段要去荷兰买，既来之则安之吧。从昨天晚上到今天，做的都是些第一步行程准备的事情，电话卡、火车票，现在基本都解决，出行不易，第一天要解决的都是技术问题。后面的行程就可以轻松了！

　　挪威货币今日牌价：大概 100 挪威克朗折合人民币 98 元，可以约等于 1：1。

　　这里的物价比莫斯科便宜，比奥地利贵。总体感觉除了莫斯科，北欧是世界上消费最贵的地方。这里的水都要 20 元左右，饮料也在 20～30 元。食物奇贵，但服装很便宜，甚至有两位数的，比俄罗斯和东欧都便宜好多。所以整个消费体系是健康而朴素的。就这样在奥斯陆街头闲逛，到目前为止，还没有进入游客状态，只是一个异国他乡的平民，在奥斯陆街头闲逛。

2014.8.8

　　一早起来，打车到中心广场。这里就靠海边，原来我想先去坐大巴，下午去坐船，现在我决定大巴和船打包在一起。

　　有了一个多小时的空闲时间，随意在广场和海边走走。这里的夏天很清冷，有点凉凉的秋意。码头上许多游船停泊在那里。广场前开满了各种紫色的花儿。

　　这里的艺术馆正在展出一个中国的艺术展。到奥斯陆看中国的画展，很有意思。不过今天的画展并不是我喜欢的，看了一眼就走。

　　我不知道报了一个什么团，据说是包括大巴和游船。先找到了上车地点，空无一人。过了十几分钟，人渐渐多起来，来自各个国家的游人：新西兰、荷兰、

2014 年
8月5日

6日

7日

8日

9日

10日

11日

12日

13日

14日

15日

16日

17日

18日

19日

20日

21日

22日

23日

24日

25日

26日

27日

2014 年
⁸月5 日
6 日
7 日
8 日
9 日
10 日
11 日
12 日
13 日
14 日
15 日
16 日
17 日
18 日
19 日
20 日
21 日
22 日
23 日
24 日
25 日
26 日
27 日

德国，今天又是个多国组团日。

我们坐的是 HMK 旅游车。一路听着挪威的历史，看着挪威的风景。

奥斯陆是挪威最大的港口城市。这里有著名的奥斯陆大学，也有古老的宫殿和城堡，还有古意盎然的挪威海滩。

天很蓝，白云大团大团从天上垂下来。山坡小道蜿蜒曲折，下面就是一望无际的大海。据说挪威自古就以航海业著称，渔业、海上贸易极其发达。是最早同俄国、瑞典有海上贸易来往的国家。

大巴穿越奥斯陆古老的大街小巷。和许多古老的欧洲城市一样，这里的许多建筑都是 17、18 世纪的，有着几百年来浓郁的历史味儿。还有许多石子路铺成的电车轨道，蜿蜒在奥斯陆的大街小巷。街头咖啡店随处可见，空气中飘满了咖啡的味道。

维尔蓝雕塑公园是世界上最大的雕塑公园，绿地成荫，举世闻名，尤其以人体雕塑著称于世。有若干雕像区，数百个雕像：分别为家庭、夫妻、母子、儿童等和谐的生命状态。在这里会有一种和谐而崇高的感觉，让人敬畏。

一路还参观了挪威古代船舶博物馆，时间一下子拉回到 1000 多年前。当年的挪威人自己造船，航海技术举世闻名，在船舶博物馆仍可以找到当年的海船，甚至可以找到船上烧饭的炊具与各种零件。

然后继续蜿蜒在挪威的沿海公路，一路可见浓郁的森林。大海就在山脚下，蓝天碧海，千年的船坞永远也不会改变。

下午，就这样飘荡在蓝色的挪威海上，慢慢起航，岸上鸽子飞翔。

2014.8.9

从下午 4 点到晚上 11 点，颠簸了 7 个小时来到了卑尔根。原以为今天的任务就是欣赏火车上的美景，哪里知道火车开到了高原，美景超乎想象的壮丽，但同样也超乎想象的落魄。先是高原反应，后来火车经过高原冰川湖泊的时候，室外的温度骤然降到零度以下，好在火车内有空调。我只带了一件薄外套，半夜到了卑尔根，硬着头皮冲下车，在月台上就是一阵阵肆虐的大风。月台很小，我正犹豫要不要开箱子把滑雪衫拿出来，后来算算开箱找东西的时间至少得五分钟。眼睛一抬就看到出租车出口处，奔过去只要几秒钟。一出去就感觉成片成片的雨敲过来，哆嗦地几乎不能出去。但转眼间几辆出租车停在那里,一路飞跑,在几秒钟的时间,一位司机出来,帮我把大箱子放到了后座。我终于坐进了出租车,一下子温暖了。然后再看看外面,整个小城是古欧洲的感觉,下着哈利·波特式的灰黑的雨。

不管怎么说,我运气太好了,在这么没有防备的情况下,遭遇了欧洲的冬天。又在这么糊里糊涂的情况下,碰到了好心的司机,并且顺利找到了这家温暖的小客栈。

今天的游记就是两首诗:

2014 年
8月5 日
6 日
7 日
8 日
9 日
10 日
11 日
12 日
13 日
14 日
15 日
16 日
17 日
18 日
19 日
20 日
21 日
22 日
23 日
24 日
25 日
26 日
27 日

高原冰川峡谷的火车

我没有坐过这么壮观的火车
有时穿越隧道
有时穿越草地
有时森林在身旁
有时河流在脚下

我没有坐过这么壮观的火车
有时绿野仙踪
有时有红色的森林小屋
有时紫色的小花在峡谷
有时绝色的冰川在天涯

我没有坐过这么美丽的火车
有时峥嵘的怪石在天边
有时淙淙的瀑布在身旁
天空的云彩是淡紫
永不黑暗的也许正是北极光

挪威的火车
挪威的森林和峡谷

挪威的草原和极光

这里是不是永远是白夜

所有的梦想永远不凋零?

你看

你看

月亮终于升起来了

峡湾就在身旁

山川变成了深黛

冰川湖泊终于泛起了银色的倒影

卑尔根的雨夜

今天真是一个冰冷的夜

卑尔根的天空下起了肆虐的雨

欧洲的小城里

斜斜的密密的雨

成片成片地打来

宛如哈利·波特的石子古堡

浓浓的阴沉的

带着狂风回到了几百年以前

我刚从高山峡谷冰川

穿越到这个古老的欧洲小镇

下了火车

迎面就是

肆虐的风肆虐的雨

我还穿着夏天的衣服呢

怎么一下就来到了卑尔根的冬天

2014.8.10

今天非常闲散。昨天到卑尔根已经半夜,风雨交加。今天的任务就是把去峡湾的事情完成,剩下的时间好好休息,慢慢闲逛。

早上去了一家当地的博物馆,概述了当地的一些历史。卑尔根在 12—13 世纪曾经是挪威的首都,到 13 世纪,德国的城市联邦形成贸易联盟,其中最重要的是汉萨同盟,免税区布吕根在此基础上发展起来。1360 年,在此建立第一个办公室,并将布吕根作为联盟的四个国外基地之一。

而现在的卑尔根是一个迷人的城市,周围环绕着七座山峰和七个峡湾,被联合国教科文组织列入世界遗产名录。

这里有一排排木屋,各种色彩,可以追溯到 12 世纪。

汉萨博物馆分别讲述了卑尔根在早期渔业时期、贸易同盟时期的历史。最有意思的是一些当年的居住展示:木质阁楼,室内卧室、客厅陈设还原当年,非常简单而有生活的痕迹。让人不可思议的是当时贵族的起居室。让人吃惊的是,他们的卧室就像一个小箱子。儿童卧室就更小,贴着墙就可以上下,成柜状陈设。

下午订好了明天去峡湾的票,然后在海滩闲逛。美丽的卑尔根,弥漫着音乐的声音。海边有许多乐队,也有很多鸽子。

海边的座椅感觉很好,和布拉格很像,有毛垫和毛毯。今天风挺大的,盖上毛毯很舒服。

海鲜鱼市场是卑尔根最著名的海鲜之地。我找到一个地方,点了一个海鲜。不过这个螃蟹是冰的,味道虽好,吃起来总是有些不舒服。无可奈何之间,我又点了一个热的三文鱼,结果量太多,多余的我打包了当晚饭。

今天一天就这么懒懒散散的,黄昏时分和旅游中心认识的一位中国姑娘约好,她带我去爬山。这位姑娘在法国留学五年,即将毕业。我们聊起各自周游列国的一些趣事,对各国的一些现象做了点评。说起了欧洲列国、中国大陆、中国台湾、日本、中国香港等各地的不同。说得很是投缘,在山坡上,看着远处的峡谷慢慢地从浅蓝变红,又慢慢变成紫色。

下山之后,天就慢慢黑了。灯光倒影的海面璀璨异常。这个古城在夜色中像童话一样。

然后各自道别。明天她去另一个城市,我去峡谷。真是非常有意思,谢谢

2014 年 8月5 日
6 日
7 日
8 日
9 日
10 日
11 日
12 日
13 日
14 日
15 日
16 日
17 日
18 日
19 日
20 日
21 日
22 日
23 日
24 日
25 日
26 日
27 日

2014 年
⁸月5 日
6 日
7 日
8 日
9 日
10 日
11 日
12 日
13 日
14 日
15 日
16 日
17 日
18 日
19 日
20 日
21 日
22 日
23 日
24 日
25 日
26 日
27 日

黄昏和晚上的美景,谢谢这位姑娘!

2014.8.11

绝美的风景出现在最不经意的时刻

峡湾真是太美了! 今天一天在路上,来回各两个多小时。还有三个小时在小岛上自由活动。旅游中心的服务人员推荐了最精华的景点,差不多每条路都走到没有路了,还是到达不了最高的山顶。后来服务人员告诉我,三个小时的时间步行是没有办法到达山顶的,必须自驾开车到山顶,或者要步行更长的时间。这里居然没有旅游车可以提供服务,而且游人很少,我们这条线一共只有五六个人,到了岛上连影子都不见了。后来回程的时候,同船的五六个人交流了心得和照片,才发现,大家果然都没有到达山顶,都是走到了无路可走的地方。后来我们才知道,要到达峡湾的山峰最高处,最好坐这里 5 天的游船,这样包括了所有应该去的地方。但是我们已经见到了最美丽的峡湾,就算到不了山顶也没有遗憾了。

清早出发,下午归来。今天是个阴雨天,来去都有雨。但都在船上的某个时刻。在岛上的时候天气非常好,阳光灿烂,倒似夏天。

绝美的风景,总是在最不经意的时候出现。

挪威美丽的峡湾

峡湾游船偶遇的老太太

除了风景,今天最值得记的是三个人物。

第一个是图片中的老太太。一早在码头,开船之前游客寥寥无几。我看到一位老太太就上去问她船票对不对。老太太很仔细地看了我的船票,很快乐地告诉我是那艘船,并且告诉我和她同一艘船,不过她是单程,我是来回。一会儿,船来了。我看老太太有两个笨重的行李箱,而我今天几乎没什么行李,于是就帮她拉了一个箱子。实在不是什么雷锋,只不过近些天一直碰到北欧雷锋友好的帮助,老太太年纪这么大,我不禁动了恻隐之心。到了船上,我帮老太太把行李放在她的位置,就找了一个靠窗口的地方。等时间到了就开船了,这才发现,偌大的游船加起来才五六人,空荡荡的,位置随便坐。

一会儿老太太就来到我边上,她问:我可以坐这儿吗?我说:当然可以。于是和老太太聊天。原来她家住在卑尔根,她已经退休,因为闲暇时间特别多,就去岛上看一个朋友,住些日子。

聊了一会,我就出去拍照片。回来的时候,她就拿出一个针织的小针,很专心地在那儿做针线。很奇怪,这和中国的针织很接近,只是中国打毛衣至少要两根针,而她只用一根针。我很好奇地看她的手指上下飞舞,忍不住问她这个用来做什么。

她说,她要织个婴儿毛毯,给她的小孙女用。后来继续聊天,才知道这位慈祥的老太太在 20 多岁的时候周游数国,到过日本、南美等地。她是一边工作一边去不同的国家,一共花了一年的时间在路上。现在已是儿孙满堂,提起孩子们一脸的幸福。她说:现在我已经退休,还是喜欢旅行。我有很多闲暇时间,大部分时间在家里。有时出去旅行,在路上无聊的时候,就给她们打毛线。

这位老太太看上去很普通很慈祥,但是她的经历,应该是一本书。到了码头,她的一位老闺蜜果然在那儿接她了。道别的时候,我觉得这位老太太真了不起。

第二位是同船的一位 20 岁出头的中国留学生,去的时候坐在一个角落,没有说过一句话。我在岛上独自逛着找峡谷的时候,碰到这位男生两三次,向他问过路。回程的时候,早上同去的五六人一起交流经验,才知道这个岛太大,大家都没有找到悬崖最高处。不过这个男生按地图指示走的,已经走到了森林的最深处,但还是没有找到路。大家又聊起行程,才知道这位男生是香港中文大学的学生,已经在欧洲旅行了 8 个星期。6 个星期在哥本哈根做课题,两

2014 年
8月5 日
6 日
7 日
8 日
9 日
10 日
11 日
12 日
13 日
14 日
15 日
16 日
17 日
18 日
19 日
20 日
21 日
22 日
23 日
24 日
25 日
26 日
27 日

2014年
8月5日
6日
7日
8日
9日
10日
11日
12日
13日
14日
15日
16日
17日
18日
19日
20日
21日
22日
23日
24日
25日
26日
27日

个星期继续逛北欧。他告诉我去芬兰呆了六天，但还是来不及去圣诞老人的故乡。圣诞老人的故乡？当时我就纳闷了。他说，圣诞老人的故乡在芬兰北极圈的某个城市。可惜啊，这个典故我不知道，不过此次行程，我没去芬兰。听他介绍了一下典故，真觉得有点可惜。

这个男生应该是背包族，非常专业，看地图具有绝对的空间感，而且非常节约，他自带水杯，饿了就从包里掏出饼干。我们都觉得北欧的消费太贵，没法接受。这位香港的男生很腼腆，也非常有礼貌。话不多，但只要说话，给出的建议就非常专业。我刚开始以为这位大学生是毕业旅行，后来才知道，他还在读大学。

香港的学生有一种比内地的学生更独立、更吃苦耐劳的精神。而且他们很谦虚，不妄自菲薄。

2014.8.12

斯德哥尔摩　夕阳、王宫与老城

从卑尔根到斯德哥尔摩，弹指一挥间。

早晨的卑尔根还是阴雨绵绵，有些深秋的感觉，下午的斯德哥尔摩街头已是夏意盎然。街头许多路人穿着短袖短裤，趿着拖鞋。

从卑尔根机场出发去斯德哥尔摩。我订的是芬兰航空的廉价航班，价格比火车票都便宜。卑尔根打车特别贵，远高于欧洲其他城市。我坐机场大巴，90挪威克朗。顺利到达卑尔根机场。不巧今天有个日本团，排了一个小时队才过安检。但是运气很好，她们居然让我免费托运了行李，原来说行李是要额外收费的。又过安检，进入登机口。从国内航班区域穿越到国际航班区域，一进入免税区，登时觉得价格从天上回到人间。一切又是那么便宜，我几乎怀疑自己的眼睛看错了。我最后剩下的200挪威克朗居然没有花出去，还剩100多。

因为在斯德哥尔摩只待一天，我把剩下的100挪威克朗换成瑞典币，再换了30欧元。主要就是打车或小散钱，另外我想留些小零钱做纪念。其他刷卡。

从下午到晚上，匆匆几个地方，匆匆到此一游。好在没有辜负美景：在河边吃了晚饭，在王宫看了夕阳，在老城散了散步。最后，在月亮将升未升之间，在老城的街头咖啡馆喝了杯茶。

就这样匆匆地，记了两首诗：

一

夕阳落日，古堡斜阳。湖水缓缓，船舸自东西。
闲花野草，风中自闲闲。忽见王宫伫立，多少事，晚风中。

二

钟声慢慢响起

这是八月的老城

河流在山脚之下

王宫就在不远的地方

八月的老城

石子路上渐渐泛起银色的光

八月的老城

为什么到了黄昏之后就起风

八月的老城

在路边喝杯茶

暖暖身子吧

突然一阵风吹过

连忙盖上了路边咖啡馆的毛毯

这是夏天呢

还是冬天

反正我也不清楚

银色的月光起来了

我有些体验到《安徒生童话》和《格林童话》的意境了。夏天的晚上，竟然也
像冬天风起时。

2014 年
8月5 日
6 日
7 日
8 日
9 日
10 日
11 日
12 日
13 日
14 日
15 日
16 日
17 日
18 日
19 日
20 日
21 日
22 日
23 日
24 日
25 日
26 日
27 日

2014 年
8月5 日
6 日
7 日
8 日
9 日
10 日
11 日
12 日
13 日
14 日
15 日
16 日
17 日
18 日
19 日
20 日
21 日
22 日
23 日
24 日
25 日
26 日
27 日

2014.8.13

哥本哈根　安徒生的故乡

从斯德哥尔摩到哥本哈根,又是弹指一挥间。

从瑞典到丹麦,五个多小时的火车。

连续两天从一个国家到另一个国家,浓缩到不能再浓缩的精华。极端考验体力和精力,已经快透支到极限。

到了哥本哈根,瞬间觉得蓝天白云。整个城市更古老,更欧洲,更童话。到处是古灰色的建筑、教堂和城堡。只有欧洲才有的深绿和冰蓝,绿的是树林,蓝的是大海。

如果浓缩到只有一天的精华,我只要看安徒生,我只要看小美人鱼和卖火柴的小女孩。

安顿好,直奔海滩,寻找美人鱼。走了很久很久,一路都是深蓝的美景。只有大海的深蓝才配得上安徒生故乡的背景吧。还有美人鱼,应该在海上。

走到极致,发现了很多很多无法形容的美景。蓦然回首,就是小美人鱼。

深蓝的天空深蓝的海水

一路寻寻觅觅

我来到了美人鱼的故乡

美人鱼就是从这里上岸的吗

石阶深处辉映着大海的光芒

远处的钟声近处的水声

有时起伏有时空灵

这里正是美人鱼的故乡

在这样的黄昏即将来临的夜晚

美人鱼就这样轻盈地上岸

离开她的大海故乡

天色已渐渐变成暗灰

远处的海面渐渐倒映着银色的光影

只有这里的海水才配得上这美丽的童话

这冰蓝的海面就是美人鱼的故乡

就这样天色渐渐暗了

我就坐在她的身旁

许多年以前她在悄悄哭泣

然而那天早上

她轻轻地化作了泡沫慢慢进入天堂

这里就是美人鱼的故乡

这里还是安徒生的故乡

慢慢地天色已暗

但是为什么

来自各国的人们都静坐在她的身旁

这里就是小美人鱼的故乡

这里就是安徒生的故乡

　　我在海边小美人鱼的雕塑下坐了很久，一直到月亮升起来。

　　归程，又是极美的画面。北欧的夏天很奇怪，到了晚上总会起风。一起风就会有冬天的感觉。然而清冷的街上会把身影拉得长长的，很容易就能感受到卖火柴的小女孩的意境。

　　我在北欧。在一个深夜，在哥本哈根的街头，静静地，感受着安徒生的故乡。

2014.8.14

冰岛雷克雅未克　弹指一挥间

　　今天，从哥本哈根到雷克雅未克，又是弹指一挥间。

2014 年

8月5 日

6 日

7 日

8 日

9 日

10 日

11 日

12 日

13 日

14 日

15 日

16 日

17 日

18 日

19 日

20 日

21 日

22 日

23 日

24 日

25 日

26 日

27 日

2014 年
8月5日
6 日
7 日
8 日
9 日
10 日
11 日
12 日
13 日
14 日
15 日
16 日
17 日
18 日
19 日
20 日
21 日
22 日
23 日
24 日
25 日
26 日
27 日

其实昨天我就觉得已经到了极限，任何地方都可以回头。

所以我在飞机上一直在昏睡，再睁开眼就是冰岛的雷克雅未克。

其实，我也有些不相信自己。但一个多月前做行程的时候，廉价机票让我心动不已。我觉得自己以后不可能再专程单独来冰岛，于是狠狠心，订下了机票。

让人头疼的汇率：下了机场，用 300 欧换了当地币。结果吓了一跳，居然换出接近 45 000 当地币的票面。于是我懵了，不会做算术了。机场大巴是当地币 2400，一下子感觉是天价。后来我在车上做汇率换算，欧元比冰岛币是 1：150，人民币是 1：17。我终于大致算出了这张大巴票价格在 132～140 元之间。太难为我了！

冰岛之于我，有些让人敬畏。到了一个完全陌生的环境，最安全的还是坐机场大巴。刚出机场，就觉得天苍苍野茫茫，一下子进入了极地的草原。一路开了近一个小时，这才进入有人烟的地方。然后又开了十几分钟，出了草原，竟然看到一望无际的大海，和远处飘渺的山脉上漂浮的烟云。果然壮观无比。我离北极是不是很近了？

晚上九点多，这里的天还亮着。侦查了两三个地方，这里的正餐消费都在当地币 2000 多，咖啡或茶三四百，折合人民币分别为 100 多元和 20 元左右。还算可以消费，在这么冰天雪地的地方，在食物上就不能太委屈自己了，一定要有热水和热饭，这样才可以对抗北极圈内的冬天。

不知什么时候就渐渐沥沥地下起了雨。路上行人很少。风很大，我的风衣挡不住寒冷了，路上有些人穿起了滑雪衫。我很想知道他们冬天穿什么呢？很想知道他们怎么度过那么寒冷的冬天？

一路在雨里走着，远处的天边还是泛着白光。我不知道，这是不是北极光？

> 我不知道
>
> 这是不是北极光
>
> 深夜的天空依然如白昼
>
> 我不知道
>
> 这是不是天涯

再远再远的天边是否就没有了路?

我不知道
这是不是深深的寒冬
走在飘着小雨的路上
已经需要厚厚的冬衣

我不知道
这算不算离北极已经很近很近
我不知道
我是不是已踏入了北极圈?

2014.8.15

下午以后运气真是不好。买了观光大巴票,结果因为一场雨困在咖啡店。雨停了以后出去找大巴站,结果找了两个多小时也没找到。

在美国与大部分欧洲的城市坐大巴观光,一般在旅游中心买了票,车站就在旁边。但这里买票后巴士站需要自己去找。他们给了我一张地图,大概要绕好几条马路。我问他们近不近,他们说很近。刚出门就一场大雨,只能到咖啡店避雨。一个小时以后雨停了,我问咖啡店的姑娘,她们好像知道好像又不知道,于是说大概在街角,应该有标志,要我过去问问。然后我走到街角,并没有找到标志。

无奈之下,我拐进了一家小店。店主是一个很绅士的北欧男子,我把地图给他看,他挠挠头说也许就在附近,不过他也不知道。然后他打开电脑上网帮我查,一会儿他很高兴地说:我知道了,就在海边!于是让我走到海边往右拐,也许就找到了。结果我又一路走到海边,往右还是没有车牌。

然后我又拿着地图在海边来来回回地走,一会儿来了个中国人。我把地图给他看,他说应该就在附近,叫我去找车牌。我又来回走了一圈,歪打正着经过一家泰国餐馆,问他们的老板知不知道这个巴士站。结果饭店老板说:这儿好像没有大巴。就在这么一两圈的时间里,一个小时过去了。当时风雨交加,感觉天又慢慢有了寒意,我赶紧跑回饭店加衣服,然后又问大堂服务员

2014 年
8月5日
6 日
7 日
8 日
9 日
10 日
11 日
12 日
13 日
14 日
15 日
16 日
17 日
18 日
19 日
20 日
21 日
22 日
23 日
24 日
25 日
26 日
27 日

2014年
8月5日

6 日

7 日

8 日

9 日

10 日

11 日

12 日

13 日

14 日

15 日

16 日

17 日

18 日

19 日

20 日

21 日

22 日

23 日

24 日

25 日

26 日

27 日

知不知道这个车站？大堂姑娘说：我知道，就在酒店旁边左边马路上，你出去就可以看到。但是我跑出去以后看到一辆大巴开过，就是没有停在酒店的前后左右。

于是无奈中，我再折回旅游中心。这次接待我的一位服务小姐又给我画了一张图。然后我又顺着小路找，结果还是没有找到大巴站。许多路人都不知道，包括这里的各种老板。许多游客也不知道，也许旅游大巴在这里并不流行。

我在风里被风吹得即将绝望，这时迎面来了一位卷着胡子的大叔。我连忙向他求助，为什么我找不到这个地方？连着找了都快两个小时了！大叔仔细地看了地图说：这个地方有好几个巴士站，他们大概指的都是不同的巴士站，但有许多小巴士站是没有巴士标志的，所以你找不到！

于是我在地图上找到了大巴所在的那条街，那位大叔告诉我那条街怎么走，然后到街的拐角处又问了一个女孩子，终于在一个不起眼的地方找到了这个巴士站。当时五点出头，过了正点时间，我决定再等一个小时，要不然太对不起自己了！

就这样在风里冻了一个小时。5 点 52 分的时候有一辆旅游巴士经过，但是并没有停下！到了 6 点，车还没来。6 点过的时候，有路人告诉我，这里最晚一班车是 4 点。我吓了一跳，不是 24 小时之内都可以使用的吗？

我看了自己的车票，每天 10 点到下午 6 点，但这个车站果然到了下午 4 点就关门了。我等了近一个小时，居然没有其他人！

等到绝望，风呼呼的，冬天到了。

终于决定回去。当我走到那家泰国餐厅的时候再也支持不住了。赶紧走进去点了一碗蛋炒饭和冬阴功汤，瞬时感到了温暖和家乡的味道。

这样，就离中国的感觉近一点了吧？这样就可以对抗冬天了吧？突然感觉到一种莫名的幸福和伤感。这个时候，有一碗蛋炒饭也是幸福了。

今天我在冰岛的经历，和平时完全不同。早上找博物馆，几乎没有浪费一分钟，没问一个人，走着走着就找到了。下午，以为五分钟就能找到的大巴站，居然找了两三个小时。这里每一分钟都可能下雨，这里的每一个瞬间都可能刮风。气候瞬间变幻无常。这也许才是冰岛、才是雷克雅未克真正的性格吧！

2014.8.17

类金环线:亚欧版块与北美版块交界处

今天一天在路上。

早上蓝湖,下午黄金环线。

体力严重透支,然而冰岛的特色,就在于粗犷的原始风味。

岩熔地形、草原无垠、版块断裂带、牛羊满山坡,一望无垠的山脉,每一个场景都是一部大片。

维京人北欧海盗的历史也充满传奇。

930 年,维京人在此建立第一个民主议会。

这里和挪威也有千丝万缕的关系。

这里又是亚欧版块与北美版块的一条巨型裂缝带。

所以冰岛的旅行和任何欧洲其他国家都不一样。主要以原始风光为主,带上历史典故。

明天即将离开,窗外还是如白昼。我有没有看到那美丽的北极光呢？我想应该是看到了。

2014.8.19

阿姆斯特丹:和梦梦相聚在大王宫前

我真的是透支了。昨天到达阿姆斯特丹机场已近晚上 11 点,安顿下来后都快凌晨 2 点了。

居然还梦游般地洗衣服。

早上终于睡过了 10 点,差点赶不上吃早饭。

今天是我到阿姆斯特丹的第一天,是梦梦在阿姆斯特丹的最后一天。晚上她即将飞回国内,我们的行程不一样,只相聚在最后一天。

我们原来约在中央火车站见面。我去买到巴黎的车票,她的饭店在附近。后来觉得火车站太嘈杂,就约在离火车站不远的大王宫 Dam 广场附近。我居然不经意学会了坐这里的大巴,去的时候单程票,回来的时候学乖了买了两天的通票。这样我就可以随意在阿姆斯特丹坐各路大巴,感觉很不错。

阿姆斯特丹的中央火车站服务速度较柏林火车站和北欧奥斯陆火车站服

2014 年

8月5 日

6 日

7 日

8 日

9 日

10 日

11 日

12 日

13 日

14 日

15 日

16 日

17 日

18 日

19 日

20 日

21 日

22 日

23 日

24 日

25 日

26 日

27 日

2014年
8月5日
6日
7日
8日
9日
10日
11日
12日
13日
14日
15日
16日
17日
18日
19日
20日
21日
22日
23日
24日
25日
26日
27日

务速度要缓慢很多。柏林火车站国际服务处基本不用排队,去了当场就可以买到欧铁通票。奥斯陆火车站需要排五分钟左右的队,然后在工作人员的帮助下,在柜台购买。阿姆斯特丹的自动售票机需要一种他们特殊的充值卡才可以购买,所以只能去国际售票处排队。不过还算好,排了一个小时的队,终于买到了后天去巴黎的火车票。

终于和梦梦在大王宫的广场下顺利汇合。这次我们的行程各不相同,我是从北欧到南欧,她是从法国到荷兰。她比我出来得早,今天是最后一天,晚上的飞机回国,我还要继续行程。

我在广场还打算给她发信息,突然她就出现在了我面前。相聚在异国他乡,感觉很好玩。两人哈哈大笑,在广场上站着聊了半小时。后来觉得不对,赶紧找了个街头咖啡馆。聊起了一路的行程,一致觉得20多天的行程让人受不了。要处理那么多的事情,还有突发事件,还需要那么多的体力。我和梦梦说,到了哥本哈根我就觉得是极限,冰岛是额外的礼物。那么阿姆斯特丹就是因为我们的大学同学浩浩。浩浩是我们同寝室的好朋友,许多年前她就来到了荷兰。我们两个都说要来荷兰看她,说了许多年也没有成行。现在我们不约而同地跑到了这里,虽然没有找到浩浩,但是也算我们两个跑到她的地盘来看过她了吧?

怀念在一起青春的日子。

下午三点多,和梦梦告别。她去赶飞机,我继续行程。突然一阵大雨倾盆而下,我躲在了王宫斜对面的一家露天咖啡馆。

雨很大,鸽子依然飞翔。

在这样一个充满阳光的午后/在阿姆斯特丹的广场上/鸽子飞翔/钟声叮当/中世纪的马车穿梭在王宫广场/异国他乡的重逢/赶走了浓浓的乡愁/我们已经来过了这座美丽的城市/就算我们没有找到故人/也算寻隐者不遇

突如其来的一阵大雨/无处可躲/躲进了撑着大伞的露天咖啡屋/冷冷的骤雨/热热的咖啡/就算风再大点也温暖/我们已经来到了这座美丽的城市/就算没有找到故人/也算寻隐者不遇

2014.8.20

梵高博物馆　艺术与面包

又是一个雨天。节奏可以慢下来，今天去看梵高博物馆，再坐船就算完美。

早晨在河堤一带闲逛，沿着河边逛到国立博物馆和梵高博物馆。

昨天梦梦同学给我打过预防针，每个博物馆前都人山人海，至少排队两个小时。我想直奔主题，先把梵高博物馆看掉，若有时间再去国立博物馆。还没到梵高博物馆，前面就排起了两列长队，望不到头。后来问志愿者，才知道一队买票，一队进馆。我学乖了，折回外区，找了个比较空的旅游售票点，排队把两个博物馆的门票都买了。这只花了五分钟的时间。事实证明这项举措为后来的排队至少节约了两个小时的时间。真不容易！

排了 40 分钟的队终于顺利进入梵高博物馆。进去了才知道馆内正区所有的展览前禁止一切数码照相行为，包括手机、相机等。绝大多数的包都要寄存掉。可见梵高在荷兰的艺术地位。我就在里面慢慢看，这下看得没有负担，倒也印象深刻，难以忘怀。

梵高，早期画以写实为主，现实主义题材，有生活和劳动中的人们。开始的时候色彩多为深色调子，比较沉郁。后受日本画影响，色彩逐渐明亮起来。从 1880 年后，逐渐向静物和花卉过渡，形成了后期浓郁的色彩风格。《向日葵》是他的代表作，色彩明艳奔放，充满了快乐的色彩。但他本人是用艺术在对抗严酷的现实。画家一生穷困潦倒，从未卖出过一幅画，并不能实现自己以画谋生的理想。后期他得了严重的精神分裂症，最后在 1890 年自杀。陪伴他的只有他的弟弟。然而画家死后，他的作品瞬间价值连城。每天他的博物馆都挤满了来自世界各地的人们，连排队都要分若干队伍！

有同学评论：生前寂寂无闻穷困潦倒，唯一的知音是他的弟弟；死后万人空巷！不知是喜是悲？疯狂的画家生不逢时！

确实，古今中外艺术大师多数穷困潦倒，从曹雪芹到梵高，莫不如此。如果吃饭问题不解决，最好不要去做艺术家。否则有多少要流落街头举家食粥，又有多少穷困潦倒疾病缠身呢？

但是，我们需要感谢那些食不果腹还在坚持的艺术家们。没有他们的创造，我们的生活将缺少很多色彩。

2014 年
8月5 日
6 日
7 日
8 日
9 日
10 日
11 日
12 日
13 日
14 日
15 日
16 日
17 日
18 日
19 日
20 日
21 日
22 日
23 日
24 日
25 日
26 日
27 日

2014年
8月5日
6日
7日
8日
9日
10日
11日
12日
13日
14日
15日
16日
17日
18日
19日
20日
21日
22日
23日
24日
25日
26日
27日

　　在欧洲学艺术,应该是种精神享受。到处都是博物馆,到处都是美术馆。今天走在博物馆边上的一个长廊下,有一位年轻的学生在拉小提琴。琴声悠扬,绝对是专业水平的。许多人经过了再折回来,只为那美妙的琴声。但是学艺术的学生们往往会忽略面包,有时他们也会迷茫,学成以后面包在哪里呢?不是每一个有天赋的艺术家都能成名,在成名前,所有的学生们都会经过一段漫长的岁月。所以,他们一边幸福着,一边迷茫着。要成为梵高那样的艺术家,要经历多少磨难?所以,有时候,做个平凡的人挺好的,因为我们首先要解决的是面包问题。

　　看完梵高,尚有两个小时时间,连忙再去国立博物馆。那里的画风马上和这个国家的历史人物联系起来。西方绘画多半和东方绘画不同,他们的绘画往往就是一个历史性的故事。有宫廷画,有人物肖像画,有历史传说,还有战争题材的油画。国立博物馆有一组战船舰队的油画,应该就是当时历史的反映。

　　难怪梵高与当时的上流画风格格不入。显然是不会有人买他的画的。所以他郁郁寡欢,精神陷入极度抑郁,只有用明亮的色彩去对抗那个黑暗的社会。梵高在当时,永远只能是悲剧人物。

　　生前一文不名,死后价值连城。可悲又可叹。

　　在国立艺术馆,有一片专门为梵高开辟的画区,一眼看去,就和当时浮躁的画风区分了开来。

　　所以,艺术是永恒的。不能以金钱来衡量。

　　傍晚,又去火车站游船码头坐游轮。因为明天要离开了,如果今天不去将错过游船。而不坐阿姆斯特丹的游船,就不算真正到过的阿姆斯特丹,如同到了威尼斯不坐贡多拉,到了南京不去秦淮河,到了苏州不去小桥流水。

　　坐了游船才知道,阿姆斯特丹,也是小桥流水,建筑也在水上。两岸无数的典故和历史。

　　灯影桨声中的阿姆斯特丹,如梦如幻。

　　月亮升起来了。

2014.8.21

从阿姆斯特丹到巴黎

又是一天在路上。

从阿姆斯特丹到巴黎。

安顿好,巴黎已是万家灯火。

2014.8.22

巴黎的友好与无奈

巴黎比想象中的友好。其实原来的计划中没有巴黎,因为据说巴黎有成群的小偷,巴黎的一些地方对除了法国之外的游客都排斥。前者我两年前来巴黎的时候曾在香榭丽舍大街亲眼遇见,后者也多少有所见识。但法国终究是一个伟大的国家,他们的文化灿烂无比。在塞纳河边,随处一景就是某个文豪的巨著。昨天到达巴黎的时候,街头又舞起了秋风,落叶飘舞。火车站人群确实拥挤,但运气好,顺利打到出租。出租车司机是个老人,非常和蔼。他的英语比我想象中的好,一路还聊天,主题是中国。酒店大堂的服务员彬彬有礼,非常绅士,每个细节都非常周到,甚至建议如果要坐机场大巴应该是 1 号还是2 号航班楼,以免坐错站。法国一下子让人感觉不那么傲慢和乱糟糟了。还是很不错。确实非常累了,今天把机场大巴的事情确定以后,就去塞纳河边晒太阳。

巴黎又是个很奇怪的地方。我刚夸她好,转眼又有了不同的遭遇。早上我去问左岸咖啡馆怎么走,前台的一位服务员正在热情地为两位法国夫妇服务,我就在后面等。那位服务员一脸的热情和笑容,我就感叹怎么我这次碰到的都是好人。一会儿那对夫妇走了,到我提问的时候,那位服务员突然说有事,要我等。开始我也没在意,有事等一会儿是正常的。可是等了好久也不见他理我,后来我又催了一下。那位服务员头也不抬,也不见笑容。估计是大法国沙文主义的毛病发作了。我正郁闷,不远处的另一位服务员连忙跑过来,仔细问了我要去的地方,很认真地给我一张地图,并给我画了路线。可见,法国的好与不好,人的热情与冷漠不是绝对的。他们大部分人还是很好的,但要运气不好,碰到一两个大法国沙文主义的,我们也没有办法。昨天碰到的那位前

2014 年

8月5 日

6 日

7 日

8 日

9 日

10 日

11 日

12 日

13 日

14 日

15 日

16 日

17 日

18 日

19 日

20 日

21 日

22 日

23 日

24 日

25 日

26 日

27 日

2014年
8月5日
6日
7日
8日
9日
10日
11日
12日
13日
14日
15日
16日
17日
18日
19日
20日
21日
22日
23日
24日
25日
26日
27日

台绅士非常好,50多岁的样子,服务的专业程度应该超过我见过的许多酒店前台。从酒店管理的专业角度说:专业的服务员很多见,让你感到舒服和温暖的并不多。可见不能想当然去评论这些现象,法国的文化骨子里还是傲慢的,这点不能不承认。服务员的个人修养有很大的不同,有些很包容,有些就比较排外。不过这就是法国的文化。但这有什么关系,已经比我第一次来的时候好多啦!

大巴逛巴黎

早上买好明天去机场的大巴,并且实地考察了一次现场距离,算好明天出发的时间。梦梦同学已经回到家,她在网上讥笑我怎么把买票当作头等大事。我说没办法,虽然也是我最讨厌的事情,但是赶火车赶飞机这种大事容不得半点误差,否则一站一站地连环受影响。我的状态属于遇弱则弱遇强则强,这样毫无外援的情况下,逼着自己要对付所有的事情。我已被妙妙同学封为女汉子,真是汗颜呐,让人哭笑不得。

下午开始闲逛。买了一张观光大巴票,在巴黎的大街小巷转悠。我来过巴黎,觉得重要景点可以忽略不计了。卢浮宫、凡尔赛宫、埃菲尔铁塔等都可以不去,最爱塞纳河两岸旖旎的风光和一望无际的宫殿。蓝天倒映在水面,远处白云环绕着金色的宫殿。只有去过塞纳河左右两岸,才觉得法国不愧为欧洲最灿烂的文化中心。塞纳河两岸举手拈来的都是著名的场景。

巴黎圣母院的钟声响起,还是中世纪的声音。在远处还有路易十五的广场,法国大革命的历史与皇权总是遥遥相对。

巴黎公社的遗址在更远处,转过去又是法国巴黎著名的教学区。20世纪60年代大学生反主流运动的潮流就发源于此,后来波及世界,美国的嬉皮士运动都受此影响。后来政府把法国的大学主学区分散成10来个分区,这样才可以有效控制学生运动。但法国学生很有意思,就是运动也透着浪漫,这和法国文化息息相关。

在塞纳河的左岸有一些著名的咖啡馆,一直到蒙帕纳斯一带,当年集中着当时法国著名的作家。他们闲暇时间都喜欢去那儿喝咖啡、闲聊、写作,说白了就是日常活动的据点。我找到了酒店服务员推荐我去的一家咖啡馆,费了很长时间,但闲坐其间的都是路人甲乙,可见旧时王谢堂前燕,落入寻常百姓家。

后来又在那一带发现好多咖啡馆,不知哪家是原来的旧迹。我总不愿刻意去寻找某一样事物,那不是我的强项,随遇而安的发现却更有一番惊喜。

2014.8.23

早上巴黎,晚上雅典

去雅典的飞机四点半起飞。又是一天在路上。我觉得这次旅行以后,我大概不会以这样的方式从一个国家到另一个国家了。体力和精神都严重透支,好在有一路的风景相伴,否则这样的旅程很难坚持下来。

一到雅典,迎面而来就是一股热浪。这里是典型的地中海气候,巴黎的下午还可以穿风衣,雅典的晚上路人都是短裙和拖鞋。出租车上一阵欢快的希腊音乐,这里的司机不太会说英语。本来想坐大巴,但问讯处的姑娘告诉我这里晚上的大巴乱糟糟的,未必安全,建议我打车,差不多都是统一价。晚风中听着欢乐的音乐进入雅典有些异国风情,一开始是空旷的高速,后来就渐渐驶进城区。很奇怪,这个小城感觉很古老,又比较破旧,倒有些80年代海边小镇的感觉,和初到普吉、长滩岛的感觉很相似。有些海岛小镇的原汁原味,就是空气中的音乐是异国情调。

安顿下来都10点多了。一天没有觅食,也不敢出去,怕治安不好。后来前台告诉我餐厅晚上还营业,我就跑到餐厅找吃的。哪里知道一入餐厅登时傻眼,宙斯神庙就在对面的山坡上。

满天满眼的星星。好像升手就可以摘到星辰。

宙斯神庙就这样静静伫立在半山腰。

我没想到以这样的方式见到了神庙,无比壮观,星河灿烂。

宙斯神庙

就在天空之下

我在半山腰

就这样

在不远的星空之下

在晚风中摇曳的神庙

2014 年

8月5 日

6 日

7 日

8 日

9 日

10 日

11 日

12 日

13 日

14 日

15 日

16 日

17 日

18 日

19 日

20 日

21 日

22 日

23 日

24 日

25 日

26 日

27 日

2014 年

8月5 日   宙斯神庙

6 日   曾经远在天涯

7 日   然而此时

                         它在天空之下

8 日   我在半山腰

9 日

10 日   远远可望

                         咫尺天涯

11 日   在灿烂的星空之下

12 日   我在仰望

13 日   在微风中摇曳的神庙

14 日

15 日   **神庙怀古**

16 日   葡萄冰露夜光杯

17 日   宙斯庙下摘星辰

                         不知希腊旧时风

18 日   吹落千年凭吊人

19 日

20 日   **乘凉**

21 日

22 日   我在山脚之下

                         乘凉

23 日   地中海的余热

24 日   已渐渐褪去

25 日   月亮升起在苍蓝的夜

                         神庙在头上

26 日

27 日   我在山腰之下

乘凉

晚上微微的凉风

已慢慢飘起

月亮升起在苍蓝的夜

神庙在对面

2014.8.24

今天酷热，热得我真不想出去。不过今天要把圣托里尼的船票搞定，否则明天就去不成海岛了。

其实我下载了一个可以买船票的软件，但是网上订购的时候总在最后的预付流程出些问题。我不能确认是否可以订到，我住的这家酒店也不能提供订船票的服务。后来我问他们为什么不能在网上顺利订购的时候，他们说，就算在网上订购成功了，也要去船码头换票。他们建议我亲自去一下。我就提前实地考察了一番，果然很顺利。

一位很和蔼的老司机开车带我去码头，路上提醒了我很多细节。到了码头，基本上没排队，花了五分钟就买完了票。然后那位司机再送我回来。一路上车里还是洋溢着欢乐的音乐，我顺便观赏了这里白天的市容。

雅典不算大，是个临海的山城。城里的建筑很古老，有许多乡土气。但正是这种飘荡在尘土中的味道，构成了雅典独特的风味。

克里特岛爱琴海的文明便源于此，古代欧洲文明也源于此。

我喜欢雅典，感觉有历史的厚重感。我更喜欢这里的人，每一个不期而遇的人都那么善意和真诚。

运气真不错。我在雅典订了两天房间，结果昨天的房间非常小，让人透不过气。于是我去找前台，我说房间不舒服，能不能换个舒服一点的房间？结果他们看了一下我的订单给我免费升级了。升级的房间又是不可思议地好，真是非常难得的收获。

下午酷热，干脆不出去了。好好休息一下，明天又是一个长长的旅程。既然不能走完所有的地方，索性让时间慢下来。去了一家图书馆看当地的书，结果无意中收获了好几本特别好的书。一本是雅典的老照片，一本是雅典风景最美的地方，另外一本是雅典世界性的艺术。走不到的地方、看不到的历史、

2014 年
8月5 日
6 日
7 日
8 日
9 日
10 日
11 日
12 日
13 日
14 日
15 日
16 日
17 日
18 日
19 日
20 日
21 日
22 日
23 日
24 日
25 日
26 日
27 日

2014 年
⁸月5 日
6 日
7 日
8 日
9 日
10 日
11 日
12 日
13 日
14 日
15 日
16 日
17 日
18 日
19 日
20 日
21 日
22 日
23 日
24 日
25 日
26 日
27 日

不知道的艺术都在这些书里面,怎能不说是意外的收获?

这个下午,就这样安静的,在一页一页的书本里,翻过去了。一直到黄昏的太阳下山,抬头又见到远处的宙斯神庙。

这是安静又幸福的下午和黄昏。

2014.8.25

圣托里尼历险记

清晨梦游一样地出发,之前怎么整理怎么退房怎么寄存行李都处于梦游状态中。等到我把最大的行李寄存以后,昨天带我去买票的司机又站在我面前,我都没认出他。他说:"你去游船吧? 去圣托里尼吧?"我很奇怪地问:"你怎么知道?"他说:"昨天就是我带你去买票的啊!"

我一下子清醒了。原来是那位老伯伯,他应该是酒店的系统默认司机。就这样,在欢快的音乐声中我又启程。

天蒙蒙亮到达码头。没想到那么大的游轮,人山人海。排了好长的队上船,顿时震撼。真应该是巨型游轮,上去以后有上下若干层,服务人员井然有序。游客们开始也是一哄而上,刚入舱时也是乱成一片,但因为船舱很大,分流后渐渐秩序井然。

开船之前,许多游客都在船上用了早餐。不过船上没有 WIFI,前台排起了长队,大部分都是购买 WIFI 的。这和欧洲火车上的免费 WIFI 有很大不同。

> 海上浮远山,碧水似无痕。
>
> 此生游子意,挥手雨深深。
>
> 岁月荏苒度,沧海一水分。
>
> 便在列国游,怎比故国恩?

后来的两个小时简直惊魂。下了船,跟着熙熙攘攘的人流出去,面对的就是一面山石峥嵘的悬崖。我原来以为叫辆出租车就可以,哪知道外面人山人海。人流像潮水一般,根本找不到出租车,甚至连大巴都没有。随着人流往外走,有各色接人的牌子和各种人群,比菜市场还乱。我沿着人流往外走,在拥挤的地方终于找到了一个拿着牌子接人的胖子,问他哪里可以打车。他说:

"打车？这里根本打不到车，你跟着人群到外面，找一种绿色的大巴走吧。"

于是我随着人流走到外面，果然有一片停着绿色大巴的地方。找了第一辆车，售票员说：不对——让我去了另一辆绿色大巴。第二辆绿色大巴没有售货员也没有司机，乘客已满了大半。我跳上去占了个位置，一会儿，司机来了，我拿着饭店地址去问他，他看都没看就说：回到你的位置上，一会儿会有人来的。民风彪悍得超出想象。过了几分钟，来了一个售票员，车上人开始一一询问，估计都是像我这样一头雾水的。然后到我买票，我拿了饭店地址给他，他点点头，说一会儿叫我，撕了张票就给我，我以为这下就安全了。

车子在盘旋的山道上开，一路悬崖峭壁。过了 20 分钟，进入城区。车子开始在一些小饭店慢慢停下，我一站站去问，总没有我的。一会儿来到一个不大不小的站，一群人下车。司机看着我，突然说："你也下去吧。"我连忙下去，但是并没有我的酒店。折回来问司机，司机说："你跟他们去搭巴士吧。"我没想到还要搭一程大巴，跟着大队人马到一个巴士站下。当时骄阳似火，许多人对着巴士站都懵了，因为站台并没有写地址，大家都不知该到哪里去。我再折回原来绿色巴士停下的地方，找到一个小店的老人，问他这儿有没有地方可以打车。老人说："这儿没有地方可以打车，你还是去搭巴士吧。"我又折回乡间巴士站，一群人在巴士站台下已研究出眉目，大家都说搭车去小镇再说，到了小镇中心再找地方。于是大家在骄阳底下等，在等车的时候，许多孩子坐在了地上，两个年轻人坐在了包裹上，拿出了 iPad。一对小夫妻和我聊天，我们都在讨论怎么找到自己的酒店。大家方向相同，应该差距不会太远。

车子过了半个小时终于姗姗来迟，大家纷纷从地上起来，一一上车。到了车上，再重新买票，重新问路。那对小夫妻的酒店找到了，但司机也不知道我的酒店在哪里。于是我懵了，问那对小夫妻该怎么找，他们建议我先到镇里，然后找个地方上网，和酒店联系。一会儿，小夫妻下车，我正懊恼，突然前面两个女孩子回过头，问我是不是台湾人。运气真好，碰到中国人了。我说是内地来的，她们也建议我先去镇里可以上网的地方。一会儿，我先下车，所谓的镇里就是一条公路上的几个小店，所幸我下来就看到了一家中餐馆。不过服务员都是当地人，并没有看到老板。我连忙问他们知不知道这家酒店，他们看了说："不知道！"当时我快崩溃了，如果在这前不着村后不着店的地方没有安身之所，我不知道该怎么办。于是想了几秒钟，我说先坐下喝点水吧，然后问他

2014 年
8月5 日
6 日
7 日
8 日
9 日
10 日
11 日
12 日
13 日
14 日
15 日
16 日
17 日
18 日
19 日
20 日
21 日
22 日
23 日
24 日
25 日
26 日
27 日

2014年
8月5日
6日
7日
8日
9日
10日
11日
12日
13日
14日
15日
16日
17日
18日
19日
20日
21日
22日
23日
24日
25日
26日
27日

们能不能上网,他们说可以,但我的手机不能通过用户名和密码。我用手机打对方酒店电话,不能应答。在我急得一筹莫展的时候,我只好问他们,能不能借他们的电话打打? 那个女生很好,帮我拨通了电话,叽里咕噜和对方说了一通话后,突然说:"你要去的地方就在这儿!"我说:"这儿? 不可能吧?"女孩子说:"他们让你在这儿等,过会儿就来接你!"当时我真是太高兴了,终于有着落了!

两三分钟后,来了一位当地人,30岁左右的样子,看到我就说:"我来接你。"我一看很疑惑,我觉得这位不像酒店工作人员倒像陌生人。我一下子迟疑不敢去,和他打哈哈说要先给他们公司打电话确认一下是不是他。这人很有意思,拿着电话对我说:"怎么可能不是我,我的手机就是这个电话,我是这家酒店的经理!"然后我彻底无语,原来当地人就是这样的工作方式啊。但是我能确认,这已经是我可以找到这家饭店的唯一办法了。然后谢了饭店小姑娘,半信半疑地跟着这位经理上了一辆车。他带着我在山里弯来弯去地开,过了一家又一家酒店,终于到一个山顶之下停住了。白墙蓝砖,大海就在脚下,我终于安全了!

这是一个民宿型的小客栈。圣托里尼的房价到了夏天就暴涨,也许过完了夏天他们就打算完成一年的营业额而关门歇业。我今年初一月本打算来圣托里尼,后来有专家告诉我这里一月客栈酒店根本不营业,看不到几个人。谁知夏天这么多人。今天的场面让我想到了钱钟书的《围城》,人挤人人推人,车子都很难挤上去——而地点居然不是中国是希腊。老外们同样狼狈地背着包到处跑,到处找车子。所幸今天我把大箱子寄存在了雅典,否则真不知道怎么应付这场面。

圣托里尼的主色调是岩石和尘土的黄色,太阳一直暴晒,可以想象炎热的程度。只有远处的大海是安静而蓝色的,但你挤车等车的时候永远感觉不到它的存在。中间曾有一度,我怀疑自己在沙漠。终于在一波三折以后找到了这个小客栈,无疑是沙漠中的小绿洲。晚上安顿好后在四处走了走,这儿有个很漂亮的游泳池,位于火山顶上,极目之处全是绝美的荒草、天空,远处一望无边的是大海。后来她们的老板娘玛利亚告诉我,这个客栈是当地非常漂亮温馨的客栈,因为在一个小渔村,远离这里的小镇中心,所以第一次来,很少有人找得到。不过这儿风景绝佳,许多人来了以后,每年都会回到这儿。因为这儿的星空,让人难以忘怀。

2014 年
8月5 日
6 日
7 日
8 日
9 日
10 日
11 日
12 日
13 日
14 日
15 日
16 日
17 日
18 日
19 日
20 日
21 日
22 日
23 日
24 日
25 日
26 日
27 日

我现在才有心情好好看这个院子,蓝白调子的建筑,星空下的院子,确实很漂亮。晚上可以坐在院子里纳凉,还微微有些凉意。突然之间想到了两年前去过的台湾垦丁客栈,也是类似的风格。而垦丁客栈的风格模仿的就是希腊,就是圣托里尼。所以这里应该是鼻祖,气候在晚上更舒服,很凉快。台湾的晚上似乎要闷热得多。在路灯下乘凉,像小时候一样。不知哪里来的小猫走来走去,很乡村的感觉。夜深了,我终于安下心来。

还记得自己安下心来的那一刻。吃了晚饭往回走,要回房间休息。突然之间有一个温暖的声音叫住我:"Hi,你好吗? 我叫玛利亚,我是这里的女主人。你从哪里来? 听说你今天很辛苦?"

我一下子觉得很辛苦,告诉她我从中国来。又聊了今天的遭遇而心有余悸。她对我很和蔼地说:"别害怕,到了这里你就安全了。"

这么温暖的声音。玛利亚 50 多岁的样子,非常和蔼的笑容。我觉得她的笑容可以融化一些东西。我真的安心了。

2014.8.26

最后一天:看尽大海

从清晨到黄昏,都在山顶的海边。

可以看到远处的大海、朝霞、阳光和黄昏落日。

好像我要用尽一天的时间,看遍这里的美景。

在海边,看书、吹风、写诗、涂鸦,随意而为。

希腊小客栈

海边小窗

2014 年
8月5 日
6 日
7 日
8 日
9 日
10 日
11 日
12 日
13 日
14 日
15 日
16 日
17 日
18 日
19 日
20 日
21 日
22 日
23 日
24 日
25 日
26 日
27 日

这样无所事事，但是却很满足。

我看不完所有的美景，但是我可以看尽一天的海。

一

在这海风习习的午后

有人在阳光里沐浴

有人在音乐中看书

我在树阴下吹风

远处是大海

我们都在火山上

在这海风习习的午后

远处的人要把皮肤晒成咖啡色

近处的人在树阴里喝咖啡

我怎么突然之间想写一张毛笔字

可是

可是

哪里去找我的笔墨纸砚？

二

黄昏了

风轻轻地

吹在绿竹上

远处的大海慢慢收起了酷热

耳边的竹叶沙沙响

就这样

慢慢就黄昏了

　　　　　　大海的苍茫无边无际

　　　　　　身后的火山慢慢收敛了余温

　　　　　　这里居然有故乡的竹子

　　　　　　如果有一叶扁舟

　　　　　　能不能

　　　　　　就这样回到中国？

2014.8.27

归航

　　最后半天在圣托里尼，然后归航。

　　今天的日子很悠闲。甚至睡了难得的懒觉，在悬崖边用了早餐，观赏了早上的大海。

　　还有一段时间，我在那蓝如翡翠的游泳池，竟然萌生了游泳的愿望。大半年没游泳了，因为医生说我体质寒性，暂时不适合游泳。

　　但我看看那么美丽的游泳池，真是觉得，如果我不下水，回去一定会后悔。

　　于是，最后一小时，没忍住，破戒了。跳到美丽的游泳池来回游了五圈。水冰凉入骨，久违的感觉，太幸福了！

　　就这样快乐地游来游去，蓝天白云，背后是大海。这么美丽的地方，没有遗憾。

　　退房的时候，又碰到玛利亚。我又和她聊了一会儿，感谢他们提供这么美丽的地方。她的服务团队那么可爱：热情勤快的 Sun，有着绅士般服务的厨师，阳光灿烂的餐厅服务生，每一个人都那么让人难忘。玛利亚很热情，也非常好客，她带我参观了很多地方，并和她的团队合影。她欢迎更多的中国游客到这个美丽的地方，也希望早日能去中国。

　　如果在异国他乡能碰到这么温暖的团队和客栈，也是一种幸福。

　　临行临别，挥手道再见。

　　下午两点，我又开始征程。很幸运，Sun 为我叫了一辆出租车，司机是个很绅士的老人。这次很顺利，20 分钟后我就来到了码头。车子顺着悬崖一路而下，一路悬崖中特有的美景，最后我竟然在蜿蜒崎岖的山道中看到了蔚蓝的大

2014 年

8月5 日

6 日

7 日

8 日

9 日

10 日

11 日

12 日

13 日

14 日

15 日

16 日

17 日

18 日

19 日

20 日

21 日

22 日

23 日

24 日

25 日

26 日

27 日

2014 年
8月5 日
6 日
7 日
8 日
9 日
10 日
11 日
12 日
13 日
14 日
15 日
16 日
17 日
18 日
19 日
20 日
21 日
22 日
23 日
24 日
25 日
26 日
27 日

海！有些角度特别美丽,看上去居然是绝色美景!

玛利亚和 Sun

阳光灿烂的笑容

　　所有的美景都需要很长很长的旅程,经过很多很多的艰难才会看到。但最后这一瞬间的美丽,就是幸福和永远。

　　很有意思的是,我发现回去的船就是我来的那天的那艘船。原来这艘船每天早上七点半送一群人到圣托里尼,然后再接一船人回到雅典。码头上又是人山人海,花了九牛二虎之力才上了船。终于乱哄哄地挤上了船,当找到了舱位,又看到了碧海蓝天,终于幸福了。

　　然后,我又在船上开始欣赏美景。从白天到黄昏,从黄昏到晚上。

从北欧到南欧

旅行

起源于一首小诗

从莫斯科开始

到美丽的卑尔根

再去看了一下海的女儿

是否唱着悲伤的歌

还有很深很深的北极光

在夏天

我穿越着一场季节的旅行

来到了冰岛的冬天

那里

天苍苍

野茫茫

然后

美丽的阿姆斯特丹

那里寻隐者不遇

但是

我已经来过了这所美丽的城市

风起时的巴黎

只是过客

然后

到了美丽的雅典

美丽而古老的神庙

在一个月夜不期而遇

美丽得如同神话

庄严而肃穆

然后

再然后

就是这片蔚蓝

曾经一波三折

但是最终见到的是

大海的温柔与蔚蓝

2014 年

8月5 日

6 日

7 日

8 日

9 日

10 日

11 日

12 日

13 日

14 日

15 日

16 日

17 日

18 日

19 日

20 日

21 日

22 日

23 日

24 日

25 日

26 日

<u>27 日</u>

2014 年

8月 5 日

6 日

7 日

8 日

9 日

10 日

11 日

12 日

13 日

14 日

15 日

16 日

17 日

18 日

19 日

20 日

21 日

22 日

23 日

24 日

25 日

26 日

27 日

从北欧到南欧

一个一个的脚印

一个一个的梦想

原来的梦想只是一首诗

在某一个美好的夏天

它都变成了现实

只要心里有梦想

所有的一切都会变成真

只要心里有梦想

风雨过后总会见彩虹

绝色天涯

碧海浩波,夕阳横空,绝色天涯。

黄昏已过,却是人间一梦。

烟波汤汤,不知何处?

画轲虽好,却在异乡日暮。

天涯。月渐起,茫茫海天一色。

银光浩瀚,如银河月空。

缥渺夜,不知行渡何处?

只见得,茫茫海空,夜色行舟,浩瀚宇宙。

附 2014 西行组诗

西行游记(引子)

君不见,土国之曲天上来,异域妙舞美激淋。

君不见,奥国之云泼墨画,小城蜿蜒明月光。

一日踏破千万里,只疑身在梦里行。

朝在中原暮为客,回头不见故乡月。

西行散记组诗(之一)

古城黄昏已日暮,夜色挥洒石子路。

朦朦路灯凄凄雨,渐渐古墙字画冷。

小店美食避风寒,天涯独行逢温暖。

热茶一杯迎客意,笑问客从何处来?

我自中原来,行走欧罗巴。

故乡渐已远,风中不相忘。

布城原为波西地,中古自有好客风。

请君一杯热饮耳,半为接风半随意。

若是天冷暂停留,且听风雨且观人。

不觉沉沉钟声至,敲碎茫茫老古城。

月色已笼冷雨夜,辞别小二归客栈。

雨中撑伞缓缓行,不觉月华淡淡影。

西行游记(之二)

一日行程数百里,朝辞古城布拉格。

欧铁横穿乡野渡,暮色斜照古城邑。

忽而沉沉赴南柯,不知浮生在梦中。

月色笼纱挂疏桐,窗外暮色山朦胧。

不觉夜半到柏林,街头冷落影无踪。

孤身忐忑寻客栈,一波三折终平安。

安然入住灯火明,眼看窗外夜阑珊。

雨霖铃　柏林

晨雾淡淡,菩提森森,冷风潇潇。犹太石碑呜咽,风过处,宛见当年。多少孤魂饮泣,无处说愁怨。又见细雨蒙蒙,人在柏林深深处。

遥想当年尽成空。不忍顾,何必提二战。蓦然又到何处? 柏林墙,东西两岸。八十余年,是非成败过眼云烟。不觉风雨更涩涩,柏林寻归处。

六州歌头　慕尼黑

碧云古木间,流水城郭上。街头处处艺廊画,犹有啤酒香。

南德仍如旧,阴霾随风扬。又是夜晚云霞后,悠然街头逛。

踏莎行　萨尔茨堡

晚霞如织,麦浪如纱。古城深夜渡月霜。不知街头寂寥影,何处飘来雪绒花。

绿草如锦,古堡如雾。依稀又闻雨中曲。便是音乐无国界,回首犹见小白屋。

疏影　哈尔施塔特

碧波如镜。有白云缭绕,群山随影。半壁古村,画壁石岩,野渡蒹葭自亭亭。白水苍苍临小舟,又听见,教堂钟声。何时偷,如此光阴,人间恍若一梦。

晚来江边凭栏,群岚交辉映,又见星星。远处犬吠,近处无声,便若无人仙境。信步古村寥落处,却不见,路上行人。但又见,晚风瑟瑟,忽闻钟楼深深。

布拉格之一

晨钟暮鼓流云,石桥疏林斜阳。

冰河玉带,寒鸦点点碎黄昏。

广场又闻旧乐起,不见故人来。

飞雪渐行渐舞,落入寻常巷尾。

倏尔街头烤火处,弹落一身飞絮。

雪落布拉格

君不见

雨中又回布拉格

夜有冷风日飘雪

君不见

街头零落异乡客

露天烤火避风寒

城外桥头树挂冰

城内古堡起飞絮

广场落日狂风起

却见新人婚纱舞

落日何处是旧谣

仲夏何处有旧影

且听歌声且烤火

只疑身在梦里行

何处是归程

雪落长短亭

回首自辞去

风雪夜归人

君不见

万里江山万里行

故乡明月照我还

后　记

2011年5月,俄罗斯。我在那年春天开始旅行。到了莫斯科,仍是当地的寒冬。衣服带得少,我只穿了一件薄风衣,哆哆嗦嗦跑完了莫斯科和圣彼得堡。从俄罗斯开始真正意义上的旅游,仿佛是去兑现父辈灌输在心中积淀的各种梦想——他们用青春吟唱着《莫斯科郊外的晚上》。

爸爸曾经说:苏联的美术和文学远超欧美,是现实主义之宗主。第一站俄罗斯,理所当然。让人瞠目结舌的物价,更甚于中国的贫富差距,从历史中缓缓开来的破旧的火车,气质高贵、傲视一切的俄罗斯老奶奶,深邃夜空中令人目眩神迷的北极光……

2012年,源于老同事POPO童鞋的一张明信片,我们愿意以自己的微薄之力,一起去走一走、看一看这个世界。当然,我们的脚印到不了世上所有的角落,但好朋友们的足印加起来,必然能到达许多许多我们向往的地方。2012,从埃及开始,在宝岛台湾完美收官。

2013年开始,安静很多。病中去了美国,又在准备2014年初的一场东欧之旅。

2014年的第二天开始,近一个月的时间,在漫天雪地里感受着欧洲的冬天。

2014年的夏天,又是一场20多天的从北欧到南欧的旅行。这次的旅行,是源于自己的一首诗歌。然后,我把诗歌变成了现实。

就这样,走走停停的。三年多的时间,走了近30个国家。

读万卷书,行千里路。

曾经也有想要放弃的时候,因为一个人在异国他乡,会非常非常思念家乡。在路上的时候,也会遇到很多很多困难。但是我总觉得,这是我们这群人的一个梦想。每次觉得走不下去的时候,网上都有很多好朋友们会鼓励我:走下去吧!

有一次我去欧洲,还没出发,刚到虹桥机场就想打退堂鼓,差点也有想回家的冲动。幸好,好多朋友安慰我、鼓励我,我才硬着头皮继续走欧洲。但是走着走着,我突然觉得,前面的路慢慢豁然开朗起来。在英国、在剑桥的时候,我看着一朵云彩发呆,想象着徐志摩的那个时代,那时天空的云彩是不是也是这么灿烂?然后到了瑞士,那天住在雪山脚下,看着雪山下的蓝月亮,居然在阳台上看到半夜。到了奥地利的一个小客栈,独自在房间里,感受着古老的花梨木的清香,听着窗外呼呼的风声,忽然觉得孤单的旅途也有宁静和幸福的时刻。

我想这也就是旅行中的感动。这个世界,唯有蓝天白云,永远不会辜负你。

一切在于心灵的体验。

周游世界,对于 2011 年之前的我,犹如天方夜谭,不太可能实现。

后来芝麻开门了。我在想:我的愿望是什么? 想了许多,车子、房子都不是我最大的愿望。但是,我想看看这个世界。

于是,我出发了。

现在,我走了很长很长的路。周游世界之于我,不仅仅是简单地看看风景。因为对于这个世界,我曾经也有许多困惑。当时的 2011 和 2012,经过十几年的职场生涯,我觉得到了一个瓶颈,许多困惑不知怎样去解,包括对社会的,对自己的,还有对工作的;而那时世界的大环境、欧洲的局势也不太好,希腊、欧共体都是一堆问题,当时埃及的时局也是乱哄哄的——对于这个世界,我也有很多困惑。就在这样的背景下,我出发了。

但是随着周游的越来越深入,我觉得自己的思路越来越开阔。我看过埃及的平民,也看过美国的中产阶级;我看过伊斯兰教的旋转舞,也看过基督教的神圣教堂。这个世界是一本书,走一个地方就是翻阅一页。慢慢地,我能在路上看到很多很多美丽或不美丽的现象,许多问题,也许在路上,就能找到答案。

我又想起一篇很古老的文章:

蜀之鄙有二僧,其一贫,其一富。贫者语于富者曰:"吾欲之南海,何如?"富者曰:"子何恃而往?"曰:"吾一瓶一钵足矣。"富者曰:"吾数年来欲买舟而下,犹未能也。子何恃而往?"越明年,贫者自南海还,以告富者。

西蜀之去南海，不知几千里也，僧富者不能至，而贫者至焉。

我觉得自己就是那个贫僧，一路上其实是苦旅。我没有实力买舟而下，但是因为对于这个世界有梦想，于是带着梦想就出发了。我的身边，有许多好友、同学和同事，他们应该比我更有能力和实力去周游这个世界。我想我先走了一步，就是因为自己的梦想和执着吧。

这本书写了三年多。每到一个地方，基本上天天写游记，发表在博客、微博和微信上。有时候和大队人马去，有时候和好朋友一起去，有时候自己独自出发。但因为有了网络，世界也变得很小，我一直和好朋友们分享自己的游记心得，而路上碰到许多许多的困难和问题，都是好朋友们在网上给我出谋划策。在这里要谢谢我各个时期的好朋友们。

同时，这本书的出版，要谢谢原昂立的钦老师，交大出版社的汪老师，原阿里巴巴的老领导小马哥，原麦考林同事云儿，我的大学同学宁静，一路上的好伙伴卷毛、Jolia，美国的好朋友 Lijia，埃及团队的蓓蓓、陆家妹子，美国团队的莹莹、阿文、毛毛一家，还有土耳其团队的姑娘们……要感谢的人太多，不一一而述了。

特别要提一下2014年元月之行的东欧之旅：差点因为机票出不了国。幸亏有大学同学燕子陪了我整整一天，帮我一起重新订好机票，让我那么狼狈的旅程可以重新出发。

最后，要特别感谢我的妈妈。

因为大家的支持，我的梦想实现了。

已是寒冬，在夜色中，有一盏昏黄的灯光。我觉得自己很安宁，很幸福。唯有感恩，才不负这个世界。

谢谢大家，因为一路上有你们同行。

一路游历，有诗同行，我的旅途才不寂寞。

格 子

2015 年 2 月 6 日

于上海格子书斋

精华评论

　　高晓松说:我们不只是生活在眼前的这些苟且里,我们还有诗和远方。于是被日常生活束缚的我们,被间隔年、穷游走四方这样的词诱惑着。而真正的自由,不是急急匆匆地赶路,不是圈圈点点的签到,它就是一次随心所欲的行走。格子我见过心最宽、性子最缓的旅行者,永远笑眯眯。全世界的晃荡,把每一段旅程变成用脚抒写的诗。和格子一起,看看慢悠悠的世界长成什么模样吧。——Popo

　　认识格格这些年来,最喜欢看的就是她的游记。随着格格的文字,仿佛跟着她一起走南闯北,东游西逛。一路行来,无论是纯净明朗的新西兰,颇有华夏古韵的中国台湾,随意简单的北美,优雅贵族的欧洲,还是遗世独立的阿拉伯世界……都给人留下了鲜明的带有格格特有气息的烙印。格格的游记写的不仅仅是风景民俗,更有从自己独特视角感受的历史和人文,最后沉淀下来的厚重文字。——Raven

　　我笑称它"格格巫的笨旅行",一是因她常犯旅行的低级错误,让人焦急之余恨恨说句"笨!"二是她的游记真得北极之光与阴风冷雨并存,然而内心渐渐就汪起了爱和惭愧。这个最爱读红楼的女子,依然水样清亮,缓缓地流淌着沉淀着,用她的"笨旅行",与这个灵魂追不上躯干的精英社会划清界线,唤醒我们装睡的心灵 。——燕子

　　旅行之于每个人的意义不同。旅行告诉我天地之广阔,人生之倏忽,它让我真诚地敞开胸怀,拥抱万千变化。在西藏,我领悟了爱情就是手中的沙,圣地归来,开始了挑战自我的创业历程和随之而来的坚忍不懈……旅行是一扇窗,我透过它思考美丽人生。
　　格格周游了世界,让我羡慕不已,游记的出版让我期待。世界是遥远的远方,家园是心灵的深处。人生,在路上,我期待。——闫寒

　　我一直在想,桃花盛开的时候,河水闪着银白的光华,你从哪个方向来?
　　你一直在走,风起风落,路边道旁有孤灯一盏,照亮眼底星火。
　　我一直在想,秋叶落尽的时候,山水迢迢,你是于午后还是黄昏抵达?
　　你一直在走,山重水复,不计晨昏霜满面,冷清星光下倚住木门。——兰琴

　　初识格格,一爱读书的丫头,柔弱安静却认真倔强。再识,大条,爱丢东西,路痴,但于她都是"解放区的天是晴朗的天"。不管你喜欢不喜欢她的文字,都不得不承认她是

一个清简得让你不忍对她说不的姑娘。左脚是传奇,右脚是诗意,地图上那些或远或近的陌生地如今都成了她脚下的路。每个人都有一场西行,格格继续,小伙伴们继续,走走停停停停走走。——卷毛

见到格格,是我2013年的一个大惊喜!一是因为来美这么久,一直与她文字相伴,终于得见,当然欢喜;其二,她的"看世界"之美国行,没想到这么快就到来。

格格看这个世界,既有涉世未深的孩童般的纯情,又随处充斥着悲天悯人的思维;每次读她的文字,总让我有"放不下"的感觉!而这次的芝加哥一晤,却真真让我回味很久。——Lijia

阿里才子才女们的评论

格格像一本书,质朴、持稳,却内涵丰富。她的优雅聪慧,在不经意间流露着柔和知性的魅力,静谧地吸引着身边的每一个人。这份知性和她的阅历有关。就是这样一个温婉如水的女子,竟然在大半个地球,都留下了她的足迹。而对于生活的热爱,也一直支持她用笔去记录,从容地观察世界,感悟人生。——小妖

认识格格已经很多年,她是那种你想起她心头就如有山间清泉缓缓流过的人。她总是微微地笑,平和淡定,又有自己追逐和坚持的东西,超然尘世,保持自由心态。"山间依硔堵,竹树荫清源"是她的心灵地图吧。

多年来,行走看世界是格格迷恋的事情,我相信她走过的每个地方都会在她心间留下浅淡若浓的印记。那些或喧嚣或沉静或自由的沿途风景在她的文字中会有什么妙不可言的讲述呢?——PP

格子,一个陪我度过青春最灿然最美好年华的伙伴,也是陪我走过人生最低谷最无助时光的朋友!

在这纷乱浮躁的世界中,她一直独享着自己单纯美好世外桃源般的世界。凭借一支笔一壶茶,一路走走停停,独自游走了几十个国家。

能与世界分享自己的旅途所感是幸福的,被阅读和聆听也是幸福的!——清水

我和格格共渡过一段单纯、彷徨而又充满理想、期待未来的同事生涯。格格巫,她是一个会在你心底留印记的人,一个会让你怀念的人,一个无关时光匆匆却从不会陌生的人。她一直执着,温柔地隐藏着心底的倔强,《走走停停的世界》是她的游记,也是她的心路,淡淡的文字和诗歌娓娓道来。人生就是这样,走一段路,该回头望一望,看看那

时的生动和泪水,那时的自己,然后领悟和放下,为格格开心! ——帆帆

格格是一个有情怀的写作者。她的游记恬淡愉快,恰似一个有阅历的人脸上浮现出的微笑。这微笑让人温暖平静,让人觉得不曾发生过挫折。于是当我们跟着格格一起去周游世界的时候,你会发现她只是想把世界的美好带给我们。毕竟,人生要像没有遭受过挫折一样去行走。这是格格的天真和深刻。——小吴

认识格子到今天细数来已有10年的光景了,让人可喜的是她仍保留着初识的那份纯和真。虽然中间我们多年未见,可是见了后仍是那样自然,这份真实的情谊,弥足珍贵。这些年不断地听说格子游历世界,想想她的文字我一直都喜欢,人生最幸福的事莫过于能做且敢做自己最喜欢向往的事了吧。旅行就是要学会象格子一样随遇而安,淡然一点,走走停停,不要害怕错过什么,因为在路上你就已经收获了自由自在的好心情。希望不久的将来,我能和格子同路而行! ——阿里静静

格格的文字如行云流水一般,总是给人一种舒服顺畅的感觉。读她的游记,只要拥有一颗简单的心,你就会随着她的脚步走于世界。每个人都会有梦想,周游世界也许就是其一,不一定每个人都能去环游世界,但我们的朋友——格格做到了。看来,梦想还是要有的,万一别人帮你实现了呢? ——曾飞飞

走走停停的路上,短暂地遇见又分开,一路走来,脑海里经常拾起同你共事的那段碎片记忆,单纯又美好。

现在每次得知你继续前行每一站都充满惊喜,期待格格下一站的分享……

——哈哈

总是在我不经意的时候,她就出现在地球的另一个角落了;被各种凡尘俗事牵绊的我,只能任由她用文字带着我去领略这个世界。我说,她过着我梦想的生活;却深知自己缺乏了她的那份果敢洒脱,女儿性情;只能追寻她文字的脚步,一处处慢慢寻来。格格,好久不见,期待某天在世界的某个角落某条小巷里遇见你! ——妙玉

周游世界令人羡慕,才女的周游世界就更加令人羡慕了,才女能写啊! 格格就是才女。俄罗斯、美国、欧洲、台湾……像追美剧一样地追格格记录在新浪微博的游记。

欣赏了格格的台湾游记后,害我也去办了个台湾通行证和入台证,去看了格格游记里面的诚品书店。和以前看完格格的游记后一样,再问一句:"格格,下一站你去哪里?"——阿海

作者笔下的世界,风景清新自然,各种人文。一路走,一路看,一路感悟。大家跟随作者的脚步,去看看最真实的世界吧!——大曹

同学们的评论

小学同学

每次聚会,听着格格说起旅途中的见闻和趣事,一下把我也带入了那个意境,由衷地羡慕。真想不到30年前的那个娇弱的小女孩,现在是如此的坚强,一个人走过那么多的山山水水,也越来越开朗爱笑了,脸上始终洋溢着满足和幸福!——蓉儿

中学同学

很难想象,手无缚鸡之力的格格巫,拖着硕大的行李箱上车下车游走世界;很难想象,经常丢三落四的格格巫走遍世界,居然没把自己落在某个角落反而带回很多精彩,这就是旅行的魔力。——妙妙

行走在路上的人,内心一定无比强大。无法想象格格怎样爆发出如此的能量;行走在路上的人,是美丽的,你用眼睛审视这个美丽的世界,你就是最美的风景。走过一片土地,留下一串足迹,世界因你的足迹而精彩。——旭平

这丫头竟然把地球踩了个遍,实在让人意外!人说读万卷书,行千里路,怎么坐在对面的她笑起来,丝毫没有"成长"的痕迹?我想不明白。

名为"格格巫",实在是辱没格格巫的名声,哪有他的冷酷、城府、犀利?

一路狂走停不下来,只能归结为性格:一为呆,二为任性。呆,所以不去考虑山高水长,不管利益得失,只是一根筋走下去。任性,所以能"肆意",吟唱徐行,将心愿化为行程。——林子

人生是一次旅行,用于诠释作者的人生是再恰当不过了。当你走过千山万水,踏遍天涯海角,去追逐梦想的彼岸;当你端起一杯咖啡,望着窗外细细品味,平淡里却带着淡淡的香甜。人生的意义就在于追求理想、自由与幸福。——敏敏

大学同学

同寝室的姐妹:

听说格格要出游记了,我简直不能相信自己的耳朵。是那个大学四年睡在我上铺的女孩吗?那个大眼睛、近视的、常找不到东西的女孩,那个每天早晨匆匆急急赶去上

课的她,那个缺少点运动细胞、走起路来总是让人担心磕碰的她,她竟走了那么远!走着走着,她看到了最独特的风景;走着走着,她的双脚走过了最远的距离;走着走着,她离梦想越来越近,她告诉我们,实现梦想只要做一件简单的事:朝着它走。——涛涛

如果是别人告诉我的,可能打死我也不会相信这斯文淡定的柔弱女子会周游世界,要知道,上大学认识她时她还不会挂窗帘……总是一副懒洋洋慢条斯理与世无争的样子!她到现在还是一个路痴!再见还是那柔弱斯文的样子,不同的是她一个人女汉子般周游了世界,现在还快成了科技女,手机 APP 一等用得贼熟,我亲眼见她手指在手机上画得我眼晕。经常给我们这理工科姐妹介绍新软件……用她一贯淡淡的口气说:挺简单的,我教你……这是我见着的现实版励志妹。——老初

同学们:
借用一句老套的话:"如果你厌倦了旅行,你一定早已厌倦了人生。"祝福格格!——老二

如果大学时候有人说,这个安安静静多少还有些小迷糊的大眼睛名誉室友会去周游世界,我怕是只会哈哈笑。没想到一不留神她就跑出去好远,今天在地球的这一边,明天又到了地球的那一边。每次跟着你的图文神游遥远的国度,眼前就浮现出这个大眼睛美女独自拖着个大行李箱慢条斯理东游西逛的画面,世界也仿佛近在咫尺了。你在实现着大家的梦想啊!世界好大,我们一起走吧!——宁静

因为看过世界,所以热爱着一切纯正。也许你未曾拍过精美的照片,但带着心的路途,就是一场最好的旅行。世界只有一个,那就是你的心。——周岚

人生就像一段旅程,一路不同的风景,跟随格格诗意般的脚步,迎接充满希望的远方。去看别人的世界,你有一颗自由的心。——老五

与格格的深交缘于去年九寨黄龙之行。方知,大学时文静寡言的格格已先于我们迈出了环游世界的脚步,独立淡然地穿梭于大洲大洋之间。终于,八千里路云和月,镌刻成文。徜徉期间,让心灵开始另一段旅程!——金寒

谁说世界不能独自闯荡?格格做到了,3年,走走停停,世界,自东向西,自北向南,布满她的脚印。谁说宅女不能远行?格格做到了,20多个国家,十几万字游记随笔。谁说远行不能优雅?格格做到了,美景中漫步,人群中驻足,还做出近百首感悟小诗。——黄静

格格的文字如行云流水一般,总是给人一种舒服顺畅的感觉。读她的游记,只要拥有一颗自由的心,你就会随着她的脚步游走于世界,其中一定会找到属于你自己的那片风景和故事。——云长

格格,自大学认识她起,就是个大眼睛、柔柔弱弱、安安静静、拿着书能待上半天的宅女。可是她经常会在 MSN、微博、微信上说,明天我要出发了!

就这样说走就走,让我想起了那本伴随我们童年的动画片《尼尔斯骑鹅旅行记》,踏遍了五洲四海,走过千山万水,留下段段秀美文字,记录着她一路的感悟。

与其说这是旅行,不如说格格想看尽天下,这个世界是平的。——胖波

格格就是我心目中的才女,那个大学时代沉默寡言却有着一双会说话的大眼睛的女同学。格格的文笔随意、温暖、自由。在这不够美好的世界里,能经常阅读这么美好的文字,真好。——田班长

古人云:读万卷书,行千里路;今人说:行万里路胜读万卷书。大学同窗格子几年来历游欧亚各国,撰写游记、散文并配发照片,令我等耳目一新,感触颇深。只有身心投入大自然的怀抱,去探索感知更广阔的世界,才能切实体味生活的多彩,明白生活不等于生存,才能真正有勇气放下!——石头

交大 33 班

格格,是同学亦是好友。她是一个特别安静,看上去又有点弱弱的江南女子!真没想到,这两年只身一人,走遍了二三十个国家,有几次出行,尚在病中。记得去美国的那次,一边旅行一边看病,真的被那份执着和梦想深深感动。说起家里两宝,对格格阿姨也是非常喜欢,崇拜格格阿姨的博学和才华,一直希望能跟着格格阿姨出去旅行,上次差一点就能跟着阿姨去北欧,只因有事耽搁了,遗憾!——星燃

路上小伙伴们的评论

很多人的梦想或许都有周游世界这一说,但真正能把此梦想照进现实的人恐怕少之又少。格格是我在埃及游中认识的队友,我们一起见证过卢克索神庙、帝王谷及梅龙神像的震撼,记得热气球的惊险,美景尽收眼底,去欣赏红海美丽的海边日出,以及去撒哈拉沙漠冲沙,涉足游牧民生活,感受开罗神秘撼然的金字塔,还有博物馆的众多历史……回国后格格一直在环游世界没有停止,不如就此跟随这个把梦想照进现实的格格,跟着她看世界,从她眼中的世界,体会到你心中特色万千的国度,畅想这个世界的美好。——埃及队友 蓓蓓

　　格格是我朋友中为数不多的才女,有幸和她同游清迈,收获颇丰。那一曲《小城故事》还在我耳畔萦绕,青山绿水的古城至今难忘。能和性情温和的才女同游,实在是幸事。期待我们的下一次同行！——泰国小伙伴 Jolia

　　"读万卷书,行千里路"似乎形容的就是格格巫的精彩人生。来一场说走就走的旅行其实不难,但像格格巫这般有内涵、有深度、有思想、有见地的旅行者并不多见。她的每一段游记让我的眼睛和心灵也来了一场周游世界的梦幻旅程！

——美国之行 莹莹

　　美国行认识了格格,欣赏她的文字,还有独自行走的勇气。喜欢旅行的人都有一个共同点,就是对生活有不灭的热情,被这个世界所呈现的不同深深吸引。每个人都有一个环球旅行的梦,然而始终坚信这个梦是可以实现的,少之又少。向已在梦想征途上的各位致以敬意。——美国之行 阿文

各时期死党们的评论

　　格格让我写个小东西,我就想起她温暖的笑容。有这种缓缓的、暖心的笑容的人,一定是经过风雨,也见过彩虹的。我们很有默契,经常可以省略后半句话地轻松地推进谈话。格格在每一个待过的地方都是用心的、投入的,所以活脱脱的一个性情中人在经历过那么纷繁的职场之后,成为了有远方的自由人,真正 free 地生活着。爱格格,爱生活！——张珂

　　本周听公司澳籍领导说他年轻时拖家携子周游澳洲。一个小孩 5 岁,一个 18 个月大,一家人花了整整 7 个月在外闲逛。

　　断断续续在微信上看了格子的游记,想想中国人也不差。老外总觉得中国人是暴发户,因此急切需要作者这样的形象大使改变一下他们的印象。

　　最后祝贺文集中文版完成,还希望文集将来也有外文版,广泛传播。——Sun Bin

　　我认识的格格是个多么纯粹的女子,写文章,练书法,学古琴,游列国,然后还写诗歌？在丰饶的精神家园里,养成了一位纯粹的格格。世界这么大,走走停停;文字这么美,走走停停！——常林

　　看似宅女,有着一颗向往自由的心;凡尘公主,尽享全球风光。人生如此飘逸自在,羡之。——小姚

　　世界很大,琐事很多,很多地方我们心向往而身不能至。但我们可以跟着格格的文字和图片去神游,神游也是一种旅游。

　　格格从南走到北,从东走到西,真挚的记录,从容的讲述,那些游记里有着朴素的浪漫真意,有着一个旅行者的初心。在旅途中看世界,同时也被世界看。——陈七七

　　格格巫是我见过的最淡定、最爱笑的女子,不管遇到多大事,她都能放下烦恼从容面对,航班延误了没关系,签证日期少一天没关系,同伴突然不能同行没关系,什么都不能阻拦格格巫踏上精彩的旅程,旅行才是她的生命。——大头

　　今有好友格格几年间作环球之旅,饱览异域风光,感受别样风情,每每看到她发来的微信大片以及详尽而充满趣味的描述,直叫人神往,羡慕嫉妒～～～恨啊!

——张蚊香

　　认识格格也是偶然,就在新浪微博上。只觉得她心思也属细腻,爱读书爱思考还爱写东西。慢慢地发现她还写游记,有人说,爱旅游的人都热爱生活。春天的时候跟格格见过一面,接下来的时间就看见她跑了很多的地方,欧洲、美国,有计划的、没计划的,顺畅的、不顺畅的;不管状况怎样,格格依然在各地行走着,并且写下了有趣的文字,平实接地气但绝不乏味。期待格格的游记面世。——虫虫

　　和格格见面次数不多,但每次都是一见如故的聊天,像邻家姐姐一样的自然和平和。喜欢看格格的文字,在这个大家都开始懒得记录和写字的时代,格格还在一直用心地写那些独自旅行中的故事,在上班的时间里看她一个人满世界慢慢走,不那么匆忙地走走停停,天马行空各种神奇旅途,遇上的那些个有意思的人事物好似都变成了生活和人生的沉淀。所以看格格一个人旅行,顿时也有了更多走出去看看的动力呢!走过很多路的人在心里也有一个小小的美好世界吧,在这个浮躁时代里用心记录小满生活的格格,加油!——樱桃柿子